DE
VOLTA

Obras da autora publicadas pela Galera Record

Série The 100

Os escolhidos
Dia 21
De volta

KASS MORGAN

DE VOLTA

Tradução de
Rodrigo Abreu

4ª edição

— Galera —
RIO DE JANEIRO
2024

CIP-BRASIL. CATALOGAÇÃO NA PUBLICAÇÃO
SINDICATO NACIONAL DOS EDITORES DE LIVROS, RJ

Morgan, Kass
M846d   De volta / Kass Morgan; tradução Rodrigo Abreu. – 4ª ed.
4ª ed.   – Rio de Janeiro: Galera Record, 2024.
          (The 100; 3)

Tradução de: Homecoming

ISBN 978-85-01-10615-5

1. Ficção juvenil americana. I. Abreu, Rodrigo. II. Título. III. Série.

16-29655   CDD: 028.5
                                            CDU: 087.5

Título original em inglês:
Homecoming

Copyright © Alloy Entertainment, LLC, 2015
Copyright da tradução © Editora Record, 2016

Publicado mediante acordo com Rights People, London.

Todos os direitos reservados.
Proibida a reprodução, no todo ou
em parte, através de quaisquer meios.
Os direitos morais do autor foram assegurados.

Texto revisado segundo o Acordo Ortográfico da Língua Portuguesa de 1990.

Composição de miolo: Abreu's System
Criação de capa: Renata Vidal

Produzido por Alloy Entertainment, LLC

Direitos exclusivos de publicação em língua portuguesa
somente para o Brasil adquiridos pela
EDITORA RECORD LTDA.
Rua Argentina, 171 – Rio de Janeiro, RJ – 20921-380 – Tel.: 2585-2000,
que se reserva a propriedade literária desta tradução.

Impresso no Brasil

ISBN 978-85-01-10615-5

Seja um leitor preferencial Record.
Cadastre-se e receba informações sobre nossos
lançamentos e nossas promoções.

Atendimento e venda direta ao leitor:
sac@record.com.br

Para Joelle Hobeika, cuja imaginação traz histórias
à vida e transforma sonhos loucos em realidade.

E para Annie Stone, editora extraordinária.

CAPÍTULO 1

Glass

As mãos de Glass estavam grudentas com o sangue de sua mãe. Essa percepção chegou a ela lentamente, como se através de uma névoa espessa — como se as mãos pertencessem a outra pessoa e o sangue fosse parte de um pesadelo. Mas eram as suas mãos e o sangue era real.

Glass sentia a palma da mão direita grudando no apoio do braço do assento na primeira fileira do módulo de transporte. E ela sentia alguém apertando sua mão esquerda com força. Era Luke. Ele não a soltara desde que tinha afastado Glass do corpo de sua mãe e a carregado até o assento. Seus dedos seguravam os dela com tanta força que ele parecia estar tentando extrair a dor pulsante do corpo dela e armazenar dentro de si mesmo.

Ela tentou se manter focada no calor da mão dele sobre a sua. Concentrou-se na força do aperto, em como ele não mostrava sinais de afrouxar mesmo quando o módulo de transporte começou a chacoalhar e mergulhar em uma violenta trajetória na direção da Terra.

Há poucos minutos, Glass estava sentada numa poltrona ao lado da mãe, prontas para encarar o novo mundo juntas. Mas agora a mãe estava morta, baleada por um guarda perturbado que estava desesperado por um lugar no último veículo deixando a Colônia moribunda. Glass fechou os olhos com força, tentando impedir que a cena se repetisse em sua mente: a mãe caindo, silenciosamente, no chão. Ela própria se jogando ao lado da mãe enquanto ela arfava e gemia, incapaz de fazer qualquer coisa para estancar o sangramento. Colocando a cabeça da mãe no colo e lutando contra o choro para dizer o quanto a amava. Observando a mancha escura no vestido se espalhar enquanto a vida se esvaía dela. Vendo seu rosto relaxar, logo depois de escutar aquelas últimas palavras: *Estou tão orgulhosa de você.*

Não havia como deter as imagens, assim como não havia como mudar a verdade. Sua mãe estava morta, e Glass e Luke tinham sido arremessados no espaço numa nave que colidiria com a Terra a qualquer momento.

O módulo de transporte chacoalhava de forma ruidosa e sacudia de um lado para o outro. Glass mal notava. Ela tinha a vaga sensação de um cinto de segurança apertando suas costelas enquanto o corpo seguia os movimentos da nave, mas a dor da morte da mãe era mais profunda do que a da fivela de metal.

Ela sempre tinha imaginado o luto como um peso — quer dizer, quando ela pensava nisso. A velha Glass não passava muito tempo se preocupando com as angústias dos outros. Isso mudou depois que a mãe de seu melhor amigo morreu e ela passou a ver Wells andar pela nave com os ombros caídos como se carregando um fardo enorme e invisível. Mas Glass se sentia diferente — entalhada, vazia, como se toda a emoção tivesse sido arrancada dela. A única coisa que a fazia se lembrar de que ainda estava viva era a mão reconfortante de Luke sobre a dela.

Pessoas imprensavam Glass de todos os lados. Todos os assentos estavam ocupados, e homens, mulheres e crianças ocupavam cada centímetro que havia sobrado na cabine.

Eles se agarravam uns aos outros para se equilibrar, apesar de ninguém conseguir cair — eles estavam muito próximos, uma massa ondulante de carne e lágrimas silenciosas. Alguns sussurravam os nomes das pessoas que tinham deixado para trás, enquanto outros balançavam a cabeça desvairadamente, se recusando a aceitar que tinham realmente dado adeus aos que amavam.

A única pessoa que não parecia em pânico era o homem sentado imediatamente à direita de Glass, o Vice-Chanceler Rhodes. Ele olhava fixamente para a frente, sem perceber ou se deixar afetar pelos rostos consternados à sua volta. Uma pontada de indignação momentaneamente mascarou a dor de Glass. O pai de Wells, o Chanceler, estaria fazendo tudo ao seu alcance para confortar aqueles ao redor. E ele não teria aceitado um lugar no último módulo de transporte em primeiro lugar. Mas Glass não estava em posição de julgar. A única razão para ela ter entrado no módulo de transporte foi Rhodes tê-la trazido com sua mãe quando abriu caminho à força para embarcar.

Um solavanco violento arremessou Glass de volta contra o assento enquanto o módulo de transporte dava uma guinada para o lado, então se inclinava quase quarenta e cinco graus antes de se ajeitar com uma arremetida de embrulhar o estômago. O gemido de uma criança se sobressaiu à surpresa coletiva. Várias pessoas berraram quando a moldura de metal do módulo de transporte começou a se dobrar, como se apertada por um punho gigante. Um lamento agudo e mecânico ecoou pela cabine, ameaçando romper tímpanos, afogando os gritos e soluços aterrorizados.

Glass se segurou ao braço do assento e apertou a mão de Luke, esperando o medo. Mas ele nunca veio. Ela sabia que deveria sentir medo, mas os acontecimentos dos últimos dias a tinham deixado entorpecida. Já era muito difícil ver seu lar desmoronar à medida que a Colônia ficava sem oxigênio. Era muito difícil se arriscar num passeio espacial alucinado e não autorizado para ir de Walden a Phoenix, onde ainda havia ar respirável. Todas as coisas pelas quais ela tinha passado pareciam valer a pena, no entanto, quando Glass, sua mãe e Luke conseguiram entrar no módulo de transporte. Mas, nesse momento, ela não se importava com a possibilidade de ver a Terra. Era melhor acabar tudo agora do que ter que acordar todas as manhãs e se lembrar de que sua mãe tinha partido.

Fitou Luke rapidamente, a seu lado, e o viu olhando fixamente para a frente, com uma expressão pétrea de determinação. Será que ele estava tentando ser corajoso por ela? Ou será que seu extensivo treinamento como guarda lhe tinha ensinado a permanecer calmo sob pressão? Ele merecia mais do que isso. Depois de tudo pelo que Glass o tinha feito passar, será que seria assim que acabaria? Será que eles tinham escapado da morte certa na Colônia apenas para serem arremessados de cabeça em outro destino terrível? Não era esperado que os humanos retornassem à Terra antes de pelo menos mais outro século, quando os cientistas tinham certeza de que a radiação deixada pelo Cataclismo teria se dissipado. Essa era uma volta para casa prematura, um êxodo desesperado que não prometia nada além de incerteza.

Glass olhou para a fileira de pequenas janelas nas laterais da nave. Nuvens cinzentas turvas preenchiam cada moldura. Era estranhamente bonito, ela pensou, exatamente quando as janelas repentinamente estalaram e se estilhaçaram, espalhando cacos de vidro e metal quentes pela cabine. Chamas entraram pelos buracos. As pessoas mais próximas às janelas tentavam freneticamente se esquivar e se afastar, mas não havia espaço para isso. Elas se inclinaram para trás, caindo sobre outras pessoas. O cheiro forte de metal chamuscado queimou as narinas de Glass ao mesmo tempo que o odor de algo diferente a fez ter ânsia de vômito... Com um medo crescente, Glass percebeu que era de carne queimada.

Se esforçando para vencer a força da velocidade da nave, ela virou a cabeça a fim de olhar para Luke. Por um momento, Glass não conseguiu ouvir os sons de gemidos e choro, ou do esmagamento do metal. Ela não conseguiu sentir o último suspiro da mãe. Ela via apenas a lateral da cabeça de Luke, o perfil perfeito e o maxilar forte que ela tinha traçado na mente noite após noite durante seus terríveis meses no Confinamento, quando ela foi condenada a morrer em seu aniversário de dezoito anos.

Glass foi trazida de volta à realidade pelo som de metal se rasgando. Tudo vibrou, penetrando pelos tímpanos e chegando à mandíbula, atravessando os ossos até chegar ao estômago. Ela rangeu os dentes e observou com um horror desamparado enquanto o teto descascava e voava para longe, como se não fosse nada além de um pedaço de tecido.

Ela se obrigou a virar novamente para Luke, que tinha fechado os olhos, mas apertava sua mão com uma intensidade renovada.

— Eu te amo — disse ela, mas as palavras foram engolidas pelos gritos em volta deles.

De repente, com um estalo que fez tremer seus ossos, o módulo de transporte colidiu com a Terra e tudo ficou preto.

Ao longe, Glass ouviu um gemido baixo e gutural, o som mais cheio de angústia que já tinha ouvido. Tentou abrir os olhos, mas o menor esforço fazia sua cabeça rodar de forma nauseante. Ela desistiu e se permitiu mergulhar novamente na escuridão. Alguns momentos passaram. Ou teriam sido algumas horas? Novamente ela batalhou contra o silêncio confortante, lutando para readquirir consciência. Por um doce e atordoado milésimo de segundo, ela não teve ideia de onde estava. Tudo em que podia se concentrar era o bombardeio de cheiros estranhos. Glass não sabia que era possível sentir o odor de tantas coisas ao mesmo tempo: havia algo que ela reconhecia parcialmente dos campos solares — seu local favorito para se encontrar com Luke —, mas amplificado mil vezes. Havia algo doce, mas não como açúcar ou perfume. Mais profundo, mais rico. Cada respiração fazia seu cérebro se sobrecarregar enquanto lutava para identificar os aromas que se misturavam. Algo picante. Metálico. Então um cheiro familiar despertou seu cérebro bruscamente. Sangue.

Os olhos de Glass se abriram de uma só vez. Ela estava em um espaço tão amplo que não podia ver as paredes, e o teto transparente repleto de estrelas parecia estar a milhas de distância. Lentamente, sua consciência voltou e a confusão deu lugar ao espanto. Ela estava olhando para o céu — o céu de verdade, na Terra — e estava viva. Mas o fascínio durou apenas alguns momentos até um pensamento urgente surgir em seu cérebro e o pânico correr pelo corpo. *Onde estava Luke?* Ela ficou repentinamente alerta e se sentou, ignorando a náusea e a dor que tentavam forçá-la a voltar ao solo.

— Luke! — gritou, girando a cabeça de um lado para o outro, rezando para ver seu contorno familiar entre a massa de sombras desconhecidas. — *Luke!*

O coro crescente de gritos e gemidos abafava seus berros. *Por que ninguém acende as luzes?*, ela pensou, atordoada, antes de se lembrar de que estava no solo. As estrelas não ofereciam mais do que uma cintilação fraca, e a lua fornecia apenas luz suficiente para que Glass percebesse que os vultos escuros que gemiam e se debatiam eram seus companheiros de viagem. Isso tinha que ser um pesadelo. Não era assim que a Terra deveria ser. Esse não era um lugar pelo qual valia a pena morrer. Ela gritou o nome de Luke novamente, mas não houve resposta.

Ela precisava se levantar, mas seu cérebro não parecia ter mais nenhuma conexão com os músculos e o corpo parecia estranhamente pesado, como se cargas invisíveis estivessem pressionando seus membros. A gravidade aqui era diferente, mais severa — ou ela estaria ferida? Glass colocou a mão na canela e arfou. Suas pernas estavam molhadas. Estaria sangrando? Ela olhou para baixo, com medo do que poderia encontrar. As pernas da calça estavam rasgadas e a pele por baixo, muito arranhada, mas não havia nenhum ferimento profundo visível. Ela colocou as mãos no chão, quer dizer, *no solo*, e arfou. Estava sentada na água — água que se estendia por uma distância impossivelmente longa, com apenas sombras fracas de árvores na margem distante. Glass piscou, esperando que os olhos se recalibrassem e revelassem algo que fizesse mais sentido, mas a imagem não mudou. *Lago*. A palavra deslizou suavemente em sua mente. Ela estava sentada na beira, na *margem*, de um lago na Terra — um fato que parecia tão surreal para ela quanto a devastação por todos os lados. Quando se virou para olhar, ela viu apenas horror: corpos caídos sem vida e destruídos no solo. Pessoas feridas chorando e implorando por ajuda. As carcaças mutiladas e esfumaçadas de vários módulos de transporte que tinham pousado a poucos metros de distância entre si, as molduras partidas e lascadas. Pessoas correndo para dentro dos destroços ainda ardentes, então saindo com vultos pesados e imóveis sobre os ombros.

Quem a tinha carregado para fora da nave? Se foi Luke, onde ele estava?

Glass se levantou com dificuldade, suas pernas trêmulas debaixo dela. Ela travou os joelhos para impedir que cedessem e balançou os braços para recuperar o equilíbrio. Ficou de pé sobre a água gelada, frio arrepiando suas pernas. Em seguida respirou fundo e sentiu a cabeça clarear levemente, embora as pernas continuassem a tremer. Deu alguns passos vacilantes para a frente e bateu com o pé em algumas pedras debaixo da superfície.

Glass olhou para baixo e inspirou com força. O luar era suficiente para mostrar que a água estava tingida com um tom cor-de-rosa profundo. Será que a poluição e a radiação do Cataclismo fizeram os lagos mudarem de cor? Ou essa era uma área da Terra em que a água era naturalmente cor-de-rosa? Ela nunca tinha prestado muita atenção nos seminários de geografia da Terra — um fato do qual estava começando a se arrepender mais e mais a cada segundo. Mas um grito desesperado de um vulto contorcido no solo perto de onde ela estava trouxe a resposta dolorosa à sua mente: esse não era um efeito colateral duradouro da radiação — a água estava manchada com sangue.

Ela tremeu, então caminhou na direção da mulher que tinha gritado. Ela estava contorcida na margem, a parte inferior do corpo dentro da água que rapidamente se tornava vermelha. Glass se inclinou e segurou sua mão.

— Não se preocupe — disse, esperando soar mais segura do que se sentia.

Os olhos da mulher estavam arregalados com medo e dor.

— Você viu Thomas? — perguntou ela, ofegante.

— Thomas? — repetiu Glass, examinando a paisagem sombria de corpos e destroços. Ela precisava encontrar

Luke. A única coisa mais aterrorizante do que estar na Terra era a ideia de Luke estar caído em algum lugar ao seu redor, ferido e sozinho.

— Meu filho, Thomas — falou a mulher, segurando a mão de Glass com mais força. — Estávamos em módulos de transporte diferentes. Minha vizinha... — Ela interrompeu a frase com uma arfada angustiada. — Ela prometeu que cuidaria dele.

— Nós o encontraremos — disse Glass, se contraindo quando as unhas da mulher se afundaram em sua pele.

Ela esperava uma de suas primeiras frases da Terra não fosse uma mentira. Pensou novamente no cenário caótico do qual tinha escapado com muita dificuldade ainda na nave: a aglomeração de pessoas ofegantes que lotavam a plataforma de lançamento, desesperadas por um dos assentos restantes para fugir da Colônia moribunda. Os pais frenéticos que tinham sido separados de seus filhos. As crianças chocadas e com lábios azulados procurando pelos familiares que provavelmente nunca encontraram.

Glass só conseguiu escapar quando a mulher gritou de dor e deixou a mão cair de volta na água.

— Vou procurá-lo — falou Glass, vacilante, enquanto começava a se afastar lentamente. — Nós vamos encontrá-lo.

A culpa se avolumando em seu estômago era quase suficiente para imobilizá-la, mas Glass sabia que tinha que continuar se movendo. Não havia nada que ela pudesse fazer para aliviar o sofrimento da mulher. Ela não era médica como a namorada de Wells, Clarke. Nem mesmo era boa em se relacionar com outras pessoas, como Wells ou Luke, que sempre sabiam a coisa certa a dizer na hora certa. Havia apenas uma pessoa no mundo que ela tinha algum poder para ajudar, e precisava encontrá-lo antes que fosse tarde demais.

— Sinto muito — sussurrou Glass, se virando para trás a fim de olhar para a mulher, cujo rosto estava contorcido de dor. — Eu voltarei. Preciso ir encontrar meu... alguém.

A mulher assentiu com o maxilar cerrado e fechou os olhos com força, lágrimas escapando por trás de suas pálpebras.

Glass se forçou a desviar o olhar e continuou a andar. Ela semicerrou os olhos, tentando entender o cenário à sua frente. A combinação da escuridão com a tontura, a fumaça e o choque de estar na Terra parecia tornar tudo um borrão. Os módulos de transporte tinham pousado na beira de um lago, deixando pilhas de destroços ardentes por todo lado. Ao longe, ela podia apenas distinguir o contorno fraco das árvores, mas Glass estava muito consternada para olhar com mais atenção. De que serviam as árvores ou mesmo as flores se Luke não estava ali para ver nada daquilo com ela?

Seus olhos dispararam de um sobrevivente atordoado e machucado para outro. Um velho homem estava sentado sobre um grande pedaço de metal arrancado do módulo de transporte, com a cabeça entre as mãos. Um jovem garoto com o rosto ensanguentado estava de pé sozinho, a apenas alguns metros de um emaranhado de fios que chiavam e soltavam faíscas. Sem noção do perigo, ele olhava fixamente para o céu com expressão vazia, como se buscando uma forma de voltar para casa.

Ao redor estavam os corpos destruídos dos mortos. Pessoas com os fantasmas de despedidas dolorosas ainda nos lábios, pessoas que nunca tinham ao menos vislumbrado o céu azul pelo qual sacrificaram tudo. Seria melhor terem ficado para trás, terem dado seu último suspiro cercado pelos amigos e familiares ao invés de ali, completamente sozinhos.

Ainda um pouco instável, Glass caminhou até os vultos mais próximos, rezando com todas as forças para que nenhum daqueles rostos sem vida tivesse o queixo forte, o nariz estreito ou o cabelo louro encaracolado de Luke. Ela suspirou com um alívio agridoce ao olhar para a primeira pessoa. Não era Luke. Com partes iguais de terror e esperança, ela se moveu até o próximo corpo. E o próximo. Ela prendia a respiração enquanto rolava pessoas para ficarem de barriga para cima ou tirava pedaços pesados de destroços de cima delas. A cada desconhecido ensanguentado e estropiado, ela suspirava e se permitia acreditar que Luke ainda poderia estar vivo.

— Você está bem?

Surpresa, Glass virou a cabeça rapidamente na direção da voz. Um homem com um grande talho sobre o olho esquerdo olhava para ela de forma curiosa.

— Sim, estou bem — respondeu ela, automaticamente.

— Tem certeza? O choque pode fazer coisas loucas com o corpo.

— Estou legal. Apenas procurando... — Ela deixou as palavras morrerem, incapaz de moldar a massa de pânico e esperança em seu peito em palavras.

O homem assentiu.

— Bom. Eu já chequei essa área, mas, se encontrar algum sobrevivente que eu tenha perdido, simplesmente grite. Estamos reunindo os feridos ali. — Ele apontou um dedo para a escuridão onde, à distância, Glass podia apenas ver formas de vultos dobrados sobre formas imóveis no solo.

— Há uma mulher, ali perto da água. Acho que está ferida.

— Certo, nós vamos buscá-la.

Ele fez sinal para alguém que Glass não podia ver, então partiu numa corrida repentina. Ela sentiu um impulso estranho de gritar para lhe dizer que era melhor procurar o desaparecido Thomas primeiro. Glass tinha certeza de que a mulher preferiria sangrar até a morte na água a passar toda a vida na Terra sem a única pessoa que fazia sua vida valer a pena. Mas o homem já tinha desaparecido.

Glass respirou fundo e fez força para seguir em frente, mas seus pés não pareciam mais obedecer ao cérebro. Se Luke estivesse ileso, ele já não a teria encontrado a essa altura? O fato de ela não ter ouvido a voz dele gritando seu nome naquele burburinho significava que, na melhor das hipóteses, ele estava caído em algum lugar, ferido demais para se mover. E na pior...

Glass tentou resistir aos pensamentos sinistros, mas era como tentar empurrar uma sombra. Nada podia manter a escuridão afastada de sua mente. Seria insuportavelmente cruel perder Luke apenas horas depois de os dois se reunirem. Ela não podia passar por aquilo novamente, não depois do que tinha acontecido com sua mãe. Não. Suprimindo um soluço, ficou nas pontas dos pés e olhou ao redor. Havia mais luz agora. Alguns dos sobreviventes tinham usado os pedaços em chamas do módulo de transporte para criar tochas improvisadas, mas a luz instável e faiscante não era muito reconfortante. Para todo lado que olhava, Glass via vultos de corpos mutilados e rostos em pânico saindo das sombras.

As árvores estavam mais próximas agora. Ela podia ver a casca, os galhos retorcidos, as copas de folhas. Depois de passar toda a vida olhando para uma árvore solitária, era assustador ver tantas juntas, como virar uma esquina e dar de cara com uma dúzia de clones de seu melhor amigo.

Glass se virou para olhar uma árvore particularmente grande e arfou. Um rapaz com cabelo encaracolado estava caído contra o tronco.

Um rapaz com uniforme de guarda.

— Luke! — gritou Glass, saindo numa corrida desajeitada.

Quando chegou mais perto, ela viu que os olhos dele estavam fechados. Será que estava inconsciente ou...

— *Luke!* — gritou ela novamente antes que o pensamento pudesse ganhar força.

Os membros de Glass estavam ao mesmo tempo desajeitados e elétricos, como um cadáver reanimado. Ela tentou acelerar, mas o solo parecia puxá-la para baixo. Mesmo a dezenas de metros de distância, ela podia dizer: era Luke. Seus olhos estavam fechados, o corpo frouxo, mas ele respirava. *Estava vivo.*

Glass caiu ajoelhada ao lado de Luke e lutou contra o impulso de se jogar sobre ele. Não queria feri-lo ainda mais.

— Luke — sussurrou ela em seu ouvido. — Você pode me escutar?

Ele estava pálido, e sobre o olho havia um corte profundo, de onde escorria um filete de sangue sobre o nariz. Glass esticou a manga de sua camisa sobre a mão e a pressionou contra o corte. Luke gemeu um pouco, mas não se moveu. Ela pressionou um pouco mais forte, esperando estancar o sangramento, e abaixou os olhos para examinar o resto do corpo. Seu pulso esquerdo estava roxo e inchado, mas, tirando isso, ele parecia bem. Lágrimas de alívio e gratidão se formaram em seus olhos, e ela deixou que escorressem pelas bochechas. Depois de alguns minutos, Glass tirou a manga da camisa e examinou o ferimento novamente. Parecia que o sangramento tinha parado.

Ela colocou uma das mãos no peito do rapaz.

— Luke — disse delicadamente. Ela passou os dedos com cuidado sobre sua clavícula. — Luke. Sou eu. Acorde.

Ele se moveu ao ouvir o som de sua voz, e Glass soltou um som desfigurado que era parte risada e parte choro. Ele gemeu, seus olhos se abrindo de forma vacilante e se fechando pesadamente outra vez.

— Luke, acorde — repetiu Glass, então levou a boca até o ouvido dele, exatamente como costumava fazer nas manhãs em que ele corria o risco de perder a hora de chegar ao trabalho. — Você vai se atrasar — disse, com um pequeno sorriso.

Os olhos dele se abriram mais uma vez, lentamente, e se fixaram nela. Ele tentou falar, mas nenhum som saiu. Ao invés disso, Luke apenas sorriu de volta.

— Olá — falou Glass, sentindo o medo e a tristeza derreterem por um instante. — Está tudo bem. Você está bem. Estamos aqui, Luke. Nós conseguimos. Bem-vindo à Terra.

CAPÍTULO 2

Wells

— Você parece exausto — falou Sasha, inclinando a cabeça para o lado e fazendo com que seus longos cabelos negros caíssem sobre os ombros. — Por que não vai para a cama?

— Prefiro ficar aqui com você.

Wells reprimiu um bocejo, transformando-o em sorriso. Não era difícil. Toda vez que olhava para Sasha, notava algo que o fazia sorrir. A forma como seus olhos verdes brilhavam na luz cintilante da fogueira. Como todas as sardas em suas maçãs do rosto acentuadas podiam ser tão fascinantes para ele quanto as constelações da noite eram para ela. Sasha olhava para as estrelas agora, seu queixo apontado para o alto enquanto ela observava, maravilhada, o céu.

— Não posso acreditar que você *vivia* lá em cima — disse ela baixinho antes de abaixar o olhar até os olhos de Wells. — Você não sente falta? De estar cercado por estrelas?

— É ainda mais bonito aqui embaixo. — Ele ergueu a mão, posicionou um dedo na bochecha de Sasha, então traçou um caminho de uma sarda até a próxima. — Eu poderia olhar para seu rosto a noite toda. Não conseguia fazer isso com a Ursa Maior.

— Eu me surpreenderia se você durasse mais cinco minutos. Mal consegue manter os olhos abertos.

— Foi um longo dia.

Sasha levantou uma sobrancelha e Wells sorriu. Os dois sabiam que aquilo não chegava perto de descrever como o dia realmente tinha sido. Nas últimas horas, Wells tinha sido expulso do acampamento por ajudar Sasha — que era prisioneira dos cem — a fugir. Isso foi antes de ele encontrar Clarke e Bellamy, que tinham acabado de resgatar a irmã de Bellamy, Octavia, provando que o povo de Sasha, os Terráqueos, não era o inimigo que parecia ser. Apenas aquilo teria sido muita coisa para explicar ao resto dos membros do acampamento, que em sua maioria ainda ficavam um pouco apreensivos perto de Sasha, mas era só o começo. Naquela mesma noite, Bellamy e Wells tinham descoberto algo chocante. Embora Wells, o filho do Chanceler, tivesse crescido de forma privilegiada em Phoenix, enquanto Bellamy, um órfão, tinha lutado para sobreviver em Walden, eles eram na verdade meios-irmãos.

Era informação demais para processar. E, apesar de Wells estar em grande parte feliz, o choque e a confusão impediam que a novidade fosse absorvida por inteiro. Isso e o fato de ele não dormir uma boa noite de sono havia muito tempo. Nas últimas semanas, ele tinha se tornado o líder de fato do acampamento. Não era uma posição que ele tinha necessariamente buscado, mas seu treinamento como oficial, combinado ao seu fascínio de uma vida inteira pela Terra tinham lhe dado um conjunto de habilidades. Ainda assim, apesar de ele estar feliz por poder ajudar e grato pela confiança do grupo, a posição vinha com uma enorme quantidade de responsabilidade.

— Talvez eu descanse por um minuto — disse ele, abaixando os cotovelos até o chão, então deitando para apoiar a cabeça no colo de Sasha. Embora os dois estivessem sentados separados do resto do grupo reunido em volta da fogueira, os estalos das chamas não conseguiam encobrir totalmente o som das típicas discussões da noite. Era apenas uma questão de tempo até alguém vir correndo reclamar que outra pessoa tinha tomado sua cama, ou para pedir que Wells resolvesse uma disputa sobre quem deveria buscar água, ou para lhe perguntar o que eles deviam fazer com os restos da caçada daquele dia.

Wells suspirou enquanto Sasha passava os dedos pelos cabelos e, por um momento, se esqueceu de tudo que não fosse o calor de sua pele enquanto deixava a cabeça afundar contra ela. Esqueceu da semana terrível que eles tinham acabado de passar, da violência que tinham testemunhado. Esqueceu de ter encontrado o corpo de sua amiga Priya. Esqueceu de que seu pai tinha sido baleado na sua frente numa confusão com Bellamy, que estava desesperado para entrar no módulo de transporte com a irmã. Esqueceu do fogo que tinha destruído o acampamento original e matado a amiga de Clarke, Thalia — uma tragédia que tinha cortado os últimos laços restantes de seu romance com Clarke.

Talvez ele e Sasha pudessem passar a noite toda na clareira. Essa seria a única forma de terem alguma privacidade. Ele sorriu ao pensar na ideia e se sentiu afundar cada vez mais no sono.

— O que diabos? — A mão de Sasha parou repentinamente, e havia um tom de ansiedade em sua voz.

— O que houve? — perguntou Wells, seus olhos se abrindo na mesma hora. — Está tudo bem?

Ele se sentou e examinou rapidamente a clareira. A maior parte dos cem ainda estava reunida em grupos em volta do fogo, falando em sussurros que se misturavam em um zumbido reconfortante. Mas então seus olhos pararam sobre Clarke e, embora ela estivesse encolhida ao lado de

Bellamy, ele pôde perceber que ela estava concentrada em algo completamente diferente. Embora seus sentimentos intensos e devastadores por ela tivessem evoluído para algo parecido com uma amizade verdadeira, ele ainda era capaz de ler perfeitamente suas feições. Conhecia cada uma das expressões: a forma como ela juntava os lábios, se concentrando, quando estudava um procedimento médico, ou como seus olhos praticamente soltavam faíscas quando ela falava de um de seus interesses esquisitos, como classificação biológica ou física teórica. Nesse exato momento, suas sobrancelhas estavam unidas no centro da testa com preocupação enquanto ela jogava a cabeça para trás, avaliando e calculando algo no céu. A cabeça de Bellamy também estava levantada, a expressão pétrea. Ele se virou e sussurrou algo no ouvido de Clarke, um gesto íntimo que um dia teria feito o estômago de Wells embrulhar, mas que agora apenas o enchia de apreensão.

Wells olhou para cima, mas não viu nada incomum. Apenas estrelas. Sasha ainda encarava o céu.

— O que foi? — perguntou Wells, colocando a mão nas costas de Sasha.

— Ali. — A voz de Sasha ficou tensa enquanto ela apontava diretamente para o alto, bem acima da barraca da enfermaria e das árvores que cercavam a clareira. Ela conhecia aquele céu tão bem quanto ele conhecia as estrelas de perto. Sendo uma Terráquea, ela vinha olhando para o alto durante toda a sua vida, enquanto ele olhava para baixo. Wells seguiu seu dedo e viu: uma luz forte se movendo rapidamente, descrevendo um arco que vinha na direção da Terra. Na direção deles. Logo atrás estava outra, então mais duas. Juntas, pareciam formar uma chuva de meteoros, descendo sobre a reunião pacífica em volta do fogo.

Wells respirou fundo enquanto todo o seu corpo ficava rígido.

— Os módulos de transporte — falou ele em voz baixa. — Estão descendo. Todos eles.

Ele sentiu o corpo de Sasha ficar tenso. Passou o braço em volta do ombro dela e a puxou para perto enquanto eles observavam as naves que desciam em silêncio por um instante, a respiração dos dois no mesmo ritmo.

— Você... você acha que seu pai está em um deles? — perguntou Sasha, claramente tentando soar mais esperançosa do que se sentia.

Embora os Terráqueos tivessem aceitado compartilhar o planeta com uma centena de delinquentes juvenis exilados, Wells sentia que enfrentar toda a população da Colônia era completamente diferente.

Wells ficou em silêncio enquanto esperança e terror batalhavam por supremacia em seu cérebro já sobrecarregado. Havia uma chance de o ferimento de seu pai não ter sido tão grave quanto pareceu, de ele ter se recuperado completamente e estar vindo à Terra. Por outro lado, também existia a possibilidade de o Chanceler ainda estar lutando pela vida no centro médico — ou pior, já estar flutuando imóvel e silencioso entre as estrelas. O que ele faria se seu pai não desembarcasse de um daqueles módulos de transporte? Como poderia seguir em frente sabendo que nunca receberia o perdão do Chanceler pelos terríveis crimes que cometeu quando estava na Colônia?

Wells afastou os olhos daquilo e girou o corpo para examinar a fogueira. Clarke tinha se virado a fim de olhar para ele, e eles fizeram contato visual, o que encheu Wells com uma enxurrada de repentina gratidão. Eles não precisavam trocar nem uma palavra. Ela compreendia sua mistura de alívio e terror. Ela sabia o quanto ele tinha a ganhar ou perder quando aquelas portas se abrissem.

— Ele vai ficar tão orgulhoso de você — disse Sasha, apertando a mão de Wells.

Apesar da ansiedade, Wells sentiu seu rosto se transformar de tensão em um sorriso. Sasha compreendia também. Embora ela nunca tivesse conhecido o pai de Wells, embora nunca tivesse testemunhado o relacionamento complicado dos dois, ela também sabia como era crescer com um pai responsável pelo bem-estar de toda uma comunidade. Ou no caso de Wells, um pai responsável por todos os sobreviventes conhecidos da raça humana. O pai de Sasha era o líder dos Terráqueos, assim como o pai de Wells era o líder da Colônia. Ela sabia o que significava carregar o peso daquela posição. Sasha compreendia que ser um líder era ao mesmo tempo um sacrifício e uma honra.

Wells olhou para os rostos abatidos e exaustos dos quase cem adolescentes em volta da fogueira que tinham sobrevivido às primeiras traumáticas semanas na Terra. Normalmente, aquela visão o enchia com vários graus de preocupação, enquanto ele se inquietava com provisões de comida e outros suprimentos que diminuíam rapidamente, mas dessa vez tudo o que ele sentiu foi alívio. Alívio e orgulho. Eles tinham conseguido. Apesar das probabilidades, eles tinham *sobrevivido* e agora ajuda estava a caminho. Mesmo se seu pai não estivesse em um dos módulos de transporte, haveria enormes quantidades de rações, ferramentas, medicamentos — tudo de que eles precisavam para passar pelo inverno vindouro e mais além.

Ele mal podia esperar para ver a expressão nos rostos dos recém-chegados quando eles vissem o quanto os cem tinham realizado. Certamente tinham cometido alguns erros no caminho e sofrido perdas terríveis — Asher e Priya, quase Octavia — mas tiveram triunfos também.

Wells virou a cabeça e viu Sasha olhando para ele com preocupação. Ele sorriu e, antes de ela ter tempo para reagir, envolveu seus dedos nos cabelos lustrosos dela e levou os lábios até os dela. Ela pareceu surpresa a princípio, mas logo relaxou junto a ele e o beijou também. Ele apoiou a testa contra a dela por um instante, organizando seus pensamentos, então se levantou. Estava na hora de contar aos outros.

Ele olhou rapidamente para Clarke, em silêncio pedindo seu consentimento. Ela juntou os lábios e se virou rapidamente para Bellamy antes de fazer contato visual com Wells e assentir.

Wells limpou a garganta, o que chamou a atenção de alguns, mas não muitos.

— Vocês todos podem me escutar? — perguntou ele, elevando a voz para ser ouvido apesar do burburinho e dos estalos das chamas.

A alguns metros dali, Graham trocou um olhar malicioso com um de seus amigos arcadianos. Quando eles pousaram na Terra, Graham tinha liderado o ataque contra Wells, tentando convencer os outros de que o filho do Chanceler tinha sido enviado como espião. E, apesar de a maior parte dos cem ter se tornado leal a Wells, Graham não tinha perdido todo o seu poder — ainda havia uma porção considerável do acampamento que temia Graham mais do que confiava em Wells.

Lila, uma bela waldenita que bajulava Graham, sussurrou algo para ele, então deu uma risada alta quando ele respondeu.

— Vocês podem calar a boca? — gritou Octavia, olhando de forma séria para eles. — Wells está tentando falar.

Lila encarou Octavia e resmungou algo, mas Graham parecia levemente entretido. Talvez fosse porque Octavia tivesse passado menos tempo no acampamento do que os outros, mas fosse uma das poucas pessoas que não se sentia intimidada por Graham e que estava disposta a desafiá-lo.

— O que está havendo, Wells? — perguntou Eric.

O arcadiano alto e de rosto sério estava de mãos dadas com seu namorado, Felix, que recentemente tinha se recuperado de uma doença misteriosa. Embora naturalmente contido, o alívio de Eric tinha temporariamente sobrepujado sua timidez. Wells não o tinha visto soltar a mão de Felix nenhuma vez o dia todo.

Wells sorriu. Logo eles não teriam que se preocupar em lutar contra doenças estranhas. Haveria médicos experientes naqueles módulos de transporte. Médicos com mais medicamentos do que a Terra tinha visto em séculos.

— Nós conseguimos — disse Wells, incapaz de conter a excitação. — Duramos o suficiente para provar que a Terra é um lugar onde se pode sobreviver, e os outros estão a caminho. — Ele apontou para o céu com um sorriso.

Dúzias de cabeças se levantaram bruscamente, as chamas bruxuleantes refletindo em seus rostos. Um coro de brados e berros — e alguns xingamentos — soou na clareira enquanto todos se levantavam em um pulo. As naves estavam baixas no céu agora, descendo rapidamente, ganhando velocidade ao se aproximarem da Terra.

— Minha mãe está vindo! — disse uma jovem menina chamada Molly, pulando de um lado para o outro. — Ela me prometeu que estaria na primeira nave.

Duas garotas de Walden se abraçaram e começaram a berrar, enquanto Antonio, um waldenita normalmente animado que tinha ficado mais quieto nos últimos dias, sussurrava para si mesmo:

— Nós conseguimos... nós conseguimos...

— Lembrem-se do que meu pai nos disse — falou Wells, gritando para ser ouvido acima do barulho. — Sobre nossos crimes serem perdoados. A partir desse ponto, somos cidadãos comuns novamente. — Ele fez uma pausa, então sorriu. — Na verdade, isso não é inteiramente verdade. Vocês não são cidadãos comuns... são heróis.

Houve uma salva de palmas, mas ela foi rapidamente encoberta por um guincho penetrante que encheu o ar de repente. Parecia emanar do próprio céu e cresceu até um volume ensurdecedor, forçando todos na clareira a cobrirem seus ouvidos.

— Eles estão quase pousando — gritou Felix.

— Onde? — perguntou uma garota.

Era impossível dizer, mas estava claro que as naves estavam vindo rápido e com força, sem nenhum controle detectável sobre sua aproximação. Wells observou com um choque desamparado enquanto o primeiro veículo passava diretamente sobre sua cabeça, apenas alguns quilômetros acima deles, tão baixo que chuvas de destroços incandescentes chamuscaram os topos das árvores mais altas.

Wells praguejou para si mesmo. Se as árvores pegassem fogo, não importava quem estava nos módulos de transporte — todos estariam mortos antes da chegada da manhã.

— Ótimo — falou Bellamy, suficientemente alto para ser ouvido apesar do burburinho. — Arriscamos a vida para provar que a Terra é segura, só para eles poderem descer e atear fogo em tudo.

Sua voz tinha o habitual tom indiferente e sarcástico, mas Wells podia perceber que Bellamy estava assustado. Diferentemente dos outros, ele tinha forçado sua entrada no módulo de transporte — e feito com que o Chanceler fosse baleado no processo. Não havia como saber se ele seria perdoado por seus crimes, ou se os guardas tinham ordens de atirar quando o avistassem.

Enquanto o módulo de transporte passava pela clareira, Wells teve um vislumbre das letras na lateral — Trillion Galactic, a empresa que construiu as naves há gerações. Seu estômago se contorceu quando ele percebeu que um deles estava voando de lado, com um ângulo de quarenta e cinco graus em relação à Terra. O que aquilo poderia significar para todos dentro da cabine? O módulo passou sobre a clareira, desaparecendo atrás dos topos das árvores mais altas, continuando sua descida fora do campo de visão de todos.

Wells prendeu a respiração, esperando. Depois de um instante torturante, um clarão de luz e fogo explodiu bem depois das árvores. Eles estavam a pelo menos alguns quilômetros de distância, mas pareceu tão claro quanto uma erupção solar. Um milésimo de segundo depois veio o som atrasado da colisão, um estrondo profundo que encobriu todos os outros barulhos. Antes que qualquer um pudesse processar o que tinham acabado de ver, a segunda nave passou diretamente sobre suas cabeças e pousou da mesma forma catastrófica, criando mais luz e barulho. Uma terceira nave seguiu o mesmo caminho.

Cada impacto fez o solo tremer, enviando vibrações violentas que subiram pelos pés de Wells e chegaram até seu estômago. Foi isso o que aconteceu quando sua nave colidiu? O pouso deles também tinha sido terrível — algumas pessoas morreram. Os estrondos assustadores pararam de forma abrupta. Enquanto a Terra ficava em silêncio novamente, chamas se ergueram no céu, colorindo a escuridão, e fumaça começou a subir em espiral. Wells virou de costas para as árvores e ficou novamente de frente para os outros. Seus rostos, iluminados pela luz alaranjada que vinha de cima, faziam a mesma pergunta que se repetia infinitamente na cabeça de Wells: *Será que alguém pode ter sobrevivido àquilo?*

— Temos que ir até eles — falou Eric firmemente, erguendo a voz para ser ouvido, apesar do coro de arfadas e murmúrios nervosos.

— Como vamos encontrá-los? — perguntou Molly, tremendo. Wells sabia que ela odiava a floresta, especialmente à noite.

— Parece que eles podem ter pousado perto do lago — respondeu Wells, massageando as próprias têmporas. — Mas podem estar muito mais longe. — *Se é que alguém ao menos sobreviveu*, pensou. Ele não precisou falar aquilo. Todos estavam pensando a mesma coisa. Wells se virou mais uma vez na direção da colisão. As chamas estavam diminuindo, se encolhendo na floresta. — É melhor começarmos a nos mexer. Quando esse fogo se apagar, não teremos nenhuma chance de encontrá-los no escuro.

— Wells — murmurou Sasha, colocando uma das mãos em seu ombro —, talvez vocês devessem esperar até de manhã. Não é seguro lá fora.

Wells hesitou. Sasha tinha razão quanto ao perigo. Existia uma facção violenta dos Terráqueos que tinham se rebelado contra o pai dela e agora vagavam pela floresta que ficava entre Mount Weather e o acampamento dos cem. Foram as pessoas que sequestraram Octavia, que mataram Asher e Priya. Mas ele não conseguia suportar a ideia de que Colonos feridos e apavorados esperavam por sua ajuda.

— Não iremos todos — disse Wells ao grupo. — Preciso apenas de alguns voluntários para levar suprimentos de emergência e guiar todos até o acampamento. — Ele olhou para a clareira à sua volta que eles tinham se esforçado tanto para transformar em um lar e sentiu uma explosão de orgulho.

Octavia deu alguns passos na direção de Wells para ficar no meio do círculo. Tinha apenas 14 anos, mas, diferentemente dos outros integrantes jovens do grupo, não tinha vergonha de se manifestar.

— Acho que devemos deixar que eles encontrem seu próprio caminho — disse ela, erguendo o queixo de forma desafiadora. — Ou, melhor ainda, podem simplesmente ficar onde estão. Eles basicamente nos sentenciaram à morte quando nos enviaram até aqui. Por que devemos arriscar nossas vidas para resgatá-los?

Um murmúrio de concordância se espalhou pelo grupo. Octavia olhou rapidamente para o irmão, talvez buscando apoio, mas, quando Wells olhou para Bellamy, seu rosto estava estranhamente inescrutável.

— Você está *brincando*? — perguntou Felix, olhando para Octavia com horror. Sua voz ainda estava fraca por causa da doença, mas sua ansiedade estava clara. — Se houver a menor chance de meus pais estarem lá, então tenho que tentar encontrá-los. Esta noite.

Ele se aproximou de Eric, que passou o braço em volta dos seus ombros e o abraçou apertado.

— E eu vou com ele — disse Eric.

Wells examinou o grupo até chegar a Clarke e Bellamy. Eles fizeram contato visual, então Clarke segurou a mão de Bellamy e correu até a borda do círculo, onde Wells estava parado.

— Eu deveria ir também — falou Clarke, em voz baixa. — Provavelmente há pessoas feridas que precisam da minha ajuda.

Wells olhou para Bellamy, esperando que se opusesse ao risco. Mas ele tinha ficado tenso e calado, olhando fixamente para a escuridão atrás de Wells. Talvez soubesse que era inútil discutir com Clarke quando ela estava decidida a respeito de algo.

— Certo — falou Wells. — Vamos nos preparar. A maioria de vocês deve permanecer aqui e preparar o acampamento para os recém-chegados.

Clarke correu até a barraca da enfermaria para buscar suprimentos médicos, enquanto Wells designava outras pessoas para carregar água potável e cobertores.

— Eric, pode arranjar alguma comida? Qualquer coisa que tivermos.

Enquanto sua equipe se apressava, Wells se virou novamente para Sasha, que ainda estava ao seu lado, os lábios pressionados de concentração.

— Deveríamos levar algo para usar como maca — disse ela, examinado a clareira. — Algumas pessoas podem não conseguir andar até aqui. — E começou a caminhar na direção da barraca de suprimentos sem esperar por uma resposta.

Ele saiu correndo atrás dela.

— Bem pensado — disse, acompanhando os passos rápidos de Sasha. — Mas não acho que é uma boa ideia você vir conosco.

Ela parou de forma abrupta.

— O que você quer dizer? Nenhum de vocês conhece o terreno tão bem quanto eu. Se alguém é capaz de levá-los até lá e trazê-los de volta em segurança, sou eu.

Wells suspirou. Ela tinha razão, obviamente, mas a ideia de Sasha encarando centenas de Colonos — e, provavelmente, muitos guardas armados — que não tinham ideia de que Terráqueos ao menos existiam fez uma descarga de medo se espalhar por seu corpo. Ele se lembrou de como ficou chocado e desorientado quando a viu pela primeira vez — como se toda a sua compreensão do universo tivesse sido virada de cabeça para baixo. Ele certamente não tinha confiado nela a princípio, e o resto do grupo tinha demorado ainda mais para acreditar que ela estava dizendo a verdade sobre pertencer a uma comunidade pacífica de pessoas da Terra.

Wells deslocava o peso do corpo de uma perna para a outra enquanto olhava fixamente para os olhos amendoados de Sasha, que já estavam ardendo de forma desafiadora. Ela era linda e qualquer coisa menos frágil. Tinha provado que sabia cuidar bem de si mesma e que não precisava que ele a protegesse. Mas toda a força e a inteligência do mundo não seriam capazes de salvá-la da bala de um guarda em pânico.

— Eu apenas não quero que você se machuque — disse, segurando a mão dela. — Todos acham que esse planeta está vazio. Agora provavelmente não é o momento certo para eles descobrirem sobre os Terráqueos. Não quando estiverem desorientados e assustados. Os guardas poderiam fazer algo estúpido.

— Mas eu estarei *ajudando* — falou Sasha, com uma mistura de paciência e confusão na voz. — Ficará muito claro que não sou o inimigo.

Wells ficou em silêncio, pensando em todas as patrulhas de que ele tinha participado ao longo do treinamento para oficial. Nas pessoas que ele tinha visto serem presas por crimes tão ínfimos quanto violar o toque de recolher por cinco minutos ou acidentalmente entrar numa área restrita. Ele sabia que uma ordem rígida era absolutamente necessária na nave, mas que seria difícil os guardas abandonarem seu mantra de atirar primeiro e fazer perguntas depois.

— O que você precisa compreender sobre o meu povo...

Ela o interrompeu colocando as mãos em seus ombros, se erguendo nas pontas dos pés e o silenciando com um beijo:

— O seu povo é o meu povo agora.

— Espero que entendam essa citação de forma correta nos livros de história — disse ele, com um sorriso.

— Achei que *você* queria escrever esse livro. — Ela usou o que ele imaginou ser a versão Terráquea de uma voz convencida. — *Um relato em primeira pessoa do retorno do homem à Terra.* Parece uma boa leitura, a não ser pelo fato de que, você sabe, algumas pessoas nunca foram embora.

— É melhor você tomar cuidado, ou então tomarei algumas liberdades artísticas ao fazer sua descrição.

— O quê? Você vai dizer que eu era terrivelmente feia? Até parece que me importo.

Wells esticou o braço para colocar uma longa mecha de cabelo atrás da orelha de Sasha.

— Vou dizer que você era tão linda que me obrigou a fazer coisas ridículas e descuidadas.

Ela sorriu e, por um momento, todos os pensamentos desapareceram do cérebro de Wells, menos o quanto ele queria beijá-la novamente. Mas então o devaneio dos dois foi interrompido por vozes gritando na escuridão:

— Wells? Estamos prontos.

O cheiro acre de fumaça do local da colisão tinha começado a chegar até a clareira, penetrando em suas narinas.

— Certo — disse ele a Sasha, sua voz firme. — Vamos.

CAPÍTULO 3

Clarke

Clarke olhava fixamente para a cena da colisão, os olhos se esforçando no escuro, esperando pelo momento inevitável em que seu treinamento entraria em ação e seus instintos anestesiariam seu pânico. Mas ali, à beira da grande extensão de destroços, absorvendo a destruição, tudo o que ela sentia era terror.

Era bem pior do que quando os cem tinham pousado. Pelo que ela podia ver, três módulos de transporte tinham se chocado violentamente com o solo, separados por algumas dezenas de metros. Era incrível que não tivessem caído um em cima do outro. As carcaças de metal recortadas se erguiam da terra à beira da água, bem acima da superfície do lago. Corpos imóveis estavam espalhados por todo lado. Os focos de incêndio tinham quase todos se apagado, mas o fedor de metal queimado permanecia forte no ar.

Ainda pior do que ver tantos corpos era o crescente número de feridos. Segundo uma estimativa rápida de Clarke, havia cerca de trezentos e cinquenta sobreviventes em estados variados de sofrimento.

— Nossa... — A voz de Wells falhou ao lado dela. Mas, em instantes, sua expressão se transformou em determinação. — Certo — disse ele, respirando fundo. — Por onde começamos?

O cérebro de Clarke pegou no tranco, e uma calma familiar lhe apossou, enquanto ela começava a mentalmente fazer a triagem das pessoas em sua linha de visão — separando aqueles com membros mutilados daqueles que se sentavam sozinhos, começando com as crianças e seguindo uma ordem crescente de idade.

Eles eram capazes de fazer aquilo. Clarke era capaz de fazer aquilo. Cada um dos módulos de transporte tinha que estar carregado com suprimentos médicos. Ela tinha muito mais material com que trabalhar dessa vez e aprendera uma enormidade de coisas nas últimas semanas. Além disso, tinha que haver pelo menos um ou dois médicos formados entre os passageiros. Só podia torcer para que eles estivessem entre os sobreviventes. Clarke se contorceu enquanto uma pontada de remorso se espalhou por seu peito. Ela precisava de seus pais mais do que nunca, mas não estava mais próxima de encontrá-los nesse momento do que quando saiu do acampamento, dias atrás.

— Comecem separando as pessoas em grupos — disse ela a Wells, Sasha e os outros integrantes do grupo de resgate. — Deixem os mais gravemente feridos onde estão e levem qualquer um que consiga andar até a clareira.

— E quanto às pessoas entre esses dois extremos? — perguntou Eric. — Devemos deixá-las descansando aqui ou carregá-las?

— Todos precisam sair daqui o mais rápido possível — disse Wells antes que Clarke pudesse responder. — Os módulos de transporte podem explodir a qualquer momento. Vamos nos dividir em duas equipes. Metade começa pela esquerda e a outra metade pela direita.

Clarke assentiu, distribuiu as ataduras e outros suprimentos médicos básicos, então seguiu para o centro da confusão. Ela pisou em pilhas de metal retorcido e cacos de fibra de vidro, então ajoelhou ao lado de um pequeno menino cuja pele escura estava coberta de cinzas. Ele estava sentado com os joelhos encostados no peito e olhava fixamente para a frente, com olhos arregalados e gemendo.

— Ei — falou Clarke, colocando a mão no ombro do menino. — Eu sou Clarke. Qual é o seu nome?

Ele não respondeu. Não houve nenhum sinal de que tivesse ao menos escutado o que Clarke falou ou sentido a pressão de seu toque.

— Sei que está assustado. Mas tudo vai ficar bem. Você vai adorar esse lugar, eu prometo.

Ela se levantou e acenou para Eric, que veio correndo:

— Ele está bem. Apenas em choque. Pode encontrar alguém para cuidar dele?

Eric fez que sim com a cabeça, levantou o menino nos braços e se afastou de forma apressada.

À sua esquerda, Clarke podia ver Wells reconfortando uma mulher de meia-idade. Ele a ajudou a se levantar e caminhou com ela até Sasha, que estava se preparando para levar o primeiro grupo de sobreviventes até o acampamento. Um tremor gelado desceu pela espinha de Clarke quando ela viu um jovem com uniforme de guarda parado entre eles. Bellamy tinha prometido ficar fora de vista por enquanto, mas não seria necessário que muita coisa acontecesse para atraí-lo para um confronto. E se algo acontecesse com ele enquanto ela estava longe?

— Clarke! — Ela se virou e viu Felix acenando para ela. — Precisamos da sua ajuda aqui.

Ela correu até onde ele estava e encontrou-o ajoelhado ao lado de uma jovem menina com longos cabelos ruivos alourados embaraçados. Felix tinha tentado fazer um curativo em seu braço, mas a atadura já estava encharcada de sangue.

— Não quer estancar — sussurrou ele, com o rosto pálido. — Você precisa fazer algo.

— Deixe comigo — respondeu Clarke. — Continuem se movendo.

Ela tirou as ataduras e examinou o ferimento.

— Eu vou morrer? — sussurrou a menina, com a voz rouca.

Clarke balançou a cabeça e sorriu:

— Não. Não vou deixar isso acontecer de maneira alguma. Não antes de você ter a chance de explorar a Terra! — Ela colocou a mão em seu kit e pegou o antisséptico, rezando para encontrar mais no local da colisão. Estava quase acabando. — Adivinhe o que vi outro dia — falou ela, tentando distrair a menina enquanto se preparava para suturar o talho profundo em seu braço. — Um coelho de verdade, vivo.

— Sério? — A menina virou a cabeça para o lado, como se esperasse que um saltasse de trás de uma pilha de escombros.

Dez minutos depois, a menina estava sendo levada por Wells, liberando Clarke para lidar com os mais seriamente feridos. Era perturbador ver tantas pessoas com dor, mas o foco intenso que aquilo exigia era um alívio bem-vindo de seus pensamentos.

Clarke tinha passado os últimos dias em um turbilhão, cada nova descoberta ou revelação deixando-a mais perplexa do que a anterior. Ela tinha se reaproximado de Bellamy, que de alguma forma encontrara uma forma de perdoá-la pelo que ela tinha feito a Lilly. Então eles tinham resgatado Octavia da facção de Terráqueos de Sasha — que por sua vez tinha resgatado Octavia do grupo dissidente.

Mas o que mais perturbava a mente de Clarke era a descoberta de que seus pais estavam vivos. E na Terra. Ela não conseguia parar de pensar que devia estar sonhando e que a felicidade e o alívio borbulhando em seu peito repentinamente se transformariam em tristeza dolorosa mais uma vez. Mas os pais que tinha pranteado por um ano não tinham sido executados e arremessados no espaço. De alguma forma tinham chegado à Terra e até mesmo vivido com a família de Sasha antes de partirem por conta própria. Agora Clarke tinha apenas que descobrir como encontrá-los, o que parecia impossível por milhares de motivos. Mas ficar sentada sem fazer nada também não era uma opção. Assim que tivesse feito todo o possível por esses sobreviventes, faria planos para partir.

— Este não está respirando — disse Eric, com o rosto preocupado, enquanto Clarke se aproximava.

Ela se agachou e levou a mão ao pescoço do homem. Sua pele ainda estava aquecida, mas não havia nem a mais distante sombra de pulso. Clarke apertou os lábios, então abaixou a cabeça e a encostou no peito do homem, rezando para ouvir um batimento cardíaco. Mas não havia nada além de silêncio.

— Não há nada que possamos fazer por ele — afirmou Clarke, tentando não olhar nos olhos de Eric. Não queria ver o terror em seu rosto. E não queria que ele visse a impotência no seu.

Abaixou os olhos na direção do homem outra vez, vendo seu rosto de verdade pela primeira vez. Clarke arfou enquanto uma mão invisível entrava pelo seu esterno e envolvia os dedos em seu coração. Era seu antigo professor de biologia, o Sr. Peters, aquele que tinha dado a Clarke acesso ao centro de arquivo restrito da nave quando tinha apenas 10 anos para que pudesse ver fotos de elefantes.

— Você está bem? — perguntou Eric.

Clarke assentiu, piscando para dispersar as lágrimas que ameaçavam embaçar sua visão. Será que o Sr. Peters tinha durado o suficiente para ver o céu da noite? Será que tinha conseguido ver a lua refletida na água, ou sentir o aroma das árvores no vento? Ou será que morrera sem nem mesmo vislumbrar o planeta que tinha passado a vida toda venerando de longe?

— Deveríamos deixar os corpos aqui por enquanto — disse ela, se virando. — É mais importante cuidar dos feridos.

Clarke deixou Eric e pisou cuidadosamente sobre uma pilha de metal contorcido e extremamente quente para chegar a um homem caído de lado. Ele usava um jaleco que um dia fora branco, mas agora estava coberto de poeira, fuligem... e uma mancha de sangue que se expandia lentamente. Os olhos estavam fechados e a boca contorcida, desafiando a dor. Clarke soltou uma exclamação baixa quando reconheceu seu corpo alto e magro e os cabelos grisalhos na altura dos ombros. Era o Dr. Lahiri, seu antigo mentor e um dos amigos mais próximos de seu pai. A última vez que ela o tinha visto foi quando ele visitou sua cela e ela o acusou de trair seus pais. Dr. Lahiri a chamou de traidora em resposta e, antes que pudesse pensar melhor, Clarke lhe deu um soco no rosto.

A ira que a tinha consumido naquele dia parecia estranhamente distante agora. Embora seus pais tivessem certamente sido traídos, estavam vivos. E Clarke sabia que havia pessoas muito mais culpadas do que o Dr. Lahiri — como o Vice-Chanceler Rhodes, que tinha ordenado que seus pais executassem os monstruosos testes com radiação em primeiro lugar.

Clarke agachou e colocou a mão perto do ombro do homem.

— Dr. Lahiri — falou, com o que ela esperava ser um tom confiante. — Você pode me escutar? É a Clarke.

Seus olhos se abriram lentamente e a encarou por um longo instante, como se não fosse capaz de dizer se ela era de verdade ou uma alucinação. Quando finalmente falou, foi entre dentes cerrados, como se qualquer movimento estranho fosse ultrapassar seu limite de dor suportável:

— Clarke... você está viva.

— Sim, apesar de todos os seus esforços — disse ela, sorrindo para mostrar que estava em grande parte brincando. — Deixe-me ver o que está acontecendo aqui, certo?

Ele fez que sim com a cabeça levemente, então fechou os olhos e se encolheu. Clarke delicadamente abriu seu jaleco, apalpando o abdômen, as costelas e o peito. Ele fez uma careta quando o toque chegou à clavícula. Cuidadosamente abriu os olhos dele e checou suas pupilas, então passou a mão pelo escalpo para checar se havia alguma contusão que não tinha visto.

— Acho que são apenas meu ombro e minha clavícula — falou o Dr. Lahiri entre dentes cerrados.

— E uma concussão — acrescentou Clarke, tentando manter a voz neutra. — Acho que os ossos estão quebrados. Posso fazer uma redução e preparar uma tipoia, mas infelizmente não temos muita coisa aqui para a dor. Vocês trouxeram algum suprimento?

— Não sei o que está nos módulos de transporte — respondeu o Dr. Lahiri, fazendo o estômago de Clarke embrulhar com decepção. — Tudo aconteceu tão rápido. Não houve tempo para nos prepararmos.

— Vamos dar um jeito. Vou ajudá-lo a se sentar. Está pronto? — Ajoelhando-se atrás do médico, posicionou uma das mãos debaixo de seu braço bom e a outra atrás de sua omoplata. — Na minha contagem. Um, dois, três. — Levantou-o até que ficasse sentado e ele soltou um grito dolorido enquanto o ajudava a recostar contra uma parede de escombros. A cor começou a voltar ao rosto do médico. — Apenas fique o mais imóvel possível até meus amigos virem buscá-lo. — Então gesticulou para Wells e sua equipe. — Eles o ajudarão a ir para um local seguro.

— Clarke — murmurou o Dr. Lahiri, sua voz ficando rouca. Ela esticou o braço para pegar o cantil de água e o levou até os lábios dele. Tomou um pequeno gole e continuou: — Sinto muito pelas coisas que disse da última vez. Seus pais ficariam muito orgulhosos de você. *Eu* estou muito orgulhoso de você.

— Obrigada — falou Clarke lentamente, se perguntando se o Dr. Lahiri realmente acreditava que seus pais estavam mortos ou se ainda tinha muito medo de lhe contar a verdade. — Sinto muito por... perder a cabeça.

Apesar da dor, ele sorriu:

— Eu apenas gostaria de poder receber tanto crédito por seu gancho de esquerda quanto por suas habilidades cirúrgicas.

As próximas horas passaram como um borrão. Clarke mal percebeu a alvorada chegando, a não ser pelo fato de que a luz tornou o ato de suturar mais fácil. Quando o sol estava alto no céu, todos os Colonos que não estavam feridos tinham sido guiados até o acampamento e uma boa parte dos feridos fora carregada. Ao longo da manhã, mais alguns integrantes dos cem vieram até o lago para ajudar e procurar seus pais entre os recém-chegados. Mas o número relativamente pequeno de reuniões felizes tinha sido desolador. Aparentemente, as famílias dos cem não tinham recebido prioridade nos módulos de transporte, apesar de seus filhos terem sido enviados numa missão impossivelmente perigosa na Terra.

Clarke terminou de preparar uma tala para a perna de uma senhora idosa e então se levantou para se alongar rapidamente antes de seguir até o próximo paciente. Ela notou que os guardas que estavam parados em um círculo em volta de seu capitão alguns minutos antes tinham dispersado para ajudar a carregar os feridos até o acampamento. Só podia torcer para permanecerem mais concentrados em ajudar os outros Colonos do que em caçar o rapaz que tinha feito com que o Chanceler fosse baleado.

Os olhos dela se fixaram em um guarda que parecia desconfortavelmente familiar. Clarke o olhou fixamente por um longo momento, tentando descobrir por que se sentiu repentinamente nauseada. Ele estava de pé no centro de uma formação de pessoas que se movia lentamente, as direcionando com um braço bom e apoiando a mão ferida contra seu peito.

Clarke se virou rapidamente para que ele não pudesse vê-la, ganhando tempo ao fazer o inventário de suas ataduras enquanto forçava seu cérebro a se lembrar do nome do guarda.

Scott.

Scott muitas vezes era designado para a patrulha do centro médico durante o estágio de Clarke, e ela passou a temer seus frequentes encontros. Embora os guardas tipicamente não interagissem com os médicos e estagiários a não ser que houvesse uma questão de segurança, Scott era especialista em se fazer notar. Não era muito mais velho do que ela, e havia algo malicioso e importuno nele. Nunca olhava para os pacientes quando estava na sala — apenas para os médicos ou para os outros guardas, como se ele fosse bom demais para todos os outros. Mas o que realmente incomodava Clarke era a forma como agia quando estava sozinho com ela e o quanto parecia disposto a fazer aquilo acontecer.

Clarke teve que se forçar a não sair correndo enquanto caminhava rapidamente pelo corredor na direção do centro médico. Estava quase vinte minutos atrasada para suas visitas aos pacientes acompanhando o Dr. Lahiri, mas a punição para "comportamento arriscado" era ainda mais severa do que para o atraso. Estar atrasada significava que teria problemas com seu supervisor. Violar uma das regras da nave significava enfrentar o Conselho. Era raro guardas autuarem alguém por *correr*, mas o rapaz que vinha patrulhando o centro médico recentemente tinha ganhado a reputação de ter delírios de poder.

Clarke virou a esquina e gemeu. Tinha esperado entrar no centro médico sem ser notada, mas Scott estava parado em frente ao ponto de verificação. Estava de costas para ela, mas Clarke reconhecia seus ombros largos e o cabelo louro um pouco ensebado que sempre parecia mais longo do que era tipicamente permitido pelo regulamento da guarda.

Clarke pôde perceber que ele estava no meio de algum tipo de confronto, mas apenas quando se aproximou percebeu que Scott segurava uma mulher pelos pulsos. Tinha juntados os dois braços dela às costas. Era uma funcionária da área de saneamento de Arcadia e, baseado na repreensão que Scott estava lhe fazendo em voz alta para que todos escutassem, ela simplesmente tinha se esquecido de seu passe. A maioria dos guardas a teria deixado passar com uma advertência, mas não Scott, que estava fazendo um enorme teatro ao prender as algemas em seus pulsos. A pobre mulher tinha lágrimas nos olhos e mal conseguiu levantar a cabeça quando Clarke passou por ela.

45

Indignação e nojo coalhavam no estômago de Clarke, mas não ousou olhar para trás. Não ganharia nada intervindo. Se tentasse entrar no meio, Scott provavelmente ameaçaria a mulher com repercussões ainda mais severas, apenas para provar seu poder a Clarke.

No momento em que começou a ver seus pacientes, já tinha expulsado o incidente de sua cabeça. Essa era uma das coisas que amava em ser uma aprendiz de médica: a forma como sua cabeça podia ficar cem por cento focada na tarefa em questão, não deixando nenhum espaço para que se preocupasse com qualquer outra coisa em sua vida. Nem mesmo seus pais, ou Lilly, ou os terríveis segredos que escondia de Wells.

No entanto, mais tarde naquele dia, enquanto estava ocupada limpando o joelho cortado de uma menina de 5 anos, não foi possível evitar Scott quando ele entrou sem ser anunciado na sala de exame de Clarke.

— O que você quer? — perguntou Clarke, sem se preocupar em esconder a irritação.

Uma coisa era andar todo empertigado pela nave como se fosse o Chanceler dos corredores. Outra era invadir sua sala de exame quando ela estava com um paciente.

Ele balançou um dedo roxo e inchado na frente do rosto de Clarke e deu uma risada maliciosa:

— Você não vai acreditar, mas aquela piranha realmente me *mordeu* quando eu a estava algemando.

— Cuidado com o linguajar, por favor — sussurrou Clarke, séria, olhando rapidamente para a menina que encarava Scott com olhos arregalados na mesa de exame.

Scott riu de forma desagradável:

— Tenho certeza de que ela já ouviu coisa pior. Parece ser uma waldenita.

Clarke estreitou os olhos.

— *Você* não é um waldenita? — perguntou ela, fazendo sua melhor imitação de Glass e suas amigas convencidas.

Ele ignorou a cutucada e deu mais um passo na direção de Clarke.

— Estou precisando dos seus serviços, Doutora — falou, com uma voz que conseguia ser ao mesmo tempo sarcástica e vagamente ameaçadora.

— Se você simplesmente se sentar do lado de fora, posso dar uma olhada nisso depois que terminar com Cressida aqui.

— Bem, tenho certeza de que a pequena *Cressida...* — ele inclinou a cabeça na direção da menina —... compreenderia que um integrante da guarda sofreu um ferimento doloroso enquanto subjugava uma ameaça à Doutrina Gaia essa manhã. E que eu estou com pressa para retornar ao meu trabalho de proteger essa nave.

Clarke lutou contra o impulso de virar os olhos. Esforçou-se para manter a expressão neutra enquanto borrifava um regenerador de pele no joelho de Cressida, delicadamente fazia um curativo sobre ele e dava um tapinha carinhoso na perna da menina.

— Você já está pronta. Apenas mantenha o machucado limpo e seco até amanhã, certo?

Cressida balançou a cabeça positivamente e desceu da mesa com um salto, saindo correndo pela porta na direção da sua mãe, que esperava do lado de fora.

Clarke se virou para Scott e estendeu a mão. Ele colocou o pulso na palma dela e se encolheu quando ela esticou o dedo inchado.

— Você vai precisar que o médico de verdade avalie isso — disse ela, soltando sua mão e dando um passo para trás.

Ele levantou as sobrancelhas e deu um sorriso sem nenhum humor:

— Quem? Aquele velho que você segue o dia inteiro? Não, obrigado.

— O Dr. Lahiri é o médico mais respeitado na nave.

— Sim, bem, não é ele que quero que dê uma olhada na minha *outra* contusão.

— Do que você está falando?

— Aquele pedaço de lixo arcadiano também tentou me chutar. Eu a derrubei, mas ela conseguiu me dar uma joelhada numa área bastante sensível, se é que você me entende.

Clarke suspirou:

— Está com um hematoma?

— Não tive tempo de olhar — respondeu Scott com um sorriso desdenhoso. — Você não quer fazer as honras?

Scott esticou o braço na direção da fivela do cinto enquanto caminhava na direção de Clarke.

— Eu deveria chamar um enfermeiro — falou Clarke, se movendo na direção do interfone.

— Calma, espere um segundo. — Scott segurou o braço de Clarke com a mão boa e a puxou para trás. — Não preciso de um enfermeiro. Apenas preciso que você faça o seu trabalho... *Doutora*.

Antes que pudesse proferir outra palavra, a porta atrás dele se abriu repentinamente e Wells entrou apressado, parecendo mais alto do que de costume em seu uniforme de oficial. Scott deu um salto e parou em posição de sentido, o olhar fixo no chão. Clarke não conseguiu evitar sorrir para Wells por cima do ombro de Scott.

— Estou certo de que você não está impedindo que esta aprendiz de médica execute seu trabalho, não é mesmo? —

perguntou Wells, sua voz inflexível, mas seus olhos bem-humorados.

— Não, senhor — respondeu Scott, tenso.

— Bom saber, Guarda. Continue com suas rondas.

— Sim, senhor.

Clarke conteve um sorriso até a porta se fechar, então se aproximou de Wells e o abraçou. Ele ergueu o queixo dela e a beijou delicadamente nos lábios.

— Obrigada, Oficial Jaha.

— Não há de que, Aprendiz de Médica Griffin.

Clarke estava exausta. Não tinha comido nada desde a noite anterior, e toda a comida que eles levaram até o local da colisão foi dada aos sobreviventes. A equipe tinha se revezado para levar os sobreviventes até o acampamento, e havia apenas alguns feridos ainda para atender. Tinha adiado o máximo possível, mas não havia como evitar tratar de Scott. Ele estava sentado sobre um tronco na beira da clareira, encarando-a enquanto ela se aproximava.

— Achei que nunca chegaria a minha vez — disse ele, seus lábios pressionados de uma forma que lembrava um sorriso.

— Sinto muito pela espera — falou Clarke, esperando que talvez não a reconhecesse depois de todos os meses que ela tinha passado no Confinamento e das semanas na Terra.

— Está tudo bem, Doutora. Demorei esse tempo todo para vir à Terra só para que você finalmente pudesse me mostrar suas habilidades com as ataduras. Acredito que fomos interrompidos da última vez.

O coração de Clarke afundou. Scott sabia exatamente quem ela era e não tinha se tornado nem um pouco mais encantador desde a última vez que o tinha visto.

— Vamos ver o que houve aqui. — Ela gesticulou para que ele lhe mostrasse o pulso. Ele esticou o braço na direção de Clarke, que segurou sua mão, sentindo o estômago embrulhando em protesto enquanto tocava em sua pele pegajosa. Girou a mão dele, movendo-a delicadamente para a frente e para trás e de um lado para o outro.

— Então você é uma médica de verdade finalmente? — falou Scott. — Acho que isso significa que não tem mais direito de ficar toda melindrada nos exames agora.

— Não exatamente — respondeu Clarke, sem olhar para ele. — Nunca terminei meu treinamento, mas sou a coisa mais próxima de um médico que temos aqui embaixo.

— Bem, doutora ou não, é melhor fazer um bom trabalho. — Ele agitou os dedos contra a palma da mão de Clarke. — Essa é a mão com que atiro, afinal de contas.

Clarke tirou uma atadura da bolsa de suprimentos e começou a envolvê-la no pulso e na mão do guarda.

— Não está quebrado — disse ela de forma confiante, esperando acabar com a conversa o mais rápido possível. — Mas você terá que limitar o uso desta mão por alguns dias para permitir que o inchaço diminua. — Ela respirou fundo e olhou diretamente em seus olhos. — O que não deve ser um problema, pois caçamos com lanças e flechas aqui, e não armas.

Scott retribuiu o olhar com um brilho nos olhos. Um arrepio percorreu o braço de Clarke.

— Eu não estava falando de atirar em *animais* — afirmou ele calmamente. Então, antes que Clarke pudesse perguntar o que quis dizer, Scott inclinou a cabeça para o lado e a examinou com a mesma expressão que a fazia querer tomar um banho o mais rápido possível. — Então, por que você não terminou seu treinamento?

— Fui Confinada antes de completá-lo — respondeu Clarke, sem emoção e sem olhar em seus olhos.

— Confinada? *Você?* — Ele fez uma pausa, então deu uma risada. — A Pequena Miss Perfeita, *Confinada*. Quer saber de uma coisa, no entanto? Não me importo de ser tratado por uma condenada. Até que gosto de saber que, o tempo todo, havia uma garota má escondida debaixo daquele jaleco. — Ele abaixou a voz enquanto uma mulher com uniforme de oficial passava apressada, falando em tom de urgência com um homem que Clarke reconheceu vagamente. — Espero que você tenha trazido aquele jaleco para a Terra. Sempre gostei da forma que ele fazia seus...

— Você está pronto — falou Clarke com uma animação exagerada enquanto prendia a atadura e lhe dava um tapinha forte demais no pulso, ignorando sua careta de dor. — Eu o vejo por aí.

Sem olhar outra vez para Scott, Clarke correu para longe dali, balançando os ombros como se quisesse se livrar do peso de seu olhar pesado e prolongado.

CAPÍTULO 4

Wells

Wells se encolheu enquanto subia com dificuldade a inclinação na direção do lago pela oitava vez naquele dia. Tinha caminhado quase trinta quilômetros de um lado para o outro, levando sobreviventes ao acampamento e então voltando para buscar outro grupo.

Havia mais adultos do que jovens na clareira, uma visão que parecia quase mais estranha do que o cervo de duas cabeças que eles tinham visto em sua primeira semana na Terra. Sua presença se tornava ainda mais destacada pelo fato de que eles não conseguiam fazer nada além de olhar fixamente, maravilhados, para a natureza à sua volta enquanto, por todo lado, adolescentes que estavam apodrecendo em um centro de detenção, havia apenas algumas semanas, gritavam ordens.

Wells também ficou impressionado com a falta de encontros felizes. Ele tinha testemunhado apenas dois jovens que acharam algum parente, e os dois eram phoenicianos. Nenhum dos waldenitas ou arcadianos tinha algum ente querido nas naves.

— Não posso acreditar que consegui — falou, ofegante, uma jovem mulher enquanto aceitava com gratidão a assistência de Wells para subir a inclinação.

— Vocês tiveram um pouso bastante forçado — disse ele, encurtando os passos para que ficasse mais fácil para ela acompanhar. Apesar de apenas algumas semanas terem passado desde sua chegada, tinha se esquecido de como se sentia instável no começo.

— Não estou falando do pouso — respondeu ela, parando para encará-lo. — Em Phoenix. Foi... aterrorizante. — Ela se virou para olhar o céu, então suspirou e balançou a cabeça. — Eles não têm muito mais tempo.

Suas palavras foram como punhos no estômago de Wells. No entanto, antes que ele pudesse perguntar o que queria dizer com aquilo, Eric se apresentou para acompanhá-la pela floresta até o acampamento, liberando Wells para voltar ao lago.

Uma espiral quente de culpa se apertou em volta do estômago de Wells. Não precisava saber os detalhes para compreender que provavelmente tinha sido o responsável por qualquer destino sombrio que se apresentasse às pessoas que ainda estavam na Colônia. Pode ter se tornado um líder na Terra, mas ainda era um assassino de sangue frio na nave. Wells quase conseguia sentir o metal frio da câmara de vácuo nas pontas dos dedos enquanto ele a abria, apenas um pouco, permitindo que o precioso oxigênio vazasse para fora da nave. Estava apenas tentando acelerar o inevitável para que Clarke pudesse viajar para a Terra antes de seu aniversário de 18 anos — antes de sua execução. Mas, como sabia agora, ele também tinha apressado a morte de milhares de pessoas inocentes que ainda estavam presas na Colônia.

Enquanto se aproximava do lago, Wells torceu o nariz para o agora familiar cheiro do local da colisão. Por baixo do aroma acre de fumaça e do amargor metálico de sangue e suor, ele sentiu algo mais. Demorou um momento para entender o que era, mas, assim que descobriu, seu coração começou a acelerar: era combustível. Os módulos de transporte destruídos estavam derramando o combustível na grama, na terra e na água à sua volta. A maior parte das chamas tinha começado a se apagar, mas seria necessária apenas uma fagulha no lugar errado para transformar todo aquele espaço em um inferno.

Então, como em um pesadelo, Wells viu a cena acontecer. A cerca de cem metros de onde estava, uma enorme chama se ergueu no topo de um dos módulos de transporte chamuscados, arremessando pedaços de escombros flamejantes no ar.

— Cuidado! — gritou Wells, saindo em disparada. — *Saiam todos daqui.*

Por sorte, todos os feridos tinham passado pela triagem em outra área, mas havia muita fumaça para confirmar se os outros tinham se movido para um local seguro. Ofegante, Wells seguiu correndo, tossindo e limpando os olhos com as mangas da camisa enquanto gritava em busca de alguém que precisasse de ajuda.

Um zunido baixo soou, como algo voando no ar. Wells olhou para cima, mas não conseguiu ver nada além da fumaça cinzenta. O barulho ficou mais forte, mas antes que pudesse reagir, Wells sentiu seu corpo voando no ar e aterrissando no solo com um baque pesado. Tentou rolar de lado, mas algo — ou alguém — estava em cima dele. Depois de um momento, o peso se moveu e Wells olhou para cima com um gemido. A apenas alguns metros de sua cabeça estava um enorme pedaço de fuselagem em brasa. Se ele não tivesse sido lançado no solo, aquilo teria esmagado seu crânio.

Ele se virou para o outro lado e viu um vulto magro parado sobre ele, uma garota usando a calça cinza fina e a camiseta fabricadas na Colônia. Ela ofereceu a mão para ajudá-lo a se levantar.

— Obrigado — falou Wells, piscando rapidamente enquanto esperava sua visão clarear.

Quando o mundo voltou ao foco, a primeira coisa que viu enviou uma onda de felicidade por seu corpo.

Era Glass.

Eles se olharam no mesmo momento, e seus rostos se iluminaram em enormes sorrisos idênticos. Wells acabou com a distância entre os dois em um instante e envolveu os braços ao redor de sua melhor amiga de infância, puxando-a para um abraço apertado. Um milhão de imagens piscaram numa saraivada em seu cérebro — anos de memórias felizes se juntando e sendo reprisadas em um fluxo constante. Ele ficara tão focado em seguir Clarke até a Terra que não tinha tido muito tempo para se preocupar com Glass, depois que ela fugiu do módulo de transporte logo antes de os cem decolarem. O cheiro familiar de seu cabelo — aquela mistura particular de Glass e o xampu com aroma sintético da Colônia — o encheu de conforto e, por um breve momento, Wells foi transportado para uma época mais tranquila.

Durante toda a vida, ela tinha sido a única pessoa capaz de se esquecer do fato de ele ser o filho do Chanceler, a única que o fazia se sentir como se ele não estivesse sendo exibido. Perto de Glass, ele podia ser imaturo, ou brincalhão, ou algumas vezes até mesmo travesso — como na vez em que ele disse que a levaria aos arquivos para assistir a um vídeo de algum casamento real entediante, quando seu plano verdadeiro era ver um tubarão-branco atacar uma orca. E, por sua vez, Glass não tinha medo de lhe mostrar seu lado brincalhão. Enquanto o resto da nave via Glass como uma garota phoeniciana perfeitamente polida e bem-educada, Wells sabia que ela gostava de inventar dancinhas engraçadas e que caía na gargalhada toda vez que alguém fazia uma piada boba.

— Não acredito que você está aqui — falou Wells, se afastando para poder olhá-la melhor. — Você está bem? Fiquei tão preocupado com você.

— Você está brincando? Imagine o quanto fiquei preocupada com *você* — disse ela. — Ninguém sabia se tinham sobrevivido. *Você* está bem? Como é tudo por aqui?

Sua cabeça girava só de pensar em quantas coisas ele tinha para contar. Muito havia acontecido desde a última vez que eles se viram. Ele tinha ateado fogo na Árvore do Éden para ser preso, tinha sido Confinado, tinha enfrentado seu pai, tinha viajado com o resto dos cem no módulo de transporte de que Glass tinha escapado e tinha passado as últimas semanas lutando por sua vida na Terra.

— O mais estranho é... — começou ele.

— Existem realmente... — falou ela, ao mesmo tempo.

— Você primeiro — disseram os dois juntos, então riram.

Eles se afastaram, os sorrisos sumindo enquanto o cheiro de fumaça e metal chamuscado os lembrava de onde estavam, e por quê. Wells lutava contra a pergunta que borbulhava em sua garganta. E a forma como o rosto de Glass ficou sério dizia que ela sabia em que ele estava pensando. Wells engoliu em seco e encontrou a coragem para perguntar:

— Você sabe algo sobre meu pai?

Glass apertou os lábios e seus olhos se encheram de compaixão, uma expressão que Wells reconhecia das terríveis semanas depois da morte de sua mãe. Ele se preparou para o que quer que ela fosse lhe contar, simplesmente grato por, caso tivesse que ouvir notícias ruins, elas virem de Glass.

— Não se falou muita coisa sobre ele — começou ela, sua voz delicada, porém firme. Wells prendeu a respiração, esperando que ela continuasse. — Mas a última notícia que tivemos foi que ele ainda estava em coma.

Glass fez uma pausa, esperando que ele absorvesse a informação.

Wells assentiu, a mente girando com imagens de seu pai deitado sozinho no centro médico, o corpo alto e largo parecendo frágil debaixo do lençol fino. Concentrou seus esforços em manter a expressão neutra enquanto as palavras de Glass afundavam em seu peito, se alojando na parte mais profunda do coração.

— Certo — disse ele, com um longo suspiro. — Obrigado por me contar.

Glass se moveu na direção dele.

— Wells. — Isso foi tudo o que ela disse antes de envolver os braços ao redor dele novamente, dessa vez em um abraço reconfortante. Glass o conhecia bem demais para deixá-lo seguir com aquela máscara impassível. A melhor parte da amizade dos dois era que ele não se importava com aquilo.

Depois de um longo momento, eles se afastaram. Havia algo que Wells precisava contar a Glass antes de ela chegar ao acampamento.

— Glass — falou ele —, as coisas são um pouco... *diferentes* aqui na Terra do que esperávamos.

Preocupação surgiu no rosto dela.

— O que foi?

Ele tentou escolher as palavras cuidadosamente, mas não havia como suavizar a informação chocante e desconcertante.

— Não estamos sozinhos. Aqui. Na Terra. — Ele falou em voz baixa para que ninguém ao redor pudesse escutar e esperou ela processar o que ele tinha falado antes de continuar. A princípio, Glass sorriu, parecendo pronta para fazer uma piada sobre todas as outras centenas de Colonos à sua volta. Então ela percebeu a implicação das palavras de Wells e sua expressão mudou.

— Wells, está dizendo... — Sua voz falhou.

— Sim. Há outras pessoas aqui na Terra. Pessoas que nasceram aqui.

Os olhos de Glass se arregalaram.

— O quê? — Ela virou a cabeça de um lado para o outro, como se esperasse ver pessoas a observando das árvores. — Está falando sério? Não pode estar falando sério.

— Estou falando cem por cento sério. Mas está tudo bem. Eles são muito pacíficos e gentis. Bem, a maior parte. Existe um pequeno grupo que se separou há cerca de um ano, e é perigoso. Mas o restante é exatamente como nós. — Wells pensou em Sasha e não conseguiu reprimir um sorriso. — Eles são, na verdade, bastante inspiradores. Os terráqueos são boa gente, talvez melhores do que nós. Acho que temos muito a aprender com eles. Apenas tenho que pensar em como dar a notícia sem assustar ninguém.

Glass o encarava fixamente, porém não mais com uma expressão confusa.

— Wells — chamou ela lentamente, um pequeno sorriso se formando nos cantos da boca —, tem alguma coisa que você não está me contando?

Ele a olhou de lado.

— Sim, obviamente há muita coisa que não contei ainda. Aconteceu um terrível ataque, e um incêndio, e então as pessoas começaram a ficar doentes, e você *nunca* vai adivinhar o que aconteceu quando...

— Não — interrompeu ela. — Algo que você não está me contando sobre esses Terráqueos. Ou talvez um deles em particular?

— O quê? Não. — Ele era normalmente bastante hábil em esconder seus pensamentos, mas algo no tom de voz de Glass fez suas bochechas corarem.

58

— Ai, meu Deus — sussurrou ela. — Tem uma garota. Uma garota da *Terra*. — A voz dela transparecia tanto choque quanto encanto.

— Você está louca. Não há nenhuma... — Ele parou a frase no meio e balançou a cabeça. — Como você pode ter descoberto isso?

Glass se esticou e apertou o braço de Wells.

— Você não pode ter segredos comigo, Wells Jaha. Foi a forma como você estava falando sobre esses Terráqueos *inspiradores*. Estava com a mesma expressão de quando costumava falar sobre Clarke. — O olhar dela ficou menos leve enquanto a testa se franzia. — Isso quer dizer que vocês terminaram? O que aconteceu?

Wells suspirou.

— É uma longa história, mas estou bem. — Ele sorriu, pensando na noite anterior, quando estava deitado com a cabeça no colo de Sasha e eles olhavam para as estrelas. — Mais do que bem, na verdade. Não posso esperar para que você conheça Sasha.

— Sasha — repetiu Glass, parecendo levemente desapontada por não ser um nome mais exótico. — Onde ela está?

Antes que Wells pudesse responder, um rapaz alto com uniforme da guarda se aproximou, carregando um pequeno recipiente de água em uma das mãos, o outro braço estava pendurado numa tipoia. O rosto de Glass se iluminou ao vê-lo e não afastou os olhos enquanto o rapaz lhe passava o recipiente e esperava que ela bebesse um gole.

— Obrigada — disse Glass, sorrindo para ele antes de finalmente se virar de novo para o amigo. — Wells, esse é o Luke.

Wells estendeu o braço e apertou a mão boa do guarda com firmeza.

— Eu sou Wells. Prazer em conhecê-lo.

59

— Sei. Eu o reconheço, obviamente, e Glass me contou tudo sobre você. É realmente um prazer conhecê-lo, cara — falou Luke, sorrindo enquanto soltava a mão de Wells e lhe dava um tapinha nas costas.

Glass enganchou o braço no de Luke e olhou alternadamente para os dois rapazes, radiante.

Wells sorriu. Ele não fazia ideia de como Glass tinha acabado com um guarda, muito menos um que não era de Phoenix, mas nada daquilo importava ali embaixo. Além disso, havia algo em Luke de que Wells gostou de primeira. Ele parecia firme, sincero. Nada como os phoenicianos desprezíveis que Glass costumava namorar. Ela estava claramente apaixonada, e isso era tudo o que Wells precisava saber.

— Bem-vindos à Terra — disse Wells com um sorriso, apontando para o céu, as árvores e a água ao redor. Enquanto fazia aquilo, notou o sangue que cobria a camisa de Glass e arfou. Será que ela se ferira sem nem perceber? Então apontou para ela. — Glass, você está bem?

Ao olhar para a própria camisa, rosto de Glass empalideceu.

— Sim, estou bem — respondeu ela, em voz baixa. — Isso... não é meu.

Luke passou o braço sobre seus ombros e a puxou para perto.

O estômago de Wells se embrulhou enquanto ele se preparava para a terrível notícia que ele já podia sentir pairando no ar, como se a dor de Glass estivesse se propagando do lugar escuro onde ela a tinha escondido.

Glass respirou fundo e tentou se recompor, mas antes de formar qualquer outra palavra, ela se encolheu e afundou o rosto na camisa de Luke. Ele sussurrou-lhe algo que Wells não foi capaz de ouvir e, em seguida, acariciou o cabelo de Glass.

Wells olhava, horrorizado. Parte dele queria abraçar sua melhor amiga, mas claramente aquela não era mais sua função. Então permaneceu parado, até que Luke se virou para ele.

— É a mãe dela — sussurrou Luke. — Ela morreu.

CAPÍTULO 5

Glass

Glass jamais se sentira tão deslocada em sua vida. Não como uma phoeniciana visitando Luke em Walden. Nem como a filha de um homem que abandonou a família. Nem mesmo como uma condenada recentemente libertada de volta a Phoenix pela primeira vez. Ela estava parada junto à fogueira, tremendo apesar de o sol estar alto no céu, e observava o frenesi de atividade no acampamento. Para onde quer que olhasse, jovens de sua idade ou mais novos estavam ocupados com tarefas cruciais.

Pessoas entravam e saíam apressadas da barraca do hospital, levando água para os pacientes de Clarke e saindo com ataduras manchadas de sangue para serem queimadas ou enterradas na floresta. Alguns dos jovens entravam na clareira carregando machados e lenha que eles mesmos tinham cortado, enquanto outros erguiam as fundações de uma nova cabana. Algumas horas antes, um grupo de voluntários com rostos sérios tinha seguido na direção do lago para começar a abrir covas para os passageiros que não tinham sobrevivido. Era gente demais para caber no cemitério no lado mais afastado da clareira, e não fazia sentido carregar os corpos até o acampamento.

Embora os novos Colonos tivessem partido com certa urgência, os módulos de transporte tinham sido estocados previamente com suprimentos suficientes para fazer com que os jovens da primeira leva à Terra agissem como se tivessem recebido a chave para a vida eterna. Uma das garotas que Wells tinha designado para fazer o inventário parecia estar prestes a chorar enquanto passava a mão sobre um novo martelo, dando a ele a mesma reverência que outras garotas ofereciam a uma linda joia no Entreposto.

Glass estava ansiosa para se tornar útil, mas se sentia completamente fora de seu elemento natural. O medo era tanto que até temia perguntar onde — ou pior, como — ela deveria ir ao banheiro. Luke tinha sido convocado com o resto dos guardas e, embora tivesse ficado relutante em deixar Glass sozinha, ambos sabiam que esse não era o momento para ele se esquivar de seu dever.

Um grupo de garotas da idade de Glass caminhava na direção do fogo, sussurrando de forma urgente, mas, quando elas passaram por Glass, ficaram em silêncio e a encararam com cautela.

— Oi — falou Glass, ansiosa para começar com o pé direito. — Tem alguma coisa que eu possa fazer para ajudar?

Uma das garotas, uma morena alta cujo short cuidadosamente rasgado mostrava suas pernas longas e inacreditavelmente bronzeadas, estreitou os olhos enquanto olhava Glass de cima a baixo:

— Você devia estar no módulo de transporte conosco, não devia?

Glass assentiu.

— Sim, fui levada do centro de detenção, exatamente como todos vocês. — Era a primeira vez que ela confessava voluntariamente ter sido Confinada. — Mas saí de fininho no último minuto.

Sair de fininho era uma forma um tanto imprecisa de descrever sua corrida de vida ou morte até Walden para encontrar Luke, mas ela achava que esse não era o momento para um relato detalhado sobre sua fuga dramática.

— Sim, saiu de fininho, sei — disse uma garota com sotaque arcadiano, trocando olhares com as amigas. — Deve ser bom conhecer pessoas a quem você pode pedir favores.

Glass se segurou para não falar nada, desejando que houvesse alguma forma de explicar tudo por que ela tinha passado, que ela não tinha exatamente passado as últimas semanas vivendo a boa vida em Phoenix. Ela tinha quase morrido asfixiada em Walden e quase não conseguiu entrar na última nave. Tinha acabado de ver sua mãe *morrer*, algo que ainda esmurrava seu peito com ondas alternadas de dor lancinante e dormência sufocante.

— Você devia apenas ficar junto dos outros — falou uma das garotas, de forma um pouco mais gentil. Ela apontou para um grupo de recém-chegados reunido no outro lado do fogo, encarando, de olhos arregalados, seus novos arredores com um encanto maravilhado.

Glass assentiu e observou enquanto as garotas se afastavam, certa de que também não era bem-vinda entre os recém-chegados. A maior parte deles tinha visto quando ela embarcou no módulo de transporte com o Vice-Chanceler Rhodes, tomando o assento que outros tinham tão desesperadamente desejado que fosse ocupado por um de seus amigos e familiares que foram forçados a deixar para trás. Se ao menos sua mãe estivesse ali. Ela tinha um dom especial para se sentir em casa em qualquer situação e ajudar todos à sua volta a se sentirem tranquilos também. Sonja podia não saber como acender uma fogueira ou cortar lenha tão bem quanto

Glass, mas seu sorriso caloroso e sua risada musical seriam tão valiosos quanto isso.

Glass envolveu os braços em si mesma e olhou para as árvores vertiginosamente altas. Balançando ao vento, elas quase pareciam olhar para ela, fazendo-a se sentir como uma criança perdida em um mar de adultos distraídos.

Observou quando Wells saiu da barraca do hospital e, mesmo de longe, pôde ver que sua expressão era séria. Ele passou os dedos pelos cabelos e esfregou as têmporas. Apesar da gravidade da situação, Glass não conseguiu evitar sorrir com o gesto familiar — o mesmo que vira o Chanceler fazer quase todas as noites que ela passara estudando no apartamento de Wells. Uma pontada de tristeza se espalhou por seu corpo quando pensou no Chanceler, deixado para trás na nave condenada à morte. Ele nunca teria a chance de ver tudo o que seu filho tinha realizado na Terra.

Glass sempre soube que Wells era um líder nato, e seu coração se inchava de orgulho ao ver o quanto todos pareciam confiar nele, embora ela sentisse uma pontinha melancólica de tristeza. Era um pensamento egoísta, mas sentia falta da época em que Wells era mais dela do que dos outros.

Veja isso — gritou Glass por cima do ombro para Wells, que vinha atrás dela na pista de gravidade.

Glass olhou em volta para se assegurar de que o monitor de avaliação física não estava observando, então correu até o painel de controle, segurou a alavanca e a empurrou alguns graus. Ela se sentiu mais leve na mesma hora e deu uma risada enquanto empurrava o chão e pairava no ar por um momento antes de descer flutuando lentamente.

Ela dobrou os joelhos, empurrou com mais força, esticou os braços e os rodou um de cada vez no ar.

— Veja! Estou nadando! — Glass apertou o nariz com os dedos e estufou as bochechas, antes de soltar uma risada ruidosa. — Era assim que as crianças na Terra iam à escola quando chovia.

Wells pulou na direção dela com um sorriso.

— Que tal isso aqui? — perguntou ele, ofegante, elevando o braço esquerdo à sua frente, empurrando o pé direito para trás e então trocando braços e pernas no ar. — Estou esquiando!

Glass fez sua melhor imitação de um antigo Terráqueo:

— Estou apenas *esquiando* até o *supermercado* — cantou ela com a voz de uma velhinha refinada —, onde vou comprar *vegetais* frescos de uma árvore e então vou dirigir meu *veículo* até a *praia* para um *piquenique*.

— Com meu urso de estimação, Fido, e meus seis filhos! — acrescentou Wells.

Glass e Wells desabaram na pista em um acesso de riso tão alto que fez o monitor de avaliação física sair da sala de forma apressada.

— O que vocês acham que estão fazendo? — perguntou ele, muito sério. — Vocês sabem que não têm permissão para tocar nas configurações de gravidade.

O homem caminhou na direção dos dois, seu rosto inflexível, mas era impossível levá-lo a sério quando cada passo furioso o fazia quicar no ar. Quando se aproximou e percebeu que Wells era o filho do Chanceler, sua raiva diminuiu levemente, substituída pelo sorriso duro que a maioria dos adultos oferecia a Wells quando ele os pegava desprevenidos.

— Senhorita. Sr. Jaha. — Ele virou de um lado para o outro, checando se havia algum guarda por perto. — Não vou autuá-los dessa vez, mas não me testem novamente. A pista de gravidade não é uma área para brincadeiras, certo?

Eles assentiram e observaram enquanto o monitor se virava com o máximo de dignidade que conseguia enquanto flutuava sobre o solo.

Glass e Wells apertaram os lábios, respirando pelo nariz até que ele estivesse suficientemente longe. Quando o monitor não podia mais escutá-los, eles caíram na gargalhada até suas barrigas doerem e lágrimas rolarem por seus rostos jovens.

Glass caminhou até a beira da clareira e se sentou sobre um tronco. Se não podia ser útil, pelo menos não ficaria no meio do caminho. A única coisa que fazia Glass sentir que não era um completo desperdício de espaço era o fato de Luke ter sido rapidamente recrutado para a guarda pessoal do Vice-Chanceler, razão pela qual Glass quase não o vira desde que pousaram. Ele estava em algum lugar recebendo instruções sobre montar um perímetro de segurança ao redor do acampamento.

Glass viu novamente Wells no outro lado da clareira, dessa vez caminhando com uma garota que tinha que ser Sasha. Ele passou o braço em volta dos ombros da menina e beijou o topo de sua cabeça. Era surpreendente ver Wells tão visivelmente afetuoso, e chegava a ser assustador pensar que sua namorada era uma *Terráquea*. Todas as perguntas que Glass não tinha nem pensado em fazer borbulharam em sua mente. Ela falava inglês? Onde vivia? O que comia? E, o mais importante, onde conseguia suas roupas? Glass olhou com inveja para a legging preta apertada de Sasha, que parecia ser feito da pele de algum animal, e passou a mão na própria calça rasgada e suja.

Era também incrivelmente confuso ver Wells beijar alguém que não fosse Clarke. A última vez que vira seu melhor amigo, ele ainda estava tão perdidamente apaixonado por Clarke que mal conseguia falar sobre outro assunto. Mas, de qualquer forma, se Glass tinha aprendido alguma coisa nas últimas semanas, era que as pessoas podem surpreender. Ela mesmo tinha se surpreendido.

Glass riu para si mesma antes de corar e olhar ao redor para ver se alguém percebera. Ela precisava se lembrar de contar a Wells que ela tinha caminhado no espaço, de verdade, sozinha, junto à parte externa da nave. Sem mencionar suas várias viagens sufocantes pelo duto de ar indo de Walden a Phoenix e vice-versa. *Ele nunca acreditaria em mim*, ela pensou. Então se corrigiu: *Ele nunca teria acreditado em mim antes. Mas agora nós dois acreditamos em qualquer coisa.*

Com um suspiro, Glass examinou a clareira novamente. Ela precisava encontrar algo para fazer. Seus olhos pararam na barraca do hospital. Juntou coragem e partiu, cruzando a clareira até a barraca, atenta para ficar fora do caminho de dois rapazes que carregavam algo grande. A princípio, achou que se tratava de mais um passageiro ferido, mas então percebeu que o que ela tinha achado que eram dois braços finos e duas pernas longas eram, na verdade, *quatro patas*. E elas estavam cobertas de pelos em vez de pele. Glass deu uma arfada. Era um animal, um cervo, talvez. Ela tremeu quando seu olhar se fixou sobre aqueles enormes olhos castanhos sem vida e sentiu uma pontada de tristeza pelo fato de o primeiro animal que vira na Terra estava morto. A Terra não era como havia imaginado. Era fria e estranha e, ao invés de deslumbrar Glass com a sua beleza, só parecia estar cheia de morte.

Glass se afastou e seguiu até a barraca da enfermaria, fazendo uma pausa à porta por um momento antes de respirar fundo e entrar. De imediato, ela ficou impressionada com a eficiência da operação, mesmo em um espaço tão pequeno. Era um redemoinho de atividade: Felix e Eric cruzavam o ambiente com rapidez, entregando ataduras e vasculhando uma caixa com pequenos frascos e ampolas de medicação. Octavia virava um recipiente com água nos lábios de um garoto que devia ter a sua idade e estava deitado em um leito com a perna apoiada em um pedaço de plástico reutilizado dos destroços. Havia sobreviventes da colisão ocupando todos os leitos, esparramados no chão e até mesmo recostados nas paredes. E no centro disso tudo via-se Clarke, que parecia estar em três lugares ao mesmo tempo. Dava instruções a Octavia sem olhar em sua direção, passava para Eric um pedaço de metal improvisado para cortar ataduras, ajudava uma mulher mais velha a se sentar e colocava a mão na testa de uma menininha ao seu lado, tudo sem parecer minimamente afobada. Glass nunca tinha visto Clarke tão no controle — tão em seu hábitat.

— Oi, Clarke — falou Glass. A saudação pareceu comicamente inadequada levando em conta que essa era a primeira vez que ficavam frente a frente na Terra, mas agora não era bem o momento para falar, *Oi, Clarke, espero que você esteja bem e não esteja muito chateada por ter terminado com Wells depois de uma jornada traumática até a Terra. E, ah, sim, sinto muito por ser tão babaca com você quando éramos crianças.*

Clarke levantou a cabeça rapidamente, uma ponta de suspeita marcando seu rosto, logo desaparecendo por trás de seu comportamento profissional.

— Glass. Você precisa de alguma coisa? Está ferida?

Glass tentou não se ofender com o tom seco de Clarke. Elas nunca tinham sido particularmente próximas — Glass sempre achara Clarke um pouco séria demais para seu gosto. Glass estava sempre mais interessada em encontrar acessórios bonitos no Entreposto, enquanto Clarke estava preocupada em aprender a salvar vidas. Mas ambas sempre compartilharam um afeto profundo por Wells e uma preocupação com seu bem-estar. E, a essa altura, qualquer rosto familiar se parecia com um rosto amigável. Glass não tinha mais nada a perder.

— Ah, não... desculpe. Apenas estava me perguntando se você precisa de alguma ajuda — gaguejou Glass.

Clarke olhou fixamente para ela por um momento, como se tentasse determinar se estava falando sério. Glass esperou, desconfortável, até Clarke finalmente responder:

— Claro. Com certeza. Quanto mais mãos, melhor.

— Ótimo. — Glass soltou o ar. Ela olhou em volta, procurando algo para fazer. Avistou uma pilha cambaleante de vasilhas e copos de metal sujos. Apontou para eles. — Posso lavar aquilo.

Clarke assentiu antes de se virar novamente para a mulher à sua frente.

— Isso seria ótimo — disse ela a Glass por cima do ombro. — Apenas se assegure de levá-los até o córrego do sul e não àquele de onde coletamos água potável. Mas eles precisam ser esterilizados no fogo primeiro. Basta usar um graveto para mantê-los sobre a chama por cerca de cinco minutos.

— Certo. — Glass pegou os itens que estavam mais no topo da pilha e seguiu na direção da porta.

— Glass — gritou Clarke para ela. — Você sabe como chegar ao córrego do sul?

Ela fez que não com a cabeça, as bochechas ardendo de vergonha.

— Não, sinto muito. Eu ia apenas perguntar a alguém...

Clarke deu algumas instruções à sua paciente, então apanhou algumas vasilhas de metal e seguiu Glass.

— Vou mostrar o local — disse Clarke. — Preciso tomar um pouco de ar.

As garotas saíram na luz do sol, semicerrando os olhos e enchendo os pulmões com o ar que até parecia refrescante depois de saírem da barraca abafada.

Enquanto ela e Clarke caminhavam na direção da fogueira no centro do acampamento, Glass percebeu um movimento rápido com o canto do olho. Ela virou a cabeça na direção da linha de árvores e forçou a vista. Entre as sombras, cerca de três metros dentro da floresta, avistou um garoto alto com cabelos escuros, parcialmente escondido por uma árvore. Ele olhava fixamente para as duas. Glass respirou fundo, assustada, e parou de andar.

— O que houve? — perguntou Clarke. Então seguiu o olhar da menina e avistou o rapaz.

— Devemos contar a alguém? — perguntou Glass, nervosa. — Aquele é... aquele é um dos Terráqueos que querem nos fazer mal?

Clarke balançou a cabeça.

— Não, aquele é Bellamy. É um de nós, mas não deveria estar aqui agora.

Glass ouviu algo na voz de Clarke... seria preocupação? Medo? Para sua surpresa, Clarke franziu a testa e disparou um olhar esquisito para Bellamy — quase como uma advertência. Mas o rapaz apenas encarou-a de volta e sorriu, inabalado pela expressão séria em seus olhos.

71

Bellamy deu alguns passos largos para a frente, como se estivesse seguindo para o acampamento. Clarke balançou a cabeça firmemente dessa vez. Ele parou, embora não parecesse feliz com aquilo. Clarke articulou algumas palavras sem produzir som e gesticulou em sua direção, como se o estivesse enxotando. Ele deu de ombros e, logo antes de recuar mais na floresta, fez uma saudação sarcástica.

Glass se virou para olhar Clarke, que estava ruborizando levemente. Ela sabia que Wells estava com Sasha, mas não tinha passado pela sua cabeça que Clarke também pudesse ter conhecido outra pessoa tão depressa. As coisas certamente andavam rápido aqui na Terra.

— Então, por que você está escondendo Bellamy na floresta? — provocou Glass. — Quer ter certeza de que vai ficar com ele só para você?

Sua intenção era quebrar o gelo, em uma tentativa de dizer a Clarke que sabia que ela e Wells tinham se separado. Assim que Glass falou as palavras, no entanto, percebeu que a frase não tinha saído como queria.

— Eu não o estou *escondendo* em lugar nenhum — disse Clarke, disparando o mesmo olhar que costumava usar quando Glass dizia alguma tolice em suas aulas.

Glass se encolheu.

— Desculpe. Eu não quis dizer...

Mas Clarke deve ter percebido como soou ríspida, pois sua expressão se suavizou.

— Não, eu que peço desculpas — falou ela, soltando o ar. — Isso não foi justo. É só que... há muita coisa acontecendo que não lhe contamos ainda.

Glass soltou uma pequena risada.

— Sim, estou começando a perceber.

— Isso quer dizer que você sabe sobre Wells?

— Sobre ele e... — Ela parou no meio da frase, sem saber se deveria compartilhar o segredo de Wells.

— ...e Sasha — completou Clarke por ela.

Glass assentiu, aliviada por Clarke também saber.

— Então você não se importa com tudo isso? — perguntou ela, hesitante.

Antes que Clarke pudesse responder, um garoto com cabelos ruivos e sardas veio correndo em sua direção.

— Clarke, um dos recém-chegados disse que não consegue respirar e que precisa de uma injeção de alguma coisa.

Ela soltou um pequeno suspiro.

— Ele falou tudo isso? — O garoto fez que sim com a cabeça. — Se ele consegue falar, então está bem. Certamente trata-se de um ataque de pânico moderado. Diga a ele que estarei de volta em um segundo.

O garoto assentiu e saiu correndo.

— Sim, estou definitivamente feliz por Wells e Sasha. As coisas com Bellamy estão... quer dizer, sei que não faz muito tempo, mas é quase como se...

— Está tudo bem — disse Glass, interrompendo-a com um sorriso. Clarke podia estar totalmente equilibrada e no controle quando atuava como médica, mas falar sobre garotos a deixava cativantemente perturbada.

Clarke parecia estar decidindo se falava ou não.

— Wells já lhe contou alguma coisa sobre Bellamy?

Glass balançou a cabeça.

— Então acho melhor ele falar com você primeiro.

Glass examinou o acampamento movimentado e se virou novamente para a outra menina.

— Acho que vai demorar um bom tempo até Wells ter tempo de conversar comigo. O que está acontecendo?

Clarke hesitou, mordendo o lábio.

— Vamos lá, Clarke — insistiu Glass, um pouco surpresa pelo fato de, apesar de conhecer Clarke durante a maior parte de sua vida, elas estarem tendo sua primeira conversa de verdade na *Terra*. — Tenho certeza de que Wells não vai se importar de você falar sobre seu próprio namorado.

— É um pouco mais complicado do que isso. — Ela olhou ao redor para se assegurar de que ninguém mais podia escutá-la, então se virou novamente para Glass com um sorriso frágil. — Então, isso é loucura, mas quais você acha que são as probabilidades de o segundo sujeito por quem eu me apaixonei acabar sendo o meio-irmão secreto do primeiro?

Glass encarou Clarke, com a certeza de que tinha ouvido errado.

— Wells tem um *irmão*? — perguntou ela, lentamente, esperando que Clarke caísse na gargalhada e a corrigisse.

Mas, para seu espanto, Clarke fez que sim com a cabeça.

— O Chanceler e a mãe de Bellamy tiveram um caso secreto antes de ele se casar com a mãe de Wells.

Glass tinha ouvido muitas coisas confusas saírem da boca de Clarke Griffin ao longo dos anos, especialmente nas aulas de matemática, mas nada tão extraordinário quanto aquilo.

— Não consigo acreditar.

— Também não consegui a princípio, mas parece ser verdade. E isso é apenas o começo. — Com uma voz surpreendentemente calma, ela contou a Glass sobre o que Bellamy tinha feito para embarcar no módulo de transporte com a sua irmã, Octavia, e como ele tinha tomado o Chanceler como refém antes de saber que era seu pai. O rosto de Clarke ficou ainda mais sério quando ela contou a Glass sobre seu maior medo, suas preocupações sobre o que os guardas fariam com Bellamy quando descobrissem que ele era responsável pelo fato de o Chanceler ter sido baleado. — Venho tentando fazê-lo sair do acampamento, mas ele se recusa — disse ela com um tom que Glass não conseguia distinguir, uma mistura estranha de frustração e orgulho.

Glass se esforçou para absorver aquilo tudo e fez uma nota mental para conversar com Luke. Talvez houvesse algo que ele pudesse fazer para tirar os guardas da trilha de Bellamy.

— Uau — falou ela, balançando a cabeça. — Isso é ainda mais louco do que minha caminhada no espaço.

— Você caminhou no espaço? — Os olhos de Clarke se arregalaram com admiração.

— Caminhei — respondeu Glass, uma pequena ponta de orgulho surgindo em sua voz. — Era a única forma de chegar a Phoenix. Se não fosse assim, meu namorado, Luke, eu e mais muitas outras pessoas teríamos morrido em Walden.

As garotas ficaram em silêncio por um instante, cada uma se esforçando para processar as novidades cruciais que a outra tinha acabado de compartilhar. Então a porta da barraca do hospital se abriu atrás delas e Octavia saiu.

— Clarke — gritou ela. — Precisamos de você aqui um segundo.

— Estou indo — respondeu Clarke, então se virou para Glass. — Estou feliz que você esteja aqui, Glass.

— Eu também — respondeu ela, com um sorriso.

Era verdade que ela estava feliz em ver Clarke. Se sentia o mesmo por estar na Terra era outro assunto completamente diferente, mas pelo menos não era tão frio e solitário quanto ela sempre tinha imaginado quando olhava para o manto espesso de nuvens cinzentas da nave. Especialmente agora que parecia que ela poderia ter uma amiga.

CAPÍTULO 6

Bellamy

— Que se dane — resmungou Bellamy para si mesmo, chutando uma bola de terra no ar. Ele observou enquanto aquilo voava em um arco suave entre duas árvores antes de pousar com um "ploft" a alguns metros de distância. Passos penetravam no silêncio da floresta, de onde ele observava atrás de um conjunto de árvores altas, se mantendo escondido. Espiou através da folhagem e avistou a clareira, observando três dos recém-chegados — um homem e duas mulheres — que torciam o nariz para um cervo sendo assado sobre o fogo. O cervo que Bellamy tinha matado naquela manhã e dado a Antonio para que levasse ao acampamento. Ou eles aprenderiam a comer carne ou morreriam de fome. Ou, melhor ainda, poderiam encontrar a própria comida.

Quando os cem pousaram, não havia ninguém ali para recebê-los ou mostrar como as coisas funcionavam. Ninguém *ensinou* Bellamy a rastrear animais, usar arco e flechas ou esfolar um cervo de duas cabeças. Ele descobriu sozinho, da mesma forma que Clarke tinha descoberto como tratar ferimentos e doenças que ela nunca tinha visto antes. Da mesma forma que Wells descobriu como construir uma cabana. Até mesmo Graham, que na maior parte do tempo era um inútil desprezível, tinha descoberto como produzir uma lança. Se Graham era capaz, esses tolos desamparados também eram.

Bellamy teria dado seu melhor arco para poder caminhar empertigado até o meio do acampamento, com a cabeça erguida, e desafiar aqueles desgraçados a simplesmente *tentarem* prendê-lo. Ele sabia que, quando a fumaça baixasse e os ouvidos dos Colonos parassem de zunir, um deles o reconheceria como o rapaz que tinha mantido o Chanceler como refém na plataforma de lançamento. Não importava que Bellamy não tivesse apertado o gatilho — ele era a razão por que o Chanceler tinha sido baleado. Ele não tivera oportunidade de perguntar a Wells se havia alguma notícia sobre o pai dele... correção: o pai *deles*. Será que algum dia se acostumaria àquela ideia? Ele certamente não descobriria se o homem tinha sobrevivido ou morrido ficando na floresta sozinho.

Esse acampamento era o lar de Bellamy. Ele tinha ajudado a construí-lo com as próprias mãos, lado a lado com o restante dos cem. Tinha carregado troncos e os fixado no solo para construir uma fundação. Tinha mantido o grupo vivo alimentando-o com os animais que caçava sem a ajuda de ninguém. Ele não deixaria tudo para trás apenas porque teve a audácia de tentar proteger sua irmã. Não era sua culpa a Colônia ter uma lei de população estúpida, que tornava Octavia uma aberração da natureza e dava a outras pessoas a permissão para tratá-la como uma criminosa.

Um galho estalou e Bellamy girou com o punho erguido, então o abaixou timidamente quando viu um garotinho olhando fixamente para ele.

—O que está fazendo aqui? — perguntou Bellamy, olhando à sua volta para se assegurar de que ele não tinha sido seguido. Era bizarro ver adultos no acampamento, porém ainda mais estranho ver crianças pequenas.

— Eu queria ver os peixes — disse ele, embora sua língua presa fizesse a palavra soar como *peixssess*.

Bellamy agachou para ficar da mesma altura do menino, que parecia ter 3 ou 4 anos.

— Sinto muito, amiguinho. Os peixes moram no lago. E o lago fica muito longe daqui. Mas, veja. — Ele apontou na direção das árvores. — Há pássaros lá em cima. Quer ver alguns pássaros?

O menino assentiu. Bellamy se levantou e inclinou a cabeça para trás.

— Ali — disse ele, apontando para um local onde as folhas farfalhavam. — Está vendo?

O menino balançou a cabeça.

— Não.

— Deixe-me ajudá-lo a ver mais de perto. — Bellamy se abaixou, pegou o menino e o ergueu até seus ombros, levando o garotinho a soltar um grito de satisfação. — Fale baixo, certo? Ninguém deve saber que estou aqui. Agora, veja, ali está o pássaro. Está vendo o passarinho? — Bellamy não conseguia ver o rosto do menino, então ele entendeu o silêncio como um sim. — Então, onde estão seus pais? Eles sabem aonde você foi?

Bellamy agachou para que o menino pudesse deslizar de suas costas, então se virou para encará-lo.

— Qual é o seu nome?

— Leo? — gritou a voz de menina. — Aonde você foi?

— Merda — falou Bellamy para si mesmo, mas, antes que ele tivesse tempo para se mover, uma garota com longos cabelos escuros apareceu correndo. Ele suspirou. Era apenas Octavia.

Ela inclinou a cabeça para o lado e sorriu.

— Já está atraindo crianças para a floresta como um verdadeiro eremita bizarro, não é mesmo? Não demorou muito.

Bellamy revirou os olhos para ela, mas estava secretamente feliz em ver Octavia tão bem-humorada. Ela tinha passado algumas semanas difíceis e, exatamente quando retornou ao acampamento, o restante da Colônia repentinamente chegou. Octavia era adaptável, para dizer o mínimo. Tinha passado seus primeiros cinco anos vivendo dentro de um maldito armário e os outros dias provando que merecia estar viva.

— Você conhece essa criança? — perguntou Bellamy.

— Esse é o Leo.

— Onde estão os pais dele?

Octavia lançou um olhar para Leo, então balançou a cabeça com tristeza.

Bellamy soltou um longo suspiro e olhou para Leo, que estava ocupado puxando uma trepadeira grande que circundava uma árvore próxima.

— Então ele está sozinho?

Octavia assentiu.

— Acho que sim. São muitas crianças assim. Acho que seus pais não conseguiram embarcar nos módulos de transporte, ou então... — Ela não precisou terminar a frase. Ele sabia que ambos estavam pensando sobre as covas recentemente cavadas e ainda sem nomes junto ao lago. — Estou tomando conta de todos eles até descobrirmos o que fazer.

— Isso é muito legal da sua parte, O — disse Bellamy.

Ela deu de ombros.

— Nada importante. Não são dos pequenos que devemos ter raiva. Foram seus pais que nos encarceraram. — Ela estava tentando soar blasé, mas Bellamy sabia que crescer no centro de custódia da Colônia fazia com que ela tivesse um carinho especial por crianças órfãs. — Vamos, Leo — falou ela, segurando sua mão. — Vou mostrar onde o coelho vive. — Ela olhou para Bellamy. — Você vai ficar bem aqui? — perguntou.

Bellamy assentiu.

— É apenas por hoje. Assim que as coisas se assentarem, traçaremos um plano.

— Certo... tenha cuidado. — Ela sorriu e se virou para Leo. — Vamos, garoto.

Bellamy seguiu-os com o olhar e sentiu uma pontada no peito enquanto observava Octavia descer a inclinação saltitando, fingindo ser um coelho para alegrar Leo.

Ela sempre tinha sido a pessoa deslocada. Ninguém além de Bellamy algum dia a tratara com justiça, ou mesmo com gentileza. Até agora. Ela finalmente recebeu uma oportunidade de ser uma adolescente normal, com amigos e namoradinhos e, se ele fosse completamente honesto, um senso de humor muito afiado. Ele não a deixaria para trás, obviamente. E não a tiraria dali. Então qual alternativa lhe restava? Ela merecia uma chance de ficar ali, onde ela tinha criado seu primeiro lar de verdade. O primeiro lar real dos dois.

Bellamy teve um vislumbre da expressão no rosto de Clarke enquanto ela o mandava se esconder, e um nó se formou em seu estômago. Não era qualquer coisa que assustava aquela garota — uma médica brilhante com espírito de guerreira e, além disso, estonteantemente linda, especialmente quando a luz batia em seus cabelos louros —, mas pensar nos guardas apontando armas para ele tinha sido o suficiente para encher seus olhos verdes luminosos de medo.

Bellamy soltou o ar lentamente, tentando se acalmar. Clarke estava apenas pensando no seu bem. Mantê-lo vivo era essencial. Mas suas súplicas frenéticas para que ele ficasse em segurança e escondido geravam mais raiva nele do que qualquer outra coisa. Não de Clarke, mas dessa situação toda errada. Estava ficando escuro. Será que ele passaria a noite toda na floresta?

Ele estava quase pronto para entrar na clareira e reassumir sua posição de direito quando viu Wells entrar na floresta pelo outro lado da linha de árvores, liderando outro grupo de sobreviventes aturdidos. Bellamy estudou o comportamento sério de Wells, seu passo vigoroso e a forma confiante com que ele se dirigia ao grupo desordenado como se fosse seu líder, não um criminoso condenado com metade da idade de qualquer um ali. Era difícil para Bellamy se acostumar com o fato de que o mini-Chanceler era seu irmão de verdade... Não era todo dia que você descobria que não apenas tinha sido responsável por seu pai ser baleado, como também que tinha não um, mas dois irmãos ilegais.

Todos na clareira repentinamente ficaram em silêncio e se viraram na direção do local onde Wells acabara de surgir. Bellamy seguiu os olhares e viu o Vice-Chanceler Rhodes caminhando entre as árvores e entrando no acampamento. Ele se movia lentamente entre os cem e os outros sobreviventes com o peito estufado e a expressão levemente entediada, que sempre o fez parecer um babaca quando estava na nave. Agora, aquilo apenas o fazia parecer um bobo. Ele tinha escapado por pouco da morte menos de vinte e quatro horas atrás e estava em solo pela primeira vez em toda a sua vida. Será que ele morreria se mostrasse um pouco de alívio ou, caramba, animação?

Ninguém ousou falar com o Vice-Chanceler enquanto ele dava a volta na clareira em um círculo lento, ladeado por quatro guardas, examinando o acampamento que eles tinham se esforçado tanto para construir. Dezenas de pessoas prenderam a respiração ao mesmo tempo, esperando que ele fizesse ou falasse algo. Depois de um longo momento, o Vice-Chanceler entrou na cabana mais próxima. Ele ficou fora de vista por um momento, então voltou à luz do sol, o canto da boca contorcido com prazer.

Bellamy queria atravessar a clareira voando e dar um soco na cara daquele sádico sedento de poder. Mas uma olhada rápido para os guardas que o seguiam de perto, formando um semicírculo em volta de Rhodes, foi o suficiente para manter os pés de Bellamy no lugar. Não apenas havia muito mais guardas do que ele esperava — pelo menos vinte, sem contar os que estavam feridos e ainda voltavam do local da colisão — como todos eles pareciam ter armas. Bellamy engoliu em seco. A ameaça velada dos guardas com ordens para atirar nele era uma coisa. Olhar para o cano de uma arma de verdade aqui na Terra era outra. Ele não estava exatamente mais assustado agora do que antes de os recém-chegados se estabelecerem, apenas tinha mais certeza de que ele e Octavia tinham que cuidar um do outro, porque ninguém mais faria aquilo por eles.

Passado algum tempo, Rhodes seguiu até o centro da clareira e se virou para o grupo que se formara à sua volta. Ele fez uma pausa, mantendo a plateia alerta. Octavia estava de pé na frente do grupo, encarando o Vice-Chanceler de forma cética. Wells se moveu para um lado, os braços cruzados sobre o peito, a expressão indecifrável. Clarke permaneceu no fundo da multidão, encostada à parede da barraca do hospital. Ela parecia exausta, o que deixava Bellamy ainda mais furioso. Ele daria qualquer coisa para ser capaz de abraçá-la e lhe dizer que fizera um trabalho incrível.

A multidão olhava para Rhodes, o rosto sujo de terra cheio de expectativa — e, Bellamy percebeu com alguma surpresa, alívio. A maioria dos cem parecia *satisfeita* por Rhodes e seus subalternos estarem ali. Realmente achavam que ele estava aqui para ajudá-los.

Finalmente, Rhodes começou:

— Meus concidadãos, este é um dia triste, um dia que lamentaremos durante gerações, mas é também um grande dia. Estou tão honrado de estar aqui com vocês, finalmente, sobre o solo da Terra. As contribuições daqueles que desceram no primeiro módulo de transporte não serão esquecidas tão cedo. Vocês bravamente se estabeleceram onde nenhum dos nossos colocou os pés por centenas de anos.

Bellamy estudou o rosto de Clarke. Ela não expressava nenhuma reação, mas ele sabia que estavam pensando a mesma coisa. Muitos humanos tinham colocado os pés aqui, nem todos eram Terráqueos. Os pais de Clarke, por exemplo, e os outros que vieram à Terra com eles. Até agora, no entanto, nenhum dos cem sabia que os pais de Clarke estavam vivos, exceto Bellamy e Wells.

— Vocês provaram que a vida humana pode, de fato, existir novamente na Terra. Isso é magnífico. Mas nossas vidas não dependem unicamente de água potável e ar puro. — Ele fez uma pausa para dar um efeito dramático e olhou em volta para a multidão, fazendo contato visual com uma pessoa após a outra. — Nossas vidas dependem umas das outras — continuou ele.

Várias pessoas na plateia assentiram enfaticamente e Bellamy teve vontade de vomitar.

— E, para nos protegermos e protegermos uns aos outros, devemos seguir certas regras — disse Rhodes. *Lá vem*, pensou Bellamy, fechando as mãos em punhos como se pudesse de alguma forma travar as palavras que ele sabia que mudariam tudo. — A vida na Colônia era pacífica. Todos tinham segurança e estavam abastecidos... — Claramente esse homem nunca tinha vivido em Arcadia ou Walden. — ...e fomos capazes de manter nossa espécie viva porque respeitamos a autoridade, fizemos o que esperavam que fizéssemos e mantivemos a ordem. Simplesmente porque agora vivemos na Terra não significa que podemos abandonar a obediência a um código que é mais importante do que qualquer um de nós.

Rhodes parou novamente, deixando que suas palavras fossem absorvidas.

Bellamy observou o rosto de Wells e de Clarke e percebeu pela expressão que estavam pensando o mesmo que ele. Rhodes era um merda. Ele não tinha falado nada sobre os cem terem sido perdoados por seus crimes — o que tinha sido prometido a todos em troca de seu "serviço" à humanidade quando eles desceram no primeiro módulo de transporte. E, baseado no número de reuniões bem-sucedidas que Bellamy tinha testemunhado naquele dia — uma ou duas entre aqueles que não eram de Phoenix —, obviamente nenhuma de suas famílias tinha recebido prioridade para entrar na próxima leva de naves. O número de mentiras que esse homem estava vomitando em um discurso curto era repugnante. Mas, ainda pior, parecia que um monte de gente estava engolindo tudo aquilo. *Abram os olhos*, Bellamy quis gritar para eles. *Nós sobrevivemos aqui sem esses idiotas e ficaremos bem sem eles. Não escutem uma palavra que esse babaca fala.*

— Acredito que cada um de vocês... — concluía Rhodes, as palavras floreadas, mas o tom gelado. — ...reconhecerão o bem maior e farão exatamente o que é esperado de vocês, para seu próprio bem-estar, mas também para a continuação da nossa própria raça. Obrigado.

Um calafrio percorreu a espinha de Bellamy. Esse não era um discurso motivacional caloroso e aconchegante. Isso era uma advertência. *Façam o que digo ou serão removidos do rebanho*, ameaçou o Vice-Chanceler. Bellamy não confiava em si mesmo para andar na linha, disso ele tinha certeza. Nunca fora muito bom em seguir ordens na Colônia. E agora, na

Terra, onde tinha passado dias e noites inteiros sozinho, enfiado na floresta, não existia nenhuma possibilidade de ele algum dia voltar a obedecer a qualquer pessoa. Pela primeira vez em sua vida — na vida de todos eles — Bellamy era livre. Eles todos eram.

Mas Rhodes nunca perdoaria o ato de traição de Bellamy na plataforma de lançamento. Ele via aquilo claramente agora. Pelo contrário, o Vice-Chanceler e seus seguidores fariam dele um exemplo, o que significava execução. Provavelmente pública.

Uma decisão se formou na mente de Bellamy, já pensada e tomada. Ele tinha que sair dali. Voltaria para buscar Octavia quando fosse seguro. Clarke e Wells cuidariam dela enquanto isso. Bellamy deu um grande passo para trás, recuando mais na floresta, seus olhos fixos na nuca de Rhodes. O segundo passo, no entanto, foi bem na direção de uma árvore, e ele bateu nela com força. Bellamy se inclinou para a frente com um grunhido e lutou para manter o equilíbrio. Ele conseguiu permanecer de pé, mas pisou, com todo o peso do corpo, em uma pilha de gravetos secos. Eles se partiram ruidosamente, os estalos ecoando até a clareira.

Centenas de cabeças se ergueram para seguir o som. Os guardas levantaram as armas até a altura dos ombros e apontaram os canos para a linha de árvores. Com reflexos surpreendentemente rápidos, Rhodes se virou e examinou a paisagem em busca da origem do som. Bellamy estava encurralado. Ele não podia se mover, ou definitivamente seria visto. Sua única opção era permanecer absolutamente imóvel e torcer para que Rhodes e seus guardas tivessem uma visão terrível.

Ele não teve tanta sorte. Rhodes o avistou quase instantaneamente, seu rosto se contorcendo em uma careta de satisfação. Eles se encararam por um longo momento, durante o qual Bellamy não teve como saber se o Vice-Chanceler o reconhecia como aquele que tinha tomado o Chanceler como refém. Então um lampejo de pura felicidade passou por seu rosto habitualmente inescrutável.

— Ali! — gritou Rhodes para os guardas, apontando diretamente para Bellamy.

A equipe uniformizada atravessou a clareira em tempo recorde. Bellamy girou, contando que seu conhecimento da floresta fosse lhe dar uma vantagem. Ele podia disparar, saltando tocos de árvores e passando por debaixo de galhos baixos em velocidade. Mas não tinha percorrido mais de alguns metros quando sentiu um, e então dois corpos se jogando contra o dele e o derrubando no solo. Um guarda que caiu sobre ele grunhiu e lutou para prender os braços de Bellamy. O garoto reagiu com toda a sua força, empurrando e esperneando enquanto conseguia se colocar de joelhos, depois de pé. Seu coração batia tão forte que ele de fato sentia as costelas vibrarem. Adrenalina corria por seu corpo. Ele se sentia como um dos animais que tinha rastreado e matado para manter os cem vivos.

Mais guardas chegaram e começaram a cercar Bellamy. Ele deu alguns passos curtos na direção de um deles, mas, no último segundo, se esquivou, girou e correu na direção oposta. Os guardas se esbarraram tentando acompanhá-lo. Bellamy disparou alguns metros na floresta sombria, ainda esperançoso de que poderia despistá-los.

Mas eles não usaram seus corpos para detê-lo dessa vez. Um estalo seco soou entre os troncos de árvores e dezenas de pássaros assustados levantaram voo dos galhos mais altos. Bellamy gritou quando uma dor lancinante atravessou seu ombro.

Haviam atirado nele.

Bellamy caiu no solo e foi instantaneamente cercado por guardas, que o levantaram de forma rude e amarraram seus braços atrás das costas sem se preocupar com o sangue que escorria do ferimento. Eles o arrastaram até a clareira.

— *Bellamy!* — Ele ouviu a voz de Clarke como se ela estivesse muito distante. Através de sua visão turva, ele a viu abrir caminho na multidão, gritando com os guardas enquanto se aproximava. — Deixem-no em paz. Vocês o balearam... já não é o suficiente? Por favor, deixem-me cuidar dele. Ele precisa de cuidados médicos.

Os guardas deram passagem, permitindo que Clarke se aproximasse. Ela abraçou Bellamy e o ajudou a se deitar.

— Está tudo bem — disse ela, a respiração entrecortada. Ela rasgou a gola da camisa dele e deixou o ombro à mostra. — Não acho que seja muito sério... Acho que a bala atravessou.

Bellamy assentiu, mas não conseguiu falar com os dentes trincados.

— Suas ordens, senhor? — gritou um dos guardas para Rhodes, do outro lado da clareira.

Bellamy não ouviu a resposta. Ele tinha apenas um pensamento enquanto afundava em um estado inconsciente. Preferia morrer a viver na Terra como prisioneiro.

CAPÍTULO 7
Wells

Wells normalmente dormia do lado de fora, preferindo a clareira silenciosa e cheia de estrelas às cabanas superpovoadas, mas tinha passado as duas últimas noites no chão da barraca da enfermaria, praticamente sem dormir.

Clarke passava cada momento possível ao lado de Bellamy, limpando o ferimento, checando a temperatura e dizendo qualquer bobagem que pudesse distraí-lo da dor. Mas ela também tinha dezenas de outros pacientes para atender, então Wells ajudava o máximo que podia. Ele se assegurava de que Bellamy estava bebendo água e, em seus momentos mais lúcidos, o mantinha informado sobre o que estava acontecendo no acampamento.

Wells reprimiu um gemido enquanto se levantava, bocejando enquanto massageava o ombro. Não havia camas suficientes para todos, e Wells tinha se assegurado de que fossem usadas pelos feridos. Olhou para Bellamy, que tinha finalmente adormecido depois de uma noite dolorosa e agitada. Não parecia haver nenhum sangue vazando das ataduras, o que era um bom sinal, mas Clarke estava ficando cada vez mais preocupada com a possibilidade de infecção.

Ele olhou para o rosto pálido de Bellamy e sentiu uma nova onda de fúria contra o Vice-Chanceler. Seu pai *nunca* teria deixado os guardas atirarem em Bellamy, independentemente de se ele tivesse percebido que o alvo era seu filho. Rhodes tinha muito a dizer sobre ordem e justiça, mas não parecia particularmente preocupado em praticar o que pregava.

Wells saiu em silêncio, tomando cuidado para não deixar a porta bater. O início da manhã costumava ser seu horário favorito na Terra. Ele teria uma hora sozinho para ver o nascer do sol antes de o restante do acampamento acordar e começar a rotina do dia: aqueles que estavam encarregados de buscar água acordavam primeiro, seguindo até o córrego com recipientes vazios e cabelos bagunçados. A equipe da lenha vinha em seguida, sempre correndo para ver quem conseguia terminar o trabalho primeiro. Eles tinham rapidamente se ajustado como uma comunidade, com seus próprios costumes e tradições. De muitas formas, aquela era uma vida mais feliz e livre do que qualquer coisa que eles conheceram na Colônia.

Mas, embora menos de setenta e duas horas tivessem passado desde a chegada dos outros Colonos, aquelas manhãs pareciam uma lembrança distante. Ele não via Sasha havia dias. Os dois tinham concordado que era mais seguro para ela ficar em Mount Weather até Wells descobrir a forma correta de contar a Rhodes sobre os Terráqueos. Ele sentia a ausência dela como uma dor física.

A clareira normalmente vazia estava cheia de grupos de pessoas de aparência deplorável — recém-chegados que não tinham conseguido um lugar nas barracas e passaram a noite sem dormir, olhando aterrorizados para o céu nada familiar, ou membros insatisfeitos dos cem que tinham escolhido enfrentar a grama molhada e o ar gélido em vez de lidar com os intrusos que tinham invadido seu espaço.

Alguns adultos já estavam em volta da fogueira fria, claramente esperando que alguém fosse acendê-la para eles. Um grupo de guardas estava reunido ao lado, perdido em uma conversa enquanto gesticulavam na direção das montanhas onde os Terráqueos dissidentes tinham aparecido pela primeira vez. Depois de pesar os prós e os contras de revelar que havia outras pessoas na Terra, Wells tinha contado a Rhodes sobre os dois grupos no dia anterior — sobre os pacíficos liderados pelo pai de Sasha e os violentos que tinham matado Asher e Priya. Desde então, Rhodes tinha posicionado guardas vinte e quatro horas por dia no perímetro da clareira.

Wells caminhou até a fogueira e forçou um sorriso.

— Bom dia — disse ele.

O grupo assentiu para ele, mas ninguém falou. Ele sabia como eles se sentiam, porque tinha se sentido da mesma forma em seus primeiros dias — desorientado, traumatizado pela jornada até a Terra, mas também assombrado pela perda das pessoas deixadas para trás. Ele também sabia que a única forma de seguir em frente era se manter ocupado.

— Quem quer aprender a acender uma fogueira? — perguntou ele.

Todos aceitaram a oferta, com graus variados de entusiasmo, mas apenas um deles — uma mulher com mais ou menos 20 anos — permaneceu por tempo suficiente para tentar por conta própria. Wells empilhou pedaços de madeira em seus braços e a levou de volta na direção da fogueira. Ele lhe mostrou como empilhar a lenha em forma de pirâmide para conseguir o melhor fluxo de ar e lhe explicou os passos para acender o fogo. Quando acabaram, ela sorriu, e Wells viu uma minúscula centelha de vida voltar aos seus olhos.

— Ótimo trabalho — falou Wells. — Fique de olho nisso e, quando houver comida para cozinhar, aumentaremos um pouco o fogo.

Wells seguiu na direção dos grupos pequenos que tinham se juntado para a caçada, passando pela roda de guardas no caminho. Sentiu os olhos dos guardas sobre ele e parou. Estavam de pé com as armas sobre os ombros, esperando que alguém lhes dissesse o que fazer.

Embora tivesse perdido sua graduação de oficial quando foi Confinado, ele limpou a garganta e se dirigiu a eles com a mesma voz que tinha aprendido no treinamento:

— Cada um de vocês deve acompanhar um grupo de caça. Temos muitas pessoas para alimentar, e essas armas podem ser úteis.

Os guardas se olharam como se checando se tinham permissão, então deram de ombros e o seguiram. Wells os dividiu e lhes deu algumas dicas sobre como andar em silêncio para não assustar a presa. Os únicos que ficaram foram os dois que Rhodes tinha encarregado de fazer a segurança da barraca da enfermaria, para garantir que Bellamy não fugisse.

A clareira foi ficando cada vez mais barulhenta enquanto pessoas famintas saíam das barracas superpovoadas, procurando algo para comer no café da manhã.

Eles precisavam desesperadamente de mais barracas, o que exigiria que derrubassem muitas árvores e trabalhassem durante pelo menos uma semana na construção. Wells teria que treinar vinte ou trinta dos recém-chegados para que aquilo fosse feito rapidamente, antes que o clima ficasse mais frio. Também precisavam de mais baldes para água, que teriam que moldar a partir de destroços de metal. Ele fez uma nota mental para enviar um grupo até o local da colisão em busca de pelo menos dez boas peças que poderiam ser utilizadas. Nada disso importaria, no entanto, se não conseguissem mais comida, e rápido. Com Bellamy fora da jogada, isso seria mais difícil do que nunca. Wells expirou lentamente e organizou os pensamentos, deixando o sol da manhã aquecer seu rosto por um instante.

Abrindo os olhos, ele seguiu até a barraca de suprimentos e parou para conversar com o arcadiano que estava parado na porta, revisando uma lista. Eles tinham começado a manter um inventário e a delegar turnos para conferir o que entrava e saía. Wells estava prestes a perguntar ao rapaz como eles estavam em relação a roupas sobressalentes quando alguém pigarreou atrás dele. Wells se virou e se deparou com o Vice-Chanceler Rhodes. Ele estudava Wells com um olhar curioso, os lábios pressionados em um sorriso frio que não parecia refletir nenhuma felicidade verdadeira. Dois guardas mais velhos flanqueavam o Vice-Chanceler. Wells os reconheceu do treinamento para oficial — um tinha sido seu instrutor de armas de fogo e o outro certa vez o obrigara a fazer quinhentas flexões de braço. Wells franziu a testa com a lembrança.

— Bom dia, Oficial Jaha.

— Bom dia, Vice-Chanceler Rhodes. Oficiais. — Wells os saudou, um gesto que parecia deslocado sob o vasto céu azul e as nuvens macias em vez das luzes fortes de Phoenix.

Rhodes estendeu a mão para Wells, que retribuiu. Rhodes apertou os dedos de Wells com mais força e por mais tempo do que o necessário. Wells sempre tinha sido um guarda e oficial exemplar, respeitando os superiores e as regras. Ele tinha se sobressaído em todos os estágios do treinamento, normalmente figurando entre os melhores da turma. Tinha orgulho de conhecer e seguir o protocolo, mesmo que isso significasse que os outros alunos o provocassem — ou pior, cochichassem que o filho do Chanceler estava puxando o saco dos professores. Mas Wells não se importava. Ele queria se provar pelos próprios méritos e tinha conseguido. Ninguém podia negar que Wells era um oficial de primeira linha. Mas hoje, parado na clareira, sua mão refém do Vice-Chanceler, Wells repentinamente não sentia nada além de repulsa. Era como se ele soubesse o que sairia da boca de Rhodes antes mesmo de ele falar.

— Você mostrou uma liderança extraordinária, Oficial Jaha.

— Obrigado, senhor. — Wells se preparou para o que vinha a seguir.

— Particularmente para alguém tão *jovem*. — Rhodes enfatizou a última palavra, transformando-a em um insulto. — Em nome do Conselho, gostaria de agradecê-lo por seus serviços, jovem. — Wells não disse nada. — Você estabeleceu um acampamento satisfatório, apesar de temporário, aqui na Terra. — O lábio superior do Vice-Chanceler se contorceu com desdém. — Porém, assumiu responsabilidade demais para alguém da sua idade, quando deveria estar aproveitando a juventude.

Wells se lembrou da flecha perfurando o pescoço de Asher a apenas centímetros do próprio pescoço, visualizou o corpo inchado de Priya pendurado numa árvore, sentiu as terríveis pontadas de fome que todos tinham compartilhado nos primeiros dias. *Uma juventude e tanto*, ele quis responder a Rhodes. Mas manteve os lábios fechados com força.

— Nós, líderes mais experientes, assumiremos agora — continuou Rhodes —, enquanto vocês aproveitam um descanso muito merecido.

As narinas de Wells se estufaram e ele sentiu a bochecha queimar. Lutou para manter a expressão neutra de soldado. Rhodes estava assumindo o controle — mas claramente não sabia em que estava se metendo. Nem Wells sabia a princípio, mas agora ele tinha diversas semanas de conhecimentos cruciais que poderia compartilhar. Com a voz firme e o tom diplomático, Wells falou:

— Com todo o devido respeito, senhor, aqueles de nós que chegaram na primeira nave aprenderam muito em um período curto de tempo. As coisas são mais complicadas aqui do que podem parecer, algo que aprendemos do pior jeito. Podemos poupar muito tempo e evitar muitos problemas. Permitir que compartilhemos o que aprendemos servirá ao bem maior para todos aqui.

O sorriso de Rhodes ficou mais frio e ele soltou uma risada abafada.

— *Com todo o devido respeito*, Oficial, acho que somos qualificados o bastante para lidar com qualquer coisa que possa aparecer. Quanto antes trouxermos a ordem de volta a essa comunidade, mais rápido todos poderemos nos sentir seguros.

Wells conhecia a expressão nos olhos de Rhodes. Era a combinação especial de desdém, escárnio e inveja que ele vinha enxergando nos rostos das pessoas durante toda a sua vida. Ser filho do Chanceler nunca foi simples. Rhodes olhava para Wells e via uma criança mimada e arrogante. Wells poderia construir sozinho uma barraca para cada um dos novos Colonos, e Rhodes ainda o veria como um exibido que achava que merecia mais do estava recebendo. Como o filho da única pessoa que ficou entre o Vice-Chanceler e o cargo mais alto, Wells era o símbolo da frustração de Rhodes.

Qualquer boa vontade que Wells podia ter conquistado como a pessoa que manteve os cem vivos durante as primeiras semanas estava se dissipando rapidamente, junto com sua influência. Se essa era sua última chance de falar diretamente com Rhodes, então ele a usaria bem.

— Sim, senhor — falou Wells, com seu tom mais respeitoso. Rhodes o saudou de forma rígida, claramente satisfeito consigo mesmo. Então girou sobre os calcanhares e começou a se afastar, com os guardas o seguindo como animais de estimação obedientes. — Há apenas um problema — adicionou ele para as costas de Rhodes. O Vice-Chanceler parou e se virou, parecendo irritado. — O prisioneiro, Bellamy Blake.

Os olhos de Rhodes se estreitaram:

— O que tem ele?

— Ele é vital para a sobrevivência desse acampamento.

— Perdão, Oficial? — Rhodes balançou a cabeça, sem acreditar. — Você está se referindo ao jovem que quase fez seu pai ser morto?

— Sim, estou, senhor. Bellamy é de longe o melhor caçador que temos. Ele nos manteve vivos. Precisamos dele.

O sorriso desapareceu do rosto de Rhodes e sua expressão ficou gelada.

— Aquele garoto — falou Rhodes lentamente — é um assassino.

— Não é — respondeu Wells, se esforçando para parecer mais calmo do que se sentia. — Ele não teve a intenção de ferir ninguém. Estava apenas tentando proteger a irmã. — Ele esperava que o instinto protetor de Bellamy falasse ao coração do Vice-Chanceler, mas a palavras *irmã* apenas causou um rosnado. Wells só poderia imaginar o que aconteceria se, no desespero, admitisse que Bellamy era seu irmão.

— Ele é a razão para seu pai não estar aqui — cuspiu Rhodes. — A razão para *eu estar no comando.* — E, com aquilo, se virou e foi embora, apressado.

Wells observou enquanto ele se afastava, o coração afundando. Não haveria tolerância para Bellamy. Não haveria piedade.

CAPÍTULO 8

Clarke

Os pontos estavam cedendo. Clarke cerrou os dentes enquanto limpava o ferimento no ombro de Bellamy pela terceira vez naquele dia. Estava claro para ela que sua frustração não ajudava, mas estava a ponto de perder a cabeça tentando descobrir o que fazer a seguir. Ela podia arriscar e torcer para que o corpo de Bellamy lutasse contra uma infecção e começasse a cicatrizar apesar dos pontos. Ou ela poderia tirar os pontos e suturar novamente — mas aquilo o colocaria em risco por reabrir o ferimento interno, o que poderia atrasar a recuperação.

Ela inspirou fundo, soltou o ar lentamente e tentou se concentrar. Embora Bellamy tivesse tido sorte pelo fato de a bala ter atravessado de forma limpa, ela tinha entrado no pior local possível, a milímetros de uma artéria importante. Teria sido um ponto difícil para suturar se eles estivessem na nave com uma sala de cirurgia esterilizada e luzes fortes. Mas nessa barraca escura, com dois guardas rodeando Bellamy e esbarrando em Clarke toda vez que ela tentava checar seu ferimento, aquilo era quase impossível.

Por esse motivo não era aconselhável médicos operarem pessoas com quem se importavam. Clarke mal conseguia fazer as mãos pararem de tremer, muito menos tomar uma decisão objetiva sob pressão. Sentiu a temperatura da testa de Bellamy com as costas da mão. A febre tinha baixado, o que era um bom sinal, mas ele ainda estava desorientado e sentia muita dor. Clarke ficava nauseada ao pensar no tanto que ele estava sofrendo — e em quão pouco ela podia fazer para ajudar.

— Clarke? — chamou uma voz fraca do outro lado da barraca. — Clarke? Preciso de você, por favor.

Era Marin, uma mulher mais velha com um talho profundo na perna. Clarke tinha limpado e suturado o ferimento, mas o estoque de analgésicos estava desesperadoramente baixo, o que significava que só podiam ser usados nos casos mais terríveis.

— Já vou — falou Clarke.

Deixar Bellamy sozinho a afligia, mas ainda havia tantas pessoas que precisavam de cuidados médicos sérios que Clarke não podia passar mais do que alguns minutos com ele de cada vez. Ela apertou a mão de Bellamy, que abriu parcialmente os olhos, sorriu e retribuiu o aperto levemente. Com delicadeza colocou o braço de Bellamy novamente sobre a cama e se virou, esbarrando em um dos guardas.

— Com licença. — Clarke mal conseguia disfarçar a irritação na voz. A vigilância constante não era apenas excessiva — prejudicava sua capacidade de cuidar dos pacientes. Onde Bellamy poderia ir semiconsciente e praticamente delirando de febre?

— Clarke, por favor? Está doendo. — A voz era lamentosa, desesperada agora.

Clarke não tinha tempo para desperdiçar. Havia curativos para trocar e medicamentos para administrar. Ainda assim, apesar de estar grata pela oportunidade de ser útil, o cuidado exaustivo e ininterrupto que precisava oferecer não era suficiente para livrar sua cabeça das preocupações. Toda vez que encontrava Rhodes, seu corpo era tomado por fúria e nojo. Não apenas havia quase matado Bellamy, como essencialmente estava fazendo Clarke de prisioneira. Não havia nenhuma forma de deixar o acampamento enquanto Bellamy estivesse em perigo, e cada hora que passava era uma que podia ser gasta tentando rastrear seus pais. Até onde eles sabiam, ela ainda estava na Colônia, e não aqui no mesmo solo, sob o mesmo céu. Aquele era um pensamento frustrante demais.

Clarke cruzou a barraca e se inclinou sobre Marin. Enquanto levantava a atadura de sua perna, ela afastou os pensamentos sobre o fato de estar decepcionando seus pais por permanecer ali naquela barraca apertada ao invés de sair para procurar por eles.

— Sinto muito por você estar sentindo tanta dor — falou Clarke delicadamente. — Sei que dói, mas a boa notícia é que o ferimento está cicatrizando perfeitamente.

Marin tinha uma aparência terrível, seu rosto pálido e suado, mas ela conseguiu assentir e agradecer em voz baixa.

Clarke tinha passado tantas noites em Phoenix debruçada sobre seus livros, se maravilhando com a sofisticação da medicina na nave. A maior parte das principais doenças tinha sido erradicada — não existia mais câncer ou doenças cardíacas, nem mesmo gripe — e eles tinham desenvolvido formas de fazer crescer pele e rapidamente calcificar ossos quebrados. Ela se orgulhava por viver em uma época de tamanho esplendor médico. Queria estar à altura dos médicos que a precederam, então se esforçava, memorizando procedimentos, medicamentos e processos fisiológicos.

O que Clarke não daria para ter agora ao menos um décimo de todo aquele equipamento médico. Ela estava essencialmente praticando no escuro, com mãos atrapalhadas em vez de bisturis afiados, e convicções frágeis em vez de medicamentos que matavam bactérias. Era melhor oferecer logo uma colher de pau para que os pacientes mordessem, como faziam na Idade Média. Ela olhou à sua volta para o rosto dos adultos perplexos e das crianças chocadas, que gemiam, choravam e simplesmente olhavam para o vazio. Havia outras centenas como eles do lado de fora. Será que ela seria capaz de cuidar de todas essas pessoas, dia após dia, totalmente sozinha?

E esses eram os poucos sortudos que tinham de alguma forma conseguido garantir um lugar em um dos módulos de transporte. Pelas expressões nos rostos de alguns deles, o custo de se salvarem fora terrivelmente alto. Ela podia ver a dor de abandonar os entes queridos, amigos e vizinhos — de deixar que outros morressem para que eles pudessem sobreviver — estampada em seus olhos. Clarke agachou ao lado de Keith, um garoto que estava deitado silenciosamente em um leito baixo no fundo da barraca. Ela sorriu para o menino, que deu um pequeno aceno de volta. Na noite anterior, Clarke tinha perguntado se os pais estavam ali com ele, e o menino balançara a cabeça em silêncio. Clarke concluíra, por sua expressão assombrada, que ele estava na Terra sozinho, então parou de fazer perguntas.

Clarke imaginou o que aconteceria ao garoto depois que saísse da enfermaria. Suas costelas quebradas logo estariam curadas, e ele sairia da relativa tranquilidade da barraca do hospital. Até agora, Octavia vinha cuidando das crianças órfãs, mas havia um limite para o que uma adolescente podia fazer. Quem o ensinaria a caçar ou a identificar se a água era limpa o suficiente para beber? Será que ficaria assustado na primeira noite que dormisse sob as estrelas? Clarke tirou os cabelos suados da testa do menino e encostou o dedo na ponta de seu nariz.

— Descanse um pouco, amiguinho — sussurrou ela.

Keith fechou os olhos, embora Clarke duvidasse de que fosse capaz de descansar.

Só o fato de vê-lo tão pequeno e sozinho fazia Clarke dar graças pelas pessoas que conhecia na Terra. Havia vários rostos familiares entre os recém-chegados — o Dr. Lahiri, por exemplo, e alguns moradores do corredor de sua residência. Até mesmo Glass. Embora nunca tivessem sido realmente amigas, as garotas se conheciam desde sempre. Havia algo reconfortante em ver um rosto que você conheceu durante toda a sua vida; em saber que Glass trazia muitas das mesmas lembranças que ela guardara da nave moribunda. Era quase como se Clarke não tivesse que se lembrar de tudo sozinha — tinha alguém com quem compartilhar a carga.

Embora seus membros estivessem pesados de exaustão e ansiedade, ela se forçou a seguir para o próximo paciente. Era o Dr. Lahiri, cujo ombro ainda estava lhe causando uma quantidade de dor desconcertante.

Ele levantou a cabeça do leito. Os cabelos grisalhos normalmente muito bem penteados estavam oleosos e embaraçados, o que era quase mais inquietante do que o ferimento no ombro.

— Olá, Clarke — disse ele, cansado.

— Oi, Dr. Lahiri. Como está a cabeça?

— Melhor. A tontura diminuiu e estou vendo apenas uma de você no momento.

Clarke sorriu.

— Bom, é um avanço. Apesar de eu não achar que seria má ideia existirem duas de mim nesse momento, para ser sincera.

O Dr. Lahiri a estudou cuidadosamente por um instante.

— Está fazendo um ótimo trabalho aqui, Clarke. Espero que perceba isso. Seus pais estariam muito orgulhosos de você.

O coração de Clarke se inflou — com tristeza ou gratidão, não tinha certeza. Durante alguns poucos dias gloriosos, teve a absoluta certeza de que veria seus pais novamente e passou longas horas imaginando todas as coisas que diria a eles, livrando-se de todos os pensamentos e de todas as histórias que ela tinha armazenado por não ter ninguém com quem compartilhar. Mas agora as probabilidades de ela encontrar as informações de que precisava para rastreá-los pareciam cada vez menores.

— Tenho que lhe perguntar algo — falou Clarke em voz baixa, olhando em volta para se assegurar de que os guardas não poderiam escutá-la. — Encontrei algo outro dia que me fez pensar que meus pais poderiam estar vivos. — Ela observou enquanto os olhos do Dr. Lahiri se arregalavam, mas não com choque ou descrença. Será que ele poderia já saber daquilo? — E acho que eles estão na Terra — continuou ela, respirando fundo. — Eu sei que estão. Só preciso descobrir como encontrá-los. Você... você sabe de alguma coisa? Qualquer coisa que possa me levar na direção certa?

O Dr. Lahiri suspirou.

— Clarke, eu sei que você quer...

Eles foram interrompidos por uma comoção junto à porta. Clarke girou e viu o Vice-Chanceler Rhodes parado na entrada da barraca. Um murmúrio se espalhou pelos leitos à medida que os pacientes erguiam as cabeças e viam quem havia entrado. Clarke olhou novamente para o Dr. Lahiri, desesperadamente desejando que eles pudessem terminar a conversa. Ele assentiu para ela, como se quisesse dizer que conversariam mais depois.

Clarke atravessou a barraca na direção do Vice-Chanceler. Ela parou em frente a ele com as mãos na cintura, se sentindo protetora em relação aos seus pacientes e à sua enfermaria. Guardas se espalharam em um semicírculo em volta dele, bloqueando toda a luz que entrava pela porta. O ambiente escureceu, em vários sentidos. Só o fato de ver o rosto convencido de Rhodes já enchia Clarke de raiva. Ela não se lembrava de já ter experimentado sentimentos tão fortes em relação a qualquer outra coisa antes. Foi Rhodes quem ordenou que seus pais testassem os efeitos da radiação em seres humanos. Em *crianças*. Foi Rhodes quem ameaçou matar Clarke se eles não obedecessem e depois negou qualquer envolvimento nos terríveis experimentos. Rhodes havia condenado seus pais à morte. E agora estava ali atrás de Bellamy.

— Vice-Chanceler — falou Clarke, sem se preocupar em tentar esconder o desdém. — Como posso ajudá-lo?

— Clarke, isso não é da sua conta. Estamos aqui para lidar com Bellamy Blake. — Ele esbarrou no ombro de Clarke ao passar por ela e entrar mais na barraca. Clarke cerrou os punhos, afundando as unhas nas palmas das mãos. O sangue corria quente em suas veias, e ela teve que respirar fundo algumas vezes para garantir que não faria algo de que se arrependeria. Por mais corrupto e imoral que Rhodes fosse, ele também era perigoso. Seus pais tinham aprendido aquilo da pior forma possível.

Clarke observou enquanto Rhodes se aproximava de Bellamy, que estava, felizmente, dormindo. O Vice-Chanceler o estudou por um momento, depois se virou e caminhou rapidamente na direção da porta mais uma vez. Enquanto passava pelos guardas, ordenou sem olhar para eles:

— Coloquem o prisioneiro na solitária até seu julgamento.

— Senhor — arriscou um dos guardas —, onde vamos mantê-lo?

Rhodes parou e girou lentamente para olhá-lo com olhos estreitos.

— Dê um jeito — cuspiu ele antes de desaparecer pela porta.

— Sim, senhor — respondeu o guarda para as costas de Rhodes.

O estômago de Clarke se embrulhou quando ela reconheceu de quem era a voz. Era Scott. Ela ergueu o olhar e o encontrou observando Bellamy fixamente, seu rosto inescrutável. Normalmente, a visão de sua pele manchada e de seus olhos aguados a faziam querer tomar um longo banho quente. Mas, dessa vez, ela não sentiu a habitual repulsa. Dessa vez, sentiu mais esperança do que desdém, porque Scott tinha lhe dado uma ideia. Ninguém — especialmente o Vice-Chanceler Rhodes — machucaria Bellamy. Clarke cuidaria disso.

CAPÍTULO 9

Glass

Glass sabia que tinha sorte de estar na Terra, mas uma parte dela se perguntava se teria lutado tanto para chegar aqui se soubesse que passaria o resto da vida fazendo xixi na floresta. Ela saiu do pequeno abrigo, que na verdade não era muito mais do que uma cabine com uma árvore como quarta parede, e voltou na direção do acampamento. Pelo menos achava que estava seguindo na direção do acampamento. Todas as árvores pareciam iguais e ela ainda estava se acostumando com os arredores.

O som distante de vozes confirmou que estava se aproximando. Ela entrou na clareira, abandonando, relutantemente, a tranquilidade reconfortante da floresta. Então parou abruptamente, desorientada. Não estava no lugar certo. Estava acostumada a chegar entre as barracas da enfermaria e de suprimentos, mas de alguma forma tinha acabado no outro lado do acampamento, perto de uma das novas estruturas com aparência de dormitórios que estavam sendo erguidas. Suspirou ao pensar em seu cálculo malfeito fazendo uma nota mental para ser mais cuidadosa na próxima vez. Luke já a tinha repreendido várias vezes, pedindo para ficar alerta e não entrar na floresta sozinha. Mas ele estava trabalhando o tempo todo, e Glass não ficava suficientemente confortável com mais ninguém no acampamento para pedir que fosse com ela ao banheiro.

Glass deu a volta no canteiro de obras e chegou atrás de dois homens conversando em voz baixa perto da linha de árvores. Eles estavam entretidos na conversa e não pareceram notar que ela estava ali. Glass parou, sem saber se deveria alertá-los de sua presença, ficar ali até eles acabarem, ou se simplesmente continuava andando e passava por eles. Antes de ter uma chance de decidir, ela percebeu que um dos homens era familiar — era o Vice-Chanceler Rhodes.

Glass congelou enquanto seu cérebro produzia uma tempestade de emoções conflitantes. Algo nele sempre tinha feito a pele de Glass se arrepiar, e vê-lo ordenar seus guardas a atirar em Bellamy certamente não tinha ajudado em nada. Ainda assim, ao mesmo tempo, ele era a razão por que Glass estava viva. Quando a vira com sua mãe na multidão que tentava chegar aos módulos de transporte em vão, ele as levara com sua comitiva e garantira para elas os dois últimos assentos.

Glass não tinha chegado suficientemente perto de Rhodes para falar com ele desde aquele momento, mas agora mil perguntas borbulhavam em sua garganta. Por que ele as tinha ajudado? Qual era a relação dele com a sua mãe? Será que ela havia falado sobre como Glass a tinha desapontado quando ainda estavam na Colônia?

A voz do Vice-Chanceler tirou Glass de seus pensamentos.

— Faremos o julgamento no centro do acampamento. Assegurem-se de que todos saibam que a presença é obrigatória. Quero que eles vejam de perto que traição ou deslealdade egoísta de qualquer tipo não será tolerada.

Glass abafou a voz quando engasgou. Ele estava falando sobre Bellamy.

— Sim, senhor — disse o outro homem, que vestia um uniforme de oficial rasgado e sujo. Glass o reconheceu como o braço direito do Vice-Chanceler, Burnett; o homem que tinha agarrado seu braço e levado Glass e sua mãe à segurança da plataforma de lançamento. — E o senhor pensou sobre onde nós vamos mantê-lo a longo prazo se a sentença for Confinamento?

Rhodes soltou uma risada grosseira e seca.

— *Confinamento*? Há apenas um resultado para esse julgamento, e eu posso lhe assegurar de que não é Confinamento.

Burnett assentiu.

— Entendi.

— Você e eu estaremos no Conselho, assim como dois dos phoenicianos mais velhos que vieram conosco — continuou Rhodes. — Já falei com eles. Compreendem o que têm que fazer. Nós executaremos o prisioneiro, o que deve servir como um lembrete claro para todos de que manter a ordem aqui na Terra é tão importante... na verdade, ainda mais... do que era na Colônia.

— Entendido, senhor. Mas em relação à logística? Não podemos exatamente arremessar o prisioneiro no espaço daqui. Como o senhor gostaria de lidar com a execução? Temos armas de fogo, mas... — Burnett hesitou por um breve momento. — O senhor mesmo apertará o gatilho?

Glass fechou os olhos enquanto uma onda de náusea tomava conta dela. Ela não conseguia acreditar em seus ouvidos. Eles estavam falando sobre executar Bellamy com o mesmo tom natural que usariam para discutir economia de eletricidade ou uma futura celebração do Dia da Lembrança.

— Pensei um pouco nisso e acredito que tenho a pessoa certa para o trabalho. Ele é um cumpridor de ordens e um excelente guarda. Um membro do corpo de engenheiros, na verdade. Mas mostrou algumas tendências rebeldes ultimamente, abrigando uma fugitiva, entre outras coisas, e acho que essa tarefa será boa para lembrá-lo de onde sua lealdade está.

A cabeça de Glass começou a girar, como se alguém tivesse cortado o suprimento de oxigênio de seu cérebro, e ela esticou o braço para se equilibrar no tronco de árvore mais próximo. *Luke.* O Vice-Chanceler forçaria Luke a executar Bellamy para provar sua lealdade. Mas Luke nunca mataria alguém — ela sabia que ele não puxaria o gatilho. O que Rhodes faria com ele então? Será que questionaria mais do que apenas sua lealdade? Será que se perguntaria se poderia confiar em Luke para qualquer coisa? Porque tinha ficado muito claro o que Rhodes fazia com pessoas em quem não podia confiar.

Rhodes e Burnett começaram a caminhar na direção de um pequeno grupo de guardas que ela não reconheceu. Assim que estavam suficientemente afastados para não ouvi-la, Glass soltou um longo suspiro que terminou em um choro engasgado. Ela tinha que encontrar Luke. Correu os olhos pelo acampamento, mas não o viu em lugar algum. Pânico começou a crescer em seu peito. *Fique calma*, disse a si mesma. *Surtar não resolverá nada. Você manteve a calma enquanto caminhava no espaço — certamente pode manter a calma por tempo o suficiente para encontrar Luke.*

Glass se forçou a caminhar calmamente pelo centro do acampamento, se dirigindo à barraca da enfermaria. Talvez Clarke tivesse visto Luke. Ela entrou. Demorou um instante para que seus olhos se ajustassem à barraca escura e sem janelas, e ela se sentiu momentaneamente cega. Quando sua visão voltou, ela viu Luke parado do outro lado da barraca, de costas. Ele estava de plantão, vigiando Bellamy. O alívio que ela sentiu ao vê-lo quase trouxe lágrimas aos seus olhos. Mas então um vislumbre de Luke erguendo uma arma e apontando para Bellamy, apertando o gatilho, o estalo alto enquanto ele disparava, inundou sua mente. Ela não podia deixar aquilo acontecer. Não podia deixar que eles forçassem Luke a tomar aquela decisão — e ela não ficaria observando enquanto eles ameaçavam feri-lo também.

Glass atravessou o espaço em três passos largos e segurou o braço de Luke. Ele girou, os punhos erguidos em um gesto defensivo, então riu quando a viu.

— Oi — disse ele, relaxando os braços nas laterais do seu corpo. — Você está tentando me deixar em apuros? — Seu sorriso desapareceu quando ele viu a expressão no rosto de Glass. — Você está bem? — perguntou com uma voz baixa, se inclinando na direção dela para que ninguém pudesse ouvir.

— Podemos conversar? — Ela acenou com a cabeça para a porta. — Lá fora?

— Claro. — Luke se virou para o outro guarda. — Ei, cara, preciso dar um pulo lá fora por um segundo. Tudo bem?

O guarda deu de ombros, olhou para Bellamy, que estava dormindo profundamente e amarrado ao leito, então virou novamente para Luke e assentiu. Luke seguiu Glass até a luz do sol do lado de fora da barraca.

Eles caminharam até atrás da enfermaria e, depois de garantir que ninguém estava escutando, Glass contou a Luke tudo o que tinha ouvido Rhodes dizer. Ela odiou ver a expressão dolorida em seu rosto enquanto ele absorvia todo o peso de suas palavras. Luke moveu o olhar, fixando-o no topo das árvores. Ficou em silêncio por um longo momento, e Glass prendeu a respiração. Pássaros gorjearam, e o som de um machado cortando madeira ecoou pelo acampamento.

Finalmente Luke tornou a olhar para ela, os dentes cerrados e os olhos ardendo com determinação.

— Não farei isso — falou ele firmemente.

O coração de Glass palpitou com amor e orgulho do senso claro de certo e errado de Luke. Ela admirava sua integridade e sua honra — essas foram algumas das primeiras coisas que a tinham atraído. Mas ela nunca deixaria — nunca *poderia deixar* — que ele se colocasse em risco para salvar outra pessoa.

— Mas, Luke, você compreende o que isso significa, não? Você será punido. — A voz de Glass tremeu de medo. — Eu sei que ele salvou minha vida, mas Rhodes é perigoso. Você devia ter visto a forma como ele falou sobre executar Bellamy. Foi... terrível. Quem sabe do que ele é capaz?

— Eu sei. — O maxilar de Luke se retraiu e então relaxou.

Os dois ficaram em silêncio por um instante. Glass segurou a mão dele e a apertou. Ela se sentia longe dali, distante, como quando se preparava para andar no espaço.

Luke — Ela apertou a mão dele de novo. — Não pode terminar dessa forma.

Depois de tudo por que eles tinham passado, depois do quanto tinham lutado e sobrevivido, seria uma loucura deixar que Rhodes transformasse qualquer um deles em um bode expiatório, exatamente como estava fazendo com Bellamy.

— Não terminará — disse Luke, a puxando para um abraço apertado.

Ela absorveu seu cheiro familiar, que agora se misturava a aromas da Terra que ela estava passando a amar à medida que começava a associá-los cada vez mais a Luke. O coração dele batia com um ritmo constante contra sua bochecha. Sua pressão sanguínea começou a cair, seus batimentos cardíacos desaceleraram e a adrenalina em suas veias diminuiu. Isso era tudo de que ela precisava. *Ele* era tudo de que ela precisava.

Glass se afastou repentinamente. Luke virou a cabeça de um lado para outro, seus instintos programados para checar a possibilidade de perigo.

— Eu sei o que fazer — falou Glass.

Luke olhou para ela, sua testa franzida.

— O quê?

— Vamos embora.

— O que você quer dizer com "ir embora"? Aonde iríamos?

— Não sei, mas pensaremos em algo. Wells pode nos ajudar. Ele e Sasha podem nos dizer em que direção ir. Podemos nos esconder por algum tempo. O quanto for necessário para que tenhamos certeza de que, quando voltarmos, tudo isso terá sido esquecido.

— E quanto aos Terráqueos? Os que são perigosos? — perguntou Luke, olhando para Glass como se ela tivesse ficado completamente insana.

— Teremos que nos arriscar.

Luke olhou para ela por um longo instante, e Glass se preparou para um aceno de cabeça cansado e algumas considerações sobre não abandonar seus deveres. Mas, para a surpresa de Glass, um pequeno sorriso se abriu no rosto dele.

— Teríamos que ir hoje à noite, então. Não queremos dar a Rhodes a chance de me encontrar.

Glass olhou para ele, perplexa.

— Sério? Você realmente quer ir embora por conta própria?

Ele colocou a mão que não estava machucada na cintura de Glass.

— Você sabe o que me fez seguir em frente nesse último ano? Durante todo o tempo em que você estava no Confinamento, naquelas noites em Walden quando eu tinha certeza de que estávamos morrendo? Foi a ideia de estar na Terra com você. Mesmo quando tinha certeza de que era apenas uma fantasia, eu não conseguia parar de imaginar explorar o planeta com você. Apenas nós dois. — Ele tirou a mão da cintura de Glass e passou os dedos por seus cabelos. — É incrivelmente arriscado, no entanto. Você sabe disso.

Ela assentiu.

— Eu sei. Mas prefiro ficar em perigo com você lá fora a arriscar ficar aqui sem você. — Ela sorriu para ele e passou a mão delicadamente em sua barba por fazer. Ele segurou a mão de Glass e beijou as pontas de seus dedos.

— E eu prefiro ficar lá fora com você a causar mais dor a outra pessoa — disse ele.

— Então vamos nos preparar. Pegaremos os suprimentos que pudermos carregar sem atrair atenção e partiremos.

— Tenho que terminar esse turno. Vá buscar água e toda a comida que você puder esconder em suas roupas, então nos encontraremos novamente aqui depois do pôr do sol. Enquanto todos estiverem jantando.

— Certo — concordou Glass. — Vou encontrar Wells. E acho que deveríamos contar a Clarke também. Ela precisa saber o que eles estão planejando para Bellamy. Porque, se não for você, será outra pessoa.

— Podemos confiar nela?

— Sim. — Glass foi enfática. — Podemos confiar nela.

— Bom. — Luke se inclinou para dar um beijo rápido e delicado em Glass. — Seremos como Adão e Eva — falou ele, com um sorriso.

111

— De forma alguma vou me vestir com folhas, independentemente de quanto tempo tenhamos que ficar sozinhos na floresta.

Luke olhou para ela dos pés à cabeça demoradamente, então sorriu de forma maliciosa, deixando claro exatamente em que estava pensando.

— Vá se preparar — disse ele, dando um tapinha no cotovelo de Glass. Com um último e longo olhar, ele se virou e voltou à barraca da enfermaria.

CAPÍTULO 10

Clarke

Por um momento fugaz e delicioso, Clarke estava feliz. Enquanto Keith se levantava pela primeira vez desde que os módulos de transporte pousaram e dava alguns passos, todos na barraca da enfermaria comemoraram. Clarke estava parada em frente a ele, com os braços esticados enquanto Keith cambaleava em sua direção. Ele estava com um braço magro posicionado de forma protetora em volta das costelas e o outro balançando ao lado do corpo para dar equilíbrio. Caminhou até os braços de Clarke e ela o abraçou delicadamente. O garoto ficaria bem.

— Certo, amigão, vamos levá-lo de volta à cama. Foi o suficiente para um dia — disse Clarke.

— Obrigado, Dra. Clarke. — O sorriso de Keith era grande o suficiente para iluminar toda a barraca.

— Apenas Clarke. — Ela sorriu, o ajudando a deitar novamente no leito. Com o canto do olho, ela avistou o único leito desocupado na barraca e toda a felicidade temporária se esvaiu de dentro dela, deixando apenas pânico e desespero no lugar. Guardas tinham vindo aquela tarde e movido Bellamy para uma nova barraca de prisão que tinha sido construída na beira da clareira, um barraco triste e sem janelas feito de placas de metal recuperadas no local da colisão. Ele estava trancafiado sozinho, com dois homens armados guardando

113

a porta o tempo todo. Clarke não sabia exatamente o que Rhodes tinha planejado, mas estava certa de que as coisas só piorariam. Ou Bellamy sucumbiria à infecção devido à falta de cuidados médicos adequados, ou então Rhodes apressaria seu fim com...

Ela expulsou o pensamento da cabeça. Era muito terrível sequer imaginar naquilo. Ela pensaria em algo. *Tinha* que pensar.

Enquanto Keith se ajeitava com cuidado, Clarke se virou para Marin, cuja perna mostrava uma enorme melhora. O ferimento tinha começado a cicatrizar sem nenhum sinal de infecção.

— Você é a próxima, Marin — falou Clarke. — Vamos fazê-la se levantar e andar em breve.

— Mal posso esperar. — Marin sorriu. — Há quanto tempo estou nesse planeta, sem ainda ter visto uma árvore ou mesmo uma folha?

— Bem, é o que você ganhou por estar inconsciente quando a trouxemos até aqui — provocou Clarke, seu tom leve contradizendo o terror que crescia em seu estômago. — Mas vou trazer algumas amostras para você mais tarde, como aperitivo.

— Clarke? — chamou alguém da porta, uma ponta de desespero na voz.

Ela se virou e viu uma Glass pálida e com uma aparência ansiosa mudando o peso do corpo de uma perna para outra.

— Glass, o que houve?

— Eu... eu preciso falar com você por um instante.

— Claro. — Clarke correu na direção de Glass o mais rápido que suas pernas sobrecarregadas permitiram. — Está tudo bem?

O coração de Clarke parou por um instante. Será que algo tinha acontecido com Wells?

— Acho que devíamos ir até lá fora — disse Glass, olhando de forma nervosa para a barraca à volta.

Clarke assentiu e, sem dizer outra palavra, seguiu Glass até a clareira. O sol do fim da tarde parecia amenizar um pouco o cenário frenético, apesar de que, onde quer que Clarke olhasse, havia sinais de tensão — pessoas discutindo por causa de rações, guardas lançando olhares inquietos na direção das árvores e, ao longe, pessoas abaixando as cabeças para evitar olhar nos olhos dos dois guardas parados em posição de sentido em frente à prisão de Bellamy. A ideia de ele estar lá, sozinho e doente, fazia Clarke querer sair em disparada e derrubar a porta, que se ferrassem os guardas.

Ela afastou os olhos e voltou sua atenção para Glass.

— O que está acontecendo?

— É sobre Luke... e Bellamy.

Clarke contorceu o rosto, confusa. O que será que Bellamy e Luke poderiam ter a ver um com o outro? Bellamy estava basicamente inconsciente ou adormecido desde que Luke tinha pousado na Terra — eles ao menos tinham se conhecido?

Glass puxava o ar e o soltava lentamente, como se estivesse juntando coragem para falar.

— Clarke, eu apenas... acho que você deveria saber. Estão planejando executar Bellamy. — A voz de Glass tinha ficado fraca, como se dizer aquela palavra terrível tivesse exigido um esforço físico.

O estômago de Clarke embrulhou e ela mordeu o lábio para abafar um grito.

— Executá-lo? — sussurrou ela.

Glass assentiu.

Não era como se Clarke não esperasse algo assim. Seu treinamento médico lhe tinha ensinado a considerar todas as eventualidades possíveis e encarar de frente, mesmo as mais difíceis. Mas havia uma enorme diferença entre se forçar a imaginar o pior cenário e realmente ouvi-lo sendo articulado pelos lábios de outra pessoa.

— Estão planejando fazer um julgamento, mas será um completo embuste — continuou Glass, seu rosto se tornando mais sofrido a cada palavra. Ela explicou que Rhodes obrigaria Luke a matar Bellamy. — Mas não vamos deixá-lo forçar Luke a fazer isso — disse ela rapidamente. — Vamos embora do acampamento. Essa noite. Isso deve lhes dar algum tempo.

— Como... como isso vai nos ajudar?

— Se Luke não estiver lá para executar as ordens de Rhodes, eles terão que repensar a execução. Não é uma solução permanente, mas pode lhes dar um dia a mais para pensar em algo.

— É por isso... é por isso que vocês estão indo embora? Para Luke não ter que matar Bellamy?

Glass assentiu, libertando algo no peito de Clarke, provocando um surto de afeição e gratidão sem precedentes. Clarke queria segurar a mão de Glass e implorar por seu perdão por cada comentário malicioso, por cada vez que ela tinha rido internamente por causa de algum erro de Glass na escola. Ela nunca tinha julgado uma pessoa de forma tão injusta. Mas ela não conseguia se mover, mal conseguia falar. Matariam Bellamy. Arrastariam o garoto que ela amava até a clareira, apontariam uma arma para a pessoa mais gentil e mais corajosa que ela já tinha conhecido e acabariam com a sua vida com o movimento de um dedo.

Mas então o cérebro de Clarke entrou em outra rotação e ela sentiu outros instintos assumindo o controle. *Não*. Ela se recusava a deixar que aquilo acontecesse. Ela salvava vidas, não ficava parada observando enquanto elas se esvaíam. Salvaria Bellamy. Se Glass podia encontrar a coragem para fugir do acampamento com Luke, Clarke podia encontrar a coragem para fazer o que fosse necessário.

Ao pensar naquilo, ela começou a perceber a gravidade do plano de Glass.

— Glass, tem que haver outro jeito. É muito perigoso. Vocês não conhecem o terreno e existem... existem pessoas... lá fora que querem nos ferir.

— Wells nos contou sobre a outra facção dos Terráqueos. Teremos cuidado, prometo. — Ela forçou um sorriso que não chegou aos seus olhos azuis tristes. — Mas, escute, Clarke — falou , colocando a mão no braço de Clarke. — Só porque Luke não estará aqui não significa que Bellamy estará em segurança. Eles encontrarão outra pessoa para fazer isso.

Clarke assentiu, sua mente zunindo.

— Eu sei. Acho que tenho um plano. — Ela pensou no hálito azedo e no olhar penetrante de Scott. Um calafrio correu por seu corpo, mas sua determinação era firme: ela usaria quaisquer poderes de persuasão que tinha para fazer Scott libertar Bellamy.

— Posso ajudar? — perguntou Glass, o rosto cheio de esperança e preocupação. — Quer dizer, antes de nós partirmos?

Clarke repassou o plano em sua cabeça mais uma vez, então assentiu lentamente antes de gaguejar o que ela precisava que Glass fizesse. Por um segundo, Clarke teve medo de ter falado demais. A garota olhava para ela com olhos enormes, sua mente se revirando atrás deles. Mas então algo no rosto de Glass mudou e um olhar de compreensão e determinação tomou conta de seu rosto. Estava claro que ela entendia o quanto Clarke estava disposta a fazer para salvar Bellamy.

Ela só podia torcer para ser o suficiente.

CAPÍTULO 11

Wells

Wells nunca tinha planejado estar no comando. Foi apenas como tudo tinha evoluído. Ele via coisas que precisavam ser feitas e as fazia. Se achava que algo podia ser feito melhor, dava a sugestão. Não era uma questão de poder, como claramente era para Rhodes. Mas apenas a melhor forma que Wells tinha encontrado para manter as pessoas vivas.

Ele entrou na cabana de suprimentos e estudou as pilhas de itens variados que eles tinham coletado nos locais das colisões. Ele sabia que Rhodes não gostaria que ele avaliasse o inventário, mas o Vice-Chanceler estava perceptivelmente ausente durante a maior parte do dia e Wells achou que ele poderia inventar alguma desculpa se fosse pego. Precisava fazer algo para se manter ocupado. Ele mal conseguia ficar na clareira. Ver os guardas armados em frente à nova prisão o deixava fisicamente enjoado. Ele forçou o cérebro, tentando encontrar uma forma de ajudar Bellamy, mas não conseguia pensar em como poderia falar com Rhodes sem tornar a situação ainda pior.

Então, até conseguir pensar em um plano que não envolvesse tanto a morte dele quanto de Bellamy, Wells focaria no inventário.

Não havia muito no que dizia respeito a suprimentos preparados e carregados no módulo de transporte dos cem por quem quer que estivesse encarregado na Colônia. Parecia que não tinham acreditado que sobreviveriam à viagem, muito menos que viveriam durante um mês na Terra. Havia um punhado de coisas úteis — um baú de medicamentos e instrumentos de primeiros-socorros, duas caixas de pasta de proteína, que já tinham acabado havia muito tempo, e alguns cobertores, recipientes para água, utensílios de cozinha e armas. A segunda leva de módulos de transporte não carregava muito mais. Wells imaginava que aquilo era o resultado de uma saída apressada da Colônia.

Mas, de alguma forma, os cem e os recém-chegados tinham conseguido estocar uma quantidade impressionante de suprimentos. Eles tinham transformado assentos quebrados e fragmentos de metal em baldes de água, camas, cadeiras e mesas. Tinham usado correias e fios para conectar e transformar lonas e forros em toldos, tendas e cobertores. Tinham saído para coletar folhas largas e planas que eles poderiam secar e usar para várias finalidades — desde cestos trançados a pratos e tigelas. Eles usavam tudo o que podiam encontrar para cozinhar, lavar e se proteger. Era admirável, realmente, que todas essas pessoas tivessem juntado suas cabeças e descoberto como sobreviver. Wells nunca fora tão ciente de como a vida era fácil na nave.

O silêncio da barraca de suprimentos era uma mudança bem-vinda em relação ao burburinho do exterior. Wells não se apressou ao examinar o inventário, fazendo uma anotação mental de que eles precisavam começar a acumular mais folhas e pequenos pedaços de madeira para acender fogueiras. Estavam se saindo bem com frutinhas e plantas, e havia uma nova equipe treinando para rastrear animais — o que era bom, levando em consideração que demoraria muito tempo até Bellamy ser capaz de sair para caçar.

Wells se ergueu e alongou os braços sobre a cabeça. Ele ouviu um baque leve contra a parede da construção. Talvez fosse Felix arrastando os barris de água da chuva, como Wells tinha pedido. Ele saiu para ver se poderia ajudar. Ao caminhar até a lateral da barraca, seus olhos pararam sobre Kendall e seu corpo ficou tenso. A garota mais jovem parecia doce a princípio e havia prestado tanta atenção a Wells que ele achou que ela tinha uma quedinha inocente por ele. Mas, na última semana, ele tinha ficado mais preocupado com o comportamento da menina. Nada a seu respeito fazia sentido, desde seu sotaque estranho até a forma como a história sobre como ela tinha sido Confinada sempre mudava.

Mas essa não era a parte mais perturbadora. A pele de Wells se arrepiava quando ele pensava em Priya, sua amiga que tinha sido morta violentamente e então pendurada em uma árvore. Todos acharam que os Terráqueos tinham feito aquilo, claro, da mesma forma que tinham assassinado Asher. Mas nem mesmo os terríveis detalhes daquele dia se encaixavam. Priya tinha sido amarrada com uma corda do próprio acampamento dos cem, e as letras macabras talhadas em seus pés tinham uma semelhança assustadora com a caligrafia na placa de seu túmulo — uma placa que a própria Kendall tinha criado.

Parte de Wells achava que ele estava apenas sendo paranoico, e aturdido por causa dos acontecimentos traumáticos. Mas também havia uma parte dele que sabia que não devia deixar Kendall sair de sua vista.

Ela estava sozinha, de costas para ele, inclinada sobre um dos barris de água da chuva. Ela se esticando para dentro dele.

— Ei, Kendall — falou Wells, tentando manter seu tom neutro.

Kendall se assustou com o som da voz de Wells e se virou, um enorme sorriso estampado no rosto.

— Oh, olá, Wells — disse ela delicadamente.

— O que está acontecendo? O que houve com o barril de água da chuva?

— Nada. Estava apenas checando para ver quanta água tinha dentro. Felix acabou de trazê-los. Não sei como ele conseguiu, com esse tanto de água...

— Não é difícil se você segurá-lo com o ângulo certo — respondeu Wells. — Por que você precisa checar o nível da água?

Kendall olhou para o céu e levantou as mãos até a altura dos ombros, com as palmas para cima, como se estivesse checando a umidade do ar.

— Não parece que vai chover hoje e eu queria ter certeza de que tínhamos o suficiente.

Wells estudou o rosto da menina. Algo nela parecia fora de sincronia — era quase como se sua voz ingênua e seu olhar penetrante pertencessem a duas pessoas diferentes, mas tivessem acidentalmente terminado juntos.

— Você encontrou algo lá dentro?

Kendall riu.

— No barril de água da chuva? Não. Por quê?

— O que você estava fazendo com a mão dentro dele, então?

— Wells, não sei do que está falando. Eu não estava com a mão dentro do barril.

— Kendall, eu vi você com o braço esticado para dentro dele.

Ela estreitou os olhos e inflou os lábios. Por um momento tão breve que Wells achou que poderia ter imaginado, sua expressão se transformou de inocente e constrangida para fria e calculista. Então ela arregalou os olhos novamente, sorriu timidamente e deu de ombros.

— Wells, não sei o que dizer. Eu não estava enfiando a mão dentro do barril. Tenho que sair para o meu turno de caça. — E antes que Wells pudesse dizer outra palavra, ela se virou e saiu correndo para o centro do acampamento.

Wells ficou agoniado. Algo não estava certo. Ele olhou para dentro do barril, mas tudo o que viu foi água cristalina, chegando até a metade da altura. Com uma batida frustrada das palmas das mãos na lateral do barril, Wells decidiu que precisava contar a Rhodes o que tinha acabado de ver. Ter certeza de que a água era segura para beber era mais importante do que uma disputa de poder estúpida.

Não foi difícil encontrar o Vice-Chanceler. Ele teve apenas que localizar o grupo de guardas reunidos à sua volta, esperando por ordens. Com um *com licença* ou dois, ele abriu caminho até a frente do grupo e parou atrás de Rhodes, que estava conversando com o Oficial Burnett, seu braço direito.

— Senhor? — disse Wells, com seu bem treinado tom respeitoso de oficial.

Rhodes girou e olhou para Wells de cima a baixo. Ele parecia surpreso em vê-lo novamente:

— Sim, Oficial Jaha? Como posso ajudá-lo?

Wells sentiu os olhos dos guardas sobre ele:

— Testemunhei algo que acho que o senhor deveria saber.

— É mesmo?

— Sim. Vi uma garota chamada Kendall deixando algo cair dentro de um dos barris de água de chuva. Acredito que ela estava colocando algo no nosso suprimento de água.

— E o que você acha que essa Kendall estava colocando em nosso suprimento de água? — perguntou Rhodes friamente.

— Não sei, senhor. Mas há algo nela que não parece muito certo. Ela é apenas um pouco... esquisita.

Rhodes soltou uma risada seca.

— Ela é esquisita?

Wells assentiu.

Rhodes olhou de Wells para Burnett, então de volta a Wells.

— Bem, Jaha. Obrigado por trazer essa informação tão precisa à minha atenção. Garantirei que meus homens investiguem qualquer um que pareça um pouco *esquisito*. Não podemos aceitar isso.

Os homens reunidos em volta riram. Wells sentiu suas bochechas arderem.

— Não é uma piada — disse Wells firmemente. — Ela estava tramando algo. Eu simplesmente não acho que ela é tão inocente quanto parece.

Rhodes encarou Wells com um olhar gélido.

— Entendo que seu breve período como líder aqui na Terra foi muito satisfatório para você. E um dia, se conseguir manter seu desespero sob controle, talvez volte ao comando. Mas nesse momento acho vergonhoso que você invente acusações contra uma garota inocente simplesmente porque gostaria de se sentir importante.

Qualquer resquício de vergonha que Wells tinha sentido desapareceu em um piscar de olhos, substituída por puro nojo. Não era ele quem estava fazendo joguinhos — e não era ele quem estava deixando o poder subir à cabeça. Rhodes estava colocando a vida de todos em risco porque estava... o quê? Sentindo-se ameaçado por um adolescente? Ele não daria a Rhodes a satisfação de notar sua frustração. Por mais difícil que fosse, ele ignorou as acusações e se concentrou em oferecer provas concretas de que ele deveria agir, independentemente de qualquer rixa pessoal que ele tivesse com Wells.

— Senhor. Antes de o senhor chegar, dois membros do nosso grupo foram mortos.

— Sim, ouvi falar desses incidentes infelizes. — Rhodes balançou a mão de forma desdenhosa para Wells. — Mas compreendo que vocês não estavam protegidos adequadamente. Estabelecemos um perímetro de segurança que impedirá que isso aconteça outra vez.

— Não sei bem como um *perímetro* poderia impedir uma flecha de atingir alguém no pescoço, senhor. E não sei bem como um perímetro ajudaria se um dos inimigos já tivesse se infiltrado em nosso acampamento. Minha amiga Priya estava pendurada em uma árvore como um animal. Não conseguimos compreender como alguém pode ter penetrado no acampamento por tempo suficiente para fazer aquilo com ela sem que alguém notasse um estranho entre nós. Mas acho que entendi. Acho que o culpado já estava aqui, que não era de forma alguma um forasteiro. Acho que era Kendall.

Rhodes olhou para Wells como se ele fosse um pedaço de lixo preso em sua bota.

— Já chega. Volte quando estiver pronto para ajudar. Não tenho tempo para escutar suas teorias da conspiração e seus delírios. Tenho um assentamento para comandar. Se você puder nos dizer onde encontrar um suprimento amplo de comida, então ficarei feliz em escutar. Agora vá embora.

Sem dizer uma palavra, Wells saiu apressado. Enquanto contornava a barraca mais próxima, bateu de frente com alguém.

— Desculpa — falou ele, olhando para um rosto familiar. Kendall. Ela estivera parada ali e ouvira tudo o que ele disse a Rhodes. Wells se preparou para algum tipo de discussão acalorada. Mas, ao invés disso, tudo o que Kendall fez foi olhar para ele com um sorriso estranho e indecifrável antes de se virar e sair na direção da floresta. Wells observou enquanto ela era engolida pelas árvores, seu coração batendo forte no peito, de alguma forma sabendo em seu âmago que ela não voltaria.

CAPÍTULO 12

Clarke

Clarke não teve coragem de contar a Wells todos os detalhes sobre seu plano para resgatar Bellamy. Ela precisava de sua ajuda, mas havia um limite para o que seu ex-namorado precisava saber. Especialmente quando o plano essencialmente consistia em um passo: flertar perigosamente com um guarda sociopata. E particularmente quando seu ex-namorado era do tipo protetor e ocasionalmente moralista, além de ser o líder do acampamento.

— Então, o que exatamente você quer que eu faça? — perguntou Wells, examinando-a com uma expressão que deixava muito claro que ele sabia que ela não estava lhe contando tudo.

— Alguém tem que criar uma distração para que Bellamy e eu possamos sair do acampamento sem que ninguém perceba.

— Eu certamente posso criar uma distração, mas como você planeja passar pelos guardas?

— Tenho um plano. Você não confia em mim?

Wells suspirou e passou a mão no cabelo.

— Claro que confio em você, Clarke, mas o que eu não entendo é por que você não quer confiar em mim. Por que não me conta o que está acontecendo? Eu sei que ele é seu namorado, mas também é meu irmão. — A palavra soou estranha saindo dos lábios de Wells, mas mesmo assim alcançou um lugar especial dentro do coração dela.

— Eu sei, Wells. É por isso que preciso que confie em mim. Quanto menos você souber, maiores são as chances de o plano funcionar.

Wells balançou a cabeça, então abriu um sorriso sarcástico.

— Você poderia me convencer a fazer praticamente qualquer coisa. Sabe disso, não sabe?

Clarke sorriu.

— Que bom. Porque tenho mais um favor para pedir.

— Qualquer coisa que quiser, Griffin.

— Assim que sairmos daqui, precisaremos de um lugar para onde ir. Você acha que Sasha pediria aos Terráqueos para nos receberem... pelo menos por enquanto?

— Vou falar com ela — respondeu Wells. Ele e Sasha tinham concordado em se encontrar na floresta todos os dias ao meio-dia, uma medida temporária até que fosse seguro ela visitar o acampamento novamente. — Tenho certeza de que ela vai topar.

— Obrigada. — Ela repassou sua lista mental mais uma vez. Quase todas as peças de seu plano estavam no lugar.

Seu único arrependimento era que ir embora do acampamento significaria deixar o Dr. Lahiri para trás. Eles não tinham tido a oportunidade de terminar sua conversa, e ela sabia que havia algo que ele não tinha lhe contado sobre seus pais.

— O que foi, Clarke? — perguntou Wells, aparentemente lendo a preocupação em seu rosto. Ele sempre foi capaz de dizer o que ela estava pensando, uma habilidade que tinha tornado o começo do relacionamento dos dois tão mágico e o fim, tão desolador.

— O que há de errado?

— Além do fato de eu ter que arrastar Bellamy e seu ferimento aberto pela floresta para fugir daquele maníaco do Rhodes?

— Sim, além disso.

Então ela contou sobre a reação do Dr. Lahiri quando ela perguntou sobre seus pais e também sobre como ela não teve a chance de terminar a conversa.

Wells colocou a mão em seu ombro:

— Clarke, me desculpe.

— Por quê?

— Por tudo. Por ser ingênuo. Por não perceber como Rhodes é doente. Eu realmente achei que eles fariam o que era certo. Parece tão estúpido agora.

Clarke queria passar os braços em volta de Wells e abraçá-lo — por gratidão, por admiração, por empatia. Mas aquele não era mais seu papel.

— Nunca se desculpe por ver o melhor nas pessoas, Wells. Essa é uma qualidade incrível.

Ele afastou os olhos dela e limpou a garganta.

— Bellamy é meu irmão. Farei qualquer coisa para ajudar. — Ele voltou a olhar para Clarke, seus olhos cintilando com um brilho que ela nunca tinha visto antes. — E se for preciso minar a autoridade de Rhodes no processo, bem, então serão apenas dois coelhos com uma cajadada só.

Uma hora mais tarde, depois de Clarke ter se banhado no riacho e vestido roupas um pouco menos imundas, ela saiu em sua missão. É apenas fingimento, ela repetia para si mesma, tentando acalmar o coração acelerado. Nada vai realmente acontecer. A repetição a tranquilizava, e logo as palavras se misturaram em uma melodia em sua cabeça.

Ela parou repentinamente. Lá estava ele, recostado contra a barraca de suprimentos, os polegares enganchados no cinto e um sorriso convencido no rosto. Ele estava conversando com uma garota arcadiana que tinha mais ou menos a mesma idade de Clarke, o cabelo da mesma cor e o mesmo tipo físico. *Bem, pelo menos ele tem um tipo preferido*, pensou. *Que nojo.*

Clarke inspirou lentamente, se preparou e revisou seu plano, torcendo pela milionésima vez para que ele funcionasse, para que ela não fosse simplesmente recriar um de seus próprios pesadelos.

— Oi, Scott — falou Clarke enquanto seguia na direção da porta da barraca de suprimentos. Ao invés de evitar o contato visual e passar por ele o mais rápido possível, como normalmente faria, ela se forçou a deixar o olhar se demorar sobre o rosto do rapaz e ofereceu a ele o que esperava ser um sorriso radiante, embora pudesse acabar saindo como uma careta.

— Olá, Doutora — respondeu ele lentamente, lançando um olhar rápido de cima a baixo. A garota com quem Scott estava conversando se virou para encarar Clarke e, quando ficou claro que a atenção do guarda estava agora fixada em outra pessoa, foi embora de forma apressada.

Ele é todo seu, querida, pensou Clarke. *Assim que eu conseguir o que preciso.*

Adrenalina se espalhava por seu corpo enquanto ela parava junto à porta da barraca, a apenas alguns centímetros de Scott. Sua expressão intensa a deixava nervosa — ele parecia desconfiado. Será que ela estava indo com muita sede ao pote? Flertar não era sua especialidade. Ela sempre se sentiu muito mais confortável usando bisturis e microscópios do que sorrisos e movimentos graciosos.

Os cantos da boca de Scott e suas sobrancelhas se ergueram, como se ele estivesse lhe fazendo uma pergunta silenciosa.

— A que devo a honra? — perguntou ele, esticando o braço para segurar a porta para ela.

— Eu estava apenas procurando algo aqui dentro — respondeu Clarke. — Você pode me ajudar?

— Claro, sem problemas. — Ele a seguiu até o interior e fechou a porta com um baque que fez o estômago de Clarke embrulhar, mas ela tinha que continuar com o plano.

Clarke jogou o cabelo por cima do ombro e se virou para ficar de frente para ele.

— Olha, eu gostaria de me desculpar.

Ele pareceu momentaneamente assustado, mas então sorriu e falou:

— Por que você teria que se desculpar, querida?

A voz dele fez a pele de Clarke se arrepiar, mas ela continuou:

— Por nem sempre lhe oferecer a atenção médica adequada. Eu... — Era isso, ela não podia estragar tudo agora. Ela abaixou a voz e tentou torná-la o mais sussurrada possível. — Eu ainda fico um pouco nervosa perto de certos pacientes.

Ele ergueu uma sobrancelha.

— É mesmo? Que tipo de pacientes?

Ela se forçou a colocar a mão no braço de Scott.

— Aqueles que fazem eu me sentir mais como uma aluna apaixonada do que como uma médica de verdade.

Os olhos de Scott se arregalaram de uma forma que dava a Clarke todo um novo sentido à expressão *seus olhos se iluminaram*. Se não fossem os olhos de Scott, ela teria ficado lisonjeada por um rapaz olhar para ela daquele jeito. Uma pontada de culpa se manifestou enquanto ela se dava conta de que Bellamy de fato olhava para ela daquela forma.

— Sério? — A voz dele possuía um tom de descrença, mas aquilo não o impediu de colocar a mão na cintura de Clarke.

Clarke assentiu, ignorando a pressão do toque, embora fosse como deixar uma aranha rastejar sobre seu braço.

— Você me perdoa? Prometo ser mais... profissional daqui para a frente.

Scott colocou a outra mão em sua cintura, então deixou as duas deslizarem até seu traseiro. Clarke precisou juntar uma quantidade considerável de força de vontade para não se afastar.

— Profissional pode ser superestimado.

Tomando coragem, ela se inclinou para sussurrar no ouvido de Scott:

— Bem, nesse caso, quer dar um passeio comigo? Há uma parte da floresta que ando louca para explorar.

Ele a apertou com mais força por um momento antes de soltá-la e abrir um sorriso seboso.

— Com certeza.

Eles voltaram para o exterior, e Clarke torceu para Scott não ter notado como ela estremeceu quando ele colocou a mão em sua lombar.

— Mostre o caminho, Doutora.

Clarke se virou na direção da floresta bem a tempo de ver Octavia atravessar a linha de árvores, levando duas crianças pequenas pela mão. Para o horror de Clarke, a irmã de Bellamy estava olhando diretamente para ela, uma expressão de puro ódio estampada no rosto. Octavia não sabia sobre o plano de Clarke de usar Scott. Ela provavelmente achou que essa cena era exatamente o que parecia ser: Clarke traindo Bellamy com um guarda.

131

Clarke olhou Octavia nos olhos, desejando que elas ainda tivessem implantes de córnea e que ela pudesse enviar uma mensagem à garota. Mas a única forma de se comunicar com ela na Terra era falando pessoalmente, e aquilo nunca funcionaria. Clarke tinha Scott nas mãos e não podia quebrar o clima agora. Não queria fazer nada para levantar suspeitas. Era muito arriscado falar com Octavia. Tudo o que Clarke podia fazer era torcer para que a menina não encontrasse Bellamy antes dela. Se Octavia contasse a ele o que tinha visto, Bellamy nunca iria embora do acampamento com Clarke naquela noite. Octavia virou e seguiu com pressa na direção da fogueira.

Clarke observou enquanto Octavia se afastava, então respirou fundo e se virou novamente para Scott. Ela olhou em seus olhos por um instante a mais do que o necessário, roçou a mão contra a dele e falou com uma voz rouca.

— Venha comigo. — Ela acenou com a cabeça na direção da floresta. Os olhos de Scott se arregalaram.

— Estou logo atrás de você — sussurrou ele no ouvido de Clarke.

O hálito dele era quente e úmido sobre seu rosto. Ela reprimiu a ânsia de vômito e se lembrou de que Bellamy morreria se ela não fosse até o fim com o plano. Então segurou a mão de Scott e o puxou na direção das árvores.

Eles entraram na floresta mal iluminada, os galhos roçando em seus ombros. Levou Scott até uma área particularmente densa da floresta, onde as folhas cresciam em um emaranhado compacto. Eles escutariam alguém se aproximando antes de poderem ser vistos. Ela se virou para ficar de frente para o guarda, que esbarrou nela em sua excitação. Ele pressionou o peito contra ela e envolveu os braços nos ombros de Clarke.

Ele não perderia tempo. Clarke tentou se concentrar em Bellamy. Tudo isso era por ele. Por eles dois.

— Você está com pressa? — conseguiu perguntar Clarke logo antes de ele tascar um beijo firme e molhado nela. Ela virou a cabeça por reflexo, e os lábios do rapaz deslizaram dos lábios dela para sua bochecha.

— Quero fazer isso há muito tempo — falou Scott, segurando o rosto de Clarke com as mãos e o reposicionando.

— E eu quero fazer *isso* há muito tempo — disse Clarke enquanto erguia a mão no ar e golpeava contra o pescoço do rapaz, fazendo uma seringa perfurar sua pele com um pequeno estalo. Ela pressionou o êmbolo firmemente com o polegar, administrando uma dose cavalar de sedativo em sua corrente sanguínea. Por um milésimo de segundo, os olhos de Scott se encheram de confusão e percepção de traição. Então ele a soltou e caiu no chão com um baque oco.

Clarke limpou o rosto babado com a manga da camisa e começou a trabalhar. Ela se ajoelhou e vasculhou o uniforme e o cinto de utilidades de Scott. Suas mãos estavam tremendo, mas ela finalmente conseguiu envolver os dedos em seu chaveiro pesado e no metal frio e polido de sua arma. Sem nem olhar para trás, ela se levantou com um salto e voltou por entre as árvores, deixando-o inconsciente no solo. Clarke queria estar longe quando ele acordasse.

Tirou Scott da mente e voltou para a clareira. Examinou o acampamento, checando onde estavam os guardas e procurando por Wells. Ele estava no local combinado. Clarke fechou os olhos e escutou com atenção — sim, ela conseguia ouvir o assovio baixo vindo das árvores, que era o sinal de Sasha para eles. Ela tinha recebido a mensagem. Clarke enrijeceu. Estava na hora de agir.

133

CAPÍTULO 13

Bellamy

A dor era lancinante e constante, diferente de qualquer coisa que ele já tinha sentido antes. Era muito pior do que quando rolara um lance de escadas e quebrara a clavícula. Essa dor era profunda, latejante, como se o interior de seus ossos estivessem pegando fogo. Bellamy se recostou contra a parede de metal fria — uma parede que deve ter sido construída à sua volta enquanto ele estava inconsciente, porque com toda a certeza não estava ali quando ele foi baleado.

Seu estômago roncou alto, embora a ideia de engolir qualquer coisa acrescentasse uma camada de náusea às ondas de dor. Ele não conseguia se lembrar da última vez que tinha comido; tinha uma recordação vaga de Clarke o encorajando a comer um pouco de pasta de proteína, mas não fazia ideia de há quanto tempo aquilo tinha acontecido.

Bellamy fechou os olhos com força e tentou se distrair repassando seus momentos favoritos com Clarke repetidamente na cabeça. A primeira vez que ela o tinha beijado, quando ela deixara sua personalidade reservada de médica séria de lado como se descartasse um uniforme e jogara os braços em volta dele na floresta. A noite em que eles foram nadar no lago e pareceu que todo o planeta pertencia a ele e àquela garota reluzente com um brilho provocante nos olhos. Ele inclusive se lembrou dos últimos dias na barraca da enfermaria, sentindo sua dor abrandar toda vez que ela acariciava sua bochecha, ou dava um delicado beijo em sua testa seguido por outro em seu pescoço que decididamente não era coisa de médica. Droga, levar um tiro no ombro quase parecia um preço justo a pagar por um de seus banhos de esponja surpreendentemente agradáveis.

Aquilo funcionou por um instante, mas a dor inevitavelmente voltou com fúria renovada. Ele começou a erguer a mão para ajustar a atadura quando percebeu que seus pulsos estavam algemados e presos a uma parede atrás dele. Com um grunhido, ele girou para investigar, seu ombro latejando em protesto com o movimento, mas a dor não foi o suficiente para vencer sua curiosidade. Ele nunca tinha visto nada como aquelas algemas antes. Elas eram leves, feitas de um fio leve de metal tão delicado quanto uma corda, com uma fechadura fina que juntava as duas mãos. Ele tentou separar as mãos, mas a fibra resistiu e se afundou em sua pele. Ao fazer mais força, ele sentia a tensão na corda aumentar e observava espantado enquanto seus pulsos se uniam. *O metal estava reagindo aos seus movimentos*. Então ele ficou imóvel e lentamente a corda afrouxou, até ele ser capaz de movimentar as mãos novamente.

O ombro de Bellamy queimava, e ele se posicionou mais perto da parede, tentando encontrar uma posição confortável. Grunhindo com o esforço, ele desistiu e inclinou a cabeça para trás. Estava exausto, mas a dor tornava impossível dormir mais do que alguns minutos de cada vez.

Feixes estreitos de luz do sol penetravam pelas fendas entre as placas de metal que formavam as paredes e o teto da cabana. Ele estudou o ângulo da luz e escutou cuidadosamente os sons do exterior, tentando descobri onde a prisão estava localizada. A pancada distante de um machado atingindo a lenha lhe dizia que ele estava a uma boa distância de pilha de madeira. Um grupo de garotos passava por ali, logo do outro lado da parede, conversando sobre uma garota de Walden. Além de suas vozes, ele podia ouvir barulho de água balançando, o que significava que ele estava próximo à trilha que as pessoas usavam para chegar ao riacho.

Bellamy se esforçava para identificar cada som que ele conseguia distinguir. Troncos batendo uns contra os outros, cobertores e lonas estalando enquanto alguém os sacudia, o tom intrometido de um guarda corrigindo a técnica de empilhar madeira de alguém. Mas havia apenas um som que Bellamy queria ouvir, e ele prendeu a respiração, a frustração crescendo em seu peito. A voz de Octavia. Ele queria — precisava — ouvir sua irmã. Ele seria capaz de dizer com apenas algumas palavras se ela estava feliz ou assustada, em perigo ou a salvo. Mas ele não reconhecia nenhuma das vozes que soavam pela clareira. O lugar estava infestado de recém-chegados.

Bellamy nem tinha mais forças para ficar furioso. Ele só se importava com Octavia, Clarke e Wells. Se não fosse por eles, não se importaria se viveria ou morreria, se seria executado ou libertado para viver sozinho na floresta. Mas o que aconteceria à sua irmã se ele fosse morto? Quem cuidaria dela depois que ele se fosse? Os cem tinham formado uma comunidade, mas agora que Rhodes e todos os outros estavam ali, todas as apostas estavam suspensas. Ele não tinha como saber se alguém cuidaria de sua irmã quando todos estavam ocupados cuidando de si mesmos. Exatamente como era na nave.

Um baque alto contra a lateral da cabana fez Bellamy se mover bruscamente para o lado — o que fez uma dor lancinante se espalhar pela parte de cima de seu corpo.

— Jesus — grunhiu ele, então ouviu uma briga, seguida de vozes altas. Uma voz familiar se erguia acima do resto: era Wells.

— Coloque as algemas agora — falou Wells com uma voz que Bellamy nunca tinha ouvido antes, grave e ameaçadora. — Eu disse *agora* — enfatizou ele —, e não faça nenhum barulho. Se você simplesmente abrir a boca, eu atiro em você.

E, apesar de aquilo contradizer tudo que Bellamy sabia sobre seu meio-irmão, parecia que Wells estava falando sério.

Merda, pensou Bellamy. *O Mini-Chanceler está começando a soar como um Mini-Vice-Chanceler.*

Seguiu-se um silêncio enquanto, provavelmente, o guarda obedecia à ordem de Wells. Alguns segundos depois, dois vultos entraram pela porta da cabana — um Wells com o rosto pétreo e o maxilar determinado e uma Clarke esbaforida e respirando rapidamente. Eles entraram e correram até ele, enquanto a cabeça de Bellamy girava com confusão e alívio. Será que eles realmente estavam ali para *resgatá-lo*? Como diabos eles tinham conseguido fazer aquilo?

O peito de Bellamy se estufou com um sentimento que ele nunca tinha conhecido realmente — gratidão. Ninguém nunca tinha feito algo tão perigoso por ele, ninguém nunca tinha achado que ele valia aquele tipo de risco. Ele tinha passado toda a sua vida tomando atitudes imprudentes para proteger Octavia, mas ninguém nunca tinha nem mesmo transferido para ele um ponto de ração ou saído escondido depois do toque de recolher para checar como ele estava nas poucas vezes em que ficara doente.

Mas ali estavam eles, a garota sobre quem ele nunca teria ousado *sonhar* quando estava na nave e o irmão que ele nunca soube que existia, colocando suas vidas em risco por ele.

Clarke caiu de joelhos ao lado dele.

— Bellamy — falou ela, sua voz falhando enquanto ela passava a mão na bochecha dele. — Você está bem? — Ela nunca parecera tão assustada, tão frágil. Mas não havia nada de vulnerável em uma garota que enfrentara uma clareira cheia de guardas armados.

Bellamy assentiu, então se retraiu quando Wells puxou as algemas presas à cavilha na parede.

— Como você vai abrir isso? — perguntou Bellamy, a voz rouca. O guarda do lado de fora alertaria os outros a qualquer momento. Se eles não saíssem rápido, nenhum deles viveria para ver outro pôr do sol.

— Não se preocupe — disse Wells. — Ela está com a chave.

Clarke enfiou a mão no bolso e tirou uma chave fina, feita com o mesmo material flexível das algemas.

— Como diabos você... Quer saber? Esqueça. Não quero saber — falou Bellamy. — Apenas tire isso de mim.

Wells pegou a chave da mão de Clarke e começou a mexer nas algemas enquanto Clarke voltava ao modo médica e rapidamente examinava seu ombro, murmurando para si mesma enquanto levantava a atadura manchada de sangue. Bellamy não conseguia tirar os olhos dela. A testa de Clarke estava franzida em concentração, e um brilho leve de suor cobria seu rosto, mas ela nunca tinha parecido mais bela.

— Consegui — disse Wells enquanto as algemas se abriam. — Vamos.

Ele se abaixou, passou o braço pelas costas de Bellamy e o ajudou a se colocar de pé. Clarke se posicionou debaixo do outro braço do namorado e o ajudou a cruzar a cabana. Quando chegaram à porta, no entanto, Clarke ergueu a mão e sinalizou para que eles esperassem um pouco enquanto ela escutava os sons do lado de fora. A princípio, Bellamy não sabia o que eles estavam esperando, mas então ele ouviu. Um barulho alto e uma série de gritos soaram do outro lado da clareira, seguidos de gritos de "Estamos sendo atacados!" e "Guardas... a postos!".

Um estrondo forte de passos passou apressado pela cabana, na direção da comoção.

Clarke se virou para Wells e sorriu:

— Ela conseguiu! Boa, Sasha.

— O que ela conseguiu? — perguntou Bellamy enquanto se apoiava um pouco mais em Wells. Ele não andava havia dias, e seus músculos pareciam gelatina.

— Ela preparou algo nas árvores para fazer parecer que os Terráqueos estavam atacando o acampamento. Se tudo correr dentro do previsto, Rhodes terá enviado todos os guardas para dentro da floresta e seremos capazes de fugir pelo outro lado.

— Sua garota é bem sinistra, Wells — falou Bellamy com um sorriso fraco. — Ela vai ficar bem?

— Vai ficar ótima. Ela já está muito longe para que eles a alcancem.

Clarke escutou junto à porta por mais um momento, então acenou para eles urgentemente.

— Vamos embora.

Eles saíram pela porta. O caminho estava livre — todos no acampamento olhavam para o outro lado ou corriam na direção da comoção na outra ponta da clareira. Bellamy, Clarke e Wells deram a volta na cabana rapidamente e, antes que qualquer um percebesse, desapareceram no abrigo da floresta.

CAPÍTULO 14

Wells

Não havia nenhum som a não ser a respiração pesada dos três e os estalos dos gravetos e das folhas secas debaixo de seus pés. Wells, Bellamy e Clarke tinham corrido até sentirem câimbras no abdômen, então diminuíram o ritmo para uma caminhada. Wells olhou por cima do ombro para checar Bellamy, cujo ombro estava claramente doendo, embora ele se recusasse a reclamar, e que parecia muito mais ansioso em relação a Octavia do que ao seu ferimento.

— Vocês têm certeza de que ela não acha que eu a abandonei? — perguntou Bellamy, enquanto permitia que Clarke o ajudasse a passar por cima de um tronco coberto de musgo que bloqueava seu caminho.

— Tenho certeza — respondeu Wells, feliz por poder oferecer pelo menos aquele ínfimo conforto. — Nós lhe contamos o plano e ela concordou que era melhor alguém permanecer no acampamento e ficar de olho em Rhodes por algum tempo.

— Ela teria vindo se não fosse pelas crianças — complementou Clarke. — Ela é a única pessoa que está cuidando delas. É realmente incrível o que ela fez.

Wells observou enquanto o orgulho da irmã momentaneamente expulsava o medo do rosto de Bellamy.

— Sempre soube que ela tinha isso dentro dela.

— Onde Sasha disse que nos encontraria? — perguntou Clarke, examinando as árvores de forma nervosa. Embora ela e Bellamy tivessem encontrado Mount Weather sem querer uma vez antes, Wells sabia que nenhum deles estava confiante de que encontraria o local novamente.

— Ela nos encontrará — disse Wells.

Eles ouviram um farfalhar na árvore diante deles e, um momento depois, um vulto pulou de cima dos galhos, pousando silenciosamente de pé.

— Certo, isso foi um pouco assustador — falou Wells com um sorriso enquanto Sasha caminhava na direção deles. Ele ainda não tinha se acostumado com a maneira como Sasha conseguia se misturar ao que estava ao seu redor. Era quase como se ela mudasse de cor, como os lagartos sobre os quais ele tinha lido quando era criança. Mas ela não mudava de cor, obviamente, era apenas algo na forma que respirava, que permanecia imóvel. Ela simplesmente se tornava parte da floresta.

Ele a tomou em seus braços, afundando o rosto em seus longos cabelos escuros que sempre tinham cheiro de chuva e cedro.

— Obrigado pela ajuda — disse ele, colocando a mão sob o queixo de Sasha e o erguendo para um beijo. — Aquilo foi incrível.

— Quer dizer que funcionou? — perguntou Sasha, se afastando para virar de Wells para Clarke e Bellamy.

— Funcionou perfeitamente — respondeu Wells.

— Então qual é o plano agora? — perguntou Bellamy, claramente sentindo dor. Seu rosto estava pálido e sua respiração tinha ficado entrecortada.

— Vou levar vocês todos até Mount Weather comigo — falou Sasha. — Vocês podem ficar lá o quanto precisarem.

— Eles não se importarão? — perguntou Bellamy, olhando de forma nervosa de Clarke para Sasha.

Sasha balançou a cabeça.

— Desde que vocês estejam comigo, tudo ficará bem — assegurou ela.

— Não devíamos parar por muito tempo — disse Wells com a voz cansada. — Assim que perceberem que você sumiu, eles virão atrás de nós.

— Bel, você está bem para continuar andando? — perguntou Clarke delicadamente.

— Estou bem — respondeu ele, embora não tivesse olhado nos olhos de Clarke.

Eles seguiram Sasha enquanto ela disparava, rapida e silenciosamente, pela floresta escura.

— Então você está bem? — perguntou Sasha quando eles estavam alguns metros à frente de Clarke e Bellamy. Com a pressa para libertar Bellamy, ele e Sasha quase não tinham tido tempo para falar sobre qualquer outra coisa além da logística da fuga.

— Não sei.

Era a verdade. Tudo tinha acontecido tão depressa que ele não tivera tempo para processar as implicações de desobedecer Rhodes, de abandonar o acampamento. Wells certamente não ficaria parado olhando enquanto Rhodes executava seu irmão a sangue-frio. Mas ainda assim era difícil compreender que eles tinham sido forçados a deixar seu lar para trás — o lar, a comunidade que *eles* tinham construído com suas próprias mãos, a partir do nada.

— Não será para sempre. Assim que seu pai melhorar, ele descerá em um dos outros módulos de transporte e tudo ficará bem.

— Não ficará, Sasha. Meu pai está em coma, e não há módulos de transporte extras por aí. — O tom de Wells saiu seco e amargo, mas ele não se importou. Essa não era uma situação em que ele podia contar com alguém para consertar tudo. Ele tinha sido um idiota por confiar em Rhodes. Deveria ter agido mais cedo, antes de tudo sair de controle.

Outra garota poderia ter ficado magoada — ou pior, pedido desculpas como se tivesse feito algo errado. Mas Sasha apenas segurou a mão de Wells e a apertou. Aquilo era profundamente injusto. Bellamy estava apenas tentando salvar sua irmã. Nem tinha sido ele quem apertou o gatilho — um dos preciosos guardas do próprio Rhodes fizera aquilo. Além disso, o pai de Wells é que foi baleado e, se Wells não achava que Bellamy deveria pagar por aquilo, então quem era Rhodes para dizer o contrário?

Na verdade, Wells sorriu com tristeza, ele era o pai de *Bellamy* também. Se ao menos Rhodes soubesse daquilo, ele provavelmente teria um aneurisma. Wells não podia negar que a imagem lhe trazia algum prazer.

Sasha ergueu uma sobrancelha, claramente curiosa para saber o que ele estava pensando.

— Eu estava apenas imaginando o que aconteceria se Rhodes descobrisse que Bellamy e eu somos irmãos — disse Wells.

Sasha riu.

— Ele provavelmente teria um ataque cardíaco. Na verdade, esse poderia ser o melhor plano. Vou voltar ao seu acampamento, gritar a notícia e esperar até Rhodes cair morto. Problema solucionado.

Wells apertou a mão de Sasha também.

— Sua mente tática nunca deixa de me surpreender.

Eles seguiram caminhando, com Wells apenas escutando parcialmente enquanto Sasha apontava várias características geográficas. Em certo ponto, Clarke começou a bombardear Sasha com perguntas sobre diferentes espécies animais, mas Wells podia perceber que ela estava fazendo aquilo para distrair Bellamy.

Parecia que eles estavam andando havia horas. Finalmente, Sasha apontou para uma pequena elevação no solo, tão sutil que eles nunca teriam notado se estivessem sozinhos.

— Por ali — disse ela.

Eles a seguiram, fazendo um caminho cuidadosamente entre os galhos. Wells sentiu o solo debaixo dele lentamente se inclinar para baixo e ajustou o modo de andar para evitar tombar para a frente. Eles fizeram uma curva, e a respiração de Wells ficou presa em seu peito enquanto ele absorvia a vista diante dele. No pé da montanha, em um vale largo, havia uma cidade inteira, exatamente como aquelas sobre as quais ele tinha passado toda a sua vida lendo. Exatamente como ele tinha imaginado construir com os cem na Terra.

Wells nunca tinha visto nada tão extraordinário desde que chegara ao planeta — nem as árvores infinitas alcançando o horizonte, nem o lago ou o céu. A natureza era bela de uma forma que ele nunca tinha imaginado, mas isso... isso era *vida*. Sinais de dinamismo e energia estavam por todo lado: janelas cheias de luz com as sombras de famílias do lado de dentro; amimais batendo com seus cascos no solo, arreios chacoalhando; fumaça se erguendo de uma dúzia de chaminés em uma dança coordenada na direção do céu; carrinhos de mão virados de lado, como se tivessem acabado de ser usados; bolas e brinquedos em descanso, os ecos das risadas das crianças flutuando no ar em volta deles.

Wells soltou uma risada estupefata. Clarke se virou para ele e sorriu.

— Bem legal, né?

Ele se sentia feliz por ela estar ali para compartilhar aquele momento. Ela era uma das únicas pessoas no sistema solar que sabiam o quanto significava para ele.

— É espetacular.

Sasha colocou a mão dentro da dele e a apertou.

— Vamos. — Ela foi na frente enquanto eles desciam o morro e seguiam pela estrada de terra que passava pelo centro da cidade. Wells sentiu cheiro de carne assada e algo mais leve e doce; será que alguém estava assando pão?

Sasha caminhou até a porta da frente da última casa de uma fileira e entrou sem bater. Eles passaram pela porta e chegaram em um ambiente iluminado por um pequeno lampião e uma lareira bruxuleante. A primeira coisa que Wells notou foi a enorme pintura a óleo de um céu repleto de estrelas na parede. Na nave, algo como aquilo estaria atrás de um vidro à prova de balas de trinta centímetros de espessura, talvez dentro de uma câmara a vácuo, mas ali o quadro estava pendurado sem enfeites, a apenas alguns metros de uma lareira que expelia cinzas. Ainda assim, Wells podia dizer que a luz do fogo de alguma forma lhe dava mais vida do que as luzes fluorescentes fortes de Phoenix poderiam, fazendo as estrelas parecerem brilhar.

Wells tirou os olhos da pintura e voltou sua atenção para o homem de barba grisalha que tinha acabado de se levantar para cumprimentá-los. Ele estava parado ao lado de uma mesa de madeira simples coberta de aparelhos eletrônicos, a maioria dos quais Wells não reconhecia. O único item que parecia um pouco familiar era um laptop antigo que tinha sido soldado a um enorme painel solar de uma forma não muito caprichosa.

— Oi, pai — falou Sasha, se aproximando para beijar a bochecha do homem. — Você se lembra de Clarke e Bellamy, certo?

O homem ergueu uma sobrancelha grossa.

— Como eu poderia me esquecer? — Ele se virou para os hóspedes e acenou com a cabeça. — Bem-vindos de volta.

— Obrigado — disse Bellamy, levemente tímido. — Sinto muito por ficar aparecendo assim.

O pai de Sasha olhou para o braço de Bellamy cheio de ataduras.

— De alguma forma, não acho que seja totalmente sua culpa, embora você pareça ter um talento especial para arrumar problemas.

— Talento é uma boa palavra para isso — falou Clarke, estendendo o braço na direção do pai de Sasha. — É bom vê-lo novamente, Sr. Walgrove.

— Pai, esse é Wells. — Sasha buscou os olhos de Wells por um breve instante e ofereceu uma expressão de encorajamento.

— Prazer em conhecê-lo, senhor. — Wells deu um passo para a frente e estendeu a mão.

— Prazer em conhecê-lo também, Wells. — O pai de Sasha apertou a mão de Wells com firmeza. — Pode me chamar de Max.

Max se virou novamente para Bellamy.

— Onde está a sua irmã? — Ele falou a palavra casualmente, sem contorcer os lábios com desdém como Rhodes teria feito. Nesse mundo, ter um irmão não marcava seus familiares como depravados.

— Ela não veio conosco — respondeu Bellamy, tentando manter a voz firme enquanto olhava para Clarke de forma angustiada.

Sasha os levou de volta para o lado de fora da casa e explicou que havia apenas uma cabana vazia no momento e que ela contava apenas com uma cama. Wells rapidamente disse que Bellamy deveria ficar com a cama e ajudou Clarke a levar o garoto até lá enquanto Sasha corria para buscar suprimentos médicos.

Assim que Bellamy e Clarke estavam instalados com segurança, Sasha segurou a mão de Wells e entrelaçou os dedos nos dele.

— Então... aonde você quer ir? Pode dormir no chão da casa do meu pai, ou, se não se importar com o frio, posso levá-lo ao meu lugar favorito.

— Hmmm — falou Wells, fingindo pesar as opções. — Embora dormir a poucos metros do seu pai pareça incrível, vou ter que escolher a opção B.

Sasha sorriu e levou Wells de volta pela cidade pequena até um canteiro de árvores que cresciam entre as cabanas e a montanha que levava a Mount Weather.

— Espero que eu consiga encontrar no escuro — disse Sasha, passando a mão no tronco de uma das maiores árvores.

— Encontrar o quê? — perguntou Wells.

— Isso. — A voz de Sasha estava triunfante. Na luz fraca, Wells podia apenas distinguir uma espécie de escada feita com corda velha. — Venha atrás de mim. — Silenciosamente, Sasha escalou a árvore, desaparecendo entre os galhos antes de gritar para Wells: — Vamos logo, molenga.

Wells segurou a corda hesitantemente. Ela mal parecia capaz de suportar seu peso, mas ele não podia amarelar na frente de Sasha. Depois de respirar fundo, ele colocou um pé no primeiro degrau e, se segurando na árvore para se equilibrar, deu impulso. Ele balançou de um lado para o outro, mas conseguiu seguir subindo, se encolhendo levemente quando a corda machucava suas mãos.

Sem olhar para baixo, ele continuou a escalar até finalmente ver Sasha sobre uma pequena plataforma de madeira posicionada entre os galhos.

— Gostou? — perguntou ela, sorrindo como se tivesse convidado Wells para o palácio mais magnífico.

Cuidadosamente, ele se soltou da escada e rastejou até perto dela.

— Adorei — respondeu ele, com um sorriso. — Você fez isso sozinha?

— Eu era bem pequena, então meu pai ajudou.

— E ele não vai se importar se passarmos a noite aqui?

— Wells, meu pai está encarregado de toda a nossa sociedade. Ele está um pouco ocupado demais para se importar com o lugar onde durmo.

Wells deu uma risada.

— Nenhum pai é *tão* ocupado assim.

— Está tudo *bem*. Embora certamente possamos voltar, se você se sentir mais confortável.

Em resposta, Wells passou o braço em volta de Sasha e a puxou para perto.

— Estou bastante confortável aqui, na verdade.

Ela sorriu e lhe deu um beijo leve e rápido.

— Ótimo.

— Senti saudades de você nesses últimos dias — disse Wells, se deitando sobre a plataforma de madeira e a puxando consigo.

— Também senti saudades suas. — A voz de Sasha saiu abafada, enquanto ela se aconchegava contra o peito de Wells.

— Obrigado... por tudo. Nunca quis que você acabasse envolvida em tudo isso, muito menos que isso incomodasse seu povo.

Sasha se sentou lentamente e olhou para ele. Ela passou a mão na lateral do rosto de Wells e então em seu cabelo.

— Você não tem que me agradecer, Wells. Quero manter todos em segurança também, você sabe.

— Eu sei. — Ele segurou a mão de Sasha e a beijou. — Então... — falou ele, olhando em volta. — Esse parece ser um bom lugar para dormir.

— Você está cansado?

— Exausto — respondeu ele, passando a mão nas costas de Sasha e a puxando para mais um beijo. — E você?

— Talvez não *tão* cansada assim.

Ela o beijou novamente, e o resto do mundo desapareceu. Não havia Colonos. Nem Terráqueos. Nem Rhodes. Apenas Sasha. Apenas a respiração dos dois. Apenas seus lábios.

O acampamento de repente pareceu estar a anos-luz de distância, tão longe quanto a Terra costumava parecer da Colônia.

— Você me faz me sentir legitimamente louco. Você sabe disso, não sabe? — sussurrou Wells, descendo a mão pelas costas de Sasha.

— Por quê? Por seduzi-lo em uma árvore?

— Porque, independentemente de qualquer outra coisa que esteja acontecendo, estar com você me deixa absolutamente feliz. É loucura, mudar de marcha tão rápido. Wells passou a mão na bochecha de Sasha. — Você é como uma droga.

Sasha sorriu.

— Acho que você precisa treinar seus elogios, garoto do espaço.

— Nunca fui o melhor com palavras. Sou muito melhor em mostrar o que sinto.

— É mesmo? — Sasha suspirou enquanto Wells levava a outra mão até a barriga dela. — Acho que vou ter que acreditar na sua palavra. — Wells deixou os dedos descerem um pouco mais, e ela estremeceu. — Certo, agora é você que está me deixando louca.

— Ótimo — sussurrou Wells no ouvido de Sasha, pensando que as coisas na Terra não estavam tão calamitosas quanto ele temia. Contanto que tivesse Sasha, ele sempre se sentiria em casa.

CAPÍTULO 15

Glass

Glass olhou ao seu redor, sentindo um genuíno espanto pela primeira vez desde que tinha colocado os pés no solo. A luz do sol era filtrada pelas árvores, salpicando o solo com pontos dourados de luz, como milhares de pequenas pedras preciosas. Era assim que a Terra deveria ser — pacífica, bela e cheia de maravilhas.

Luke segurou a mão de Glass para equilibrá-la enquanto eles desciam uma inclinação íngreme. Havia um riacho estreito ao pé do morro, a água perfeitamente límpida a não ser pelas folhas vermelhas e amarelas dançando na correnteza. Quando acabaram de descer, Glass hesitou, virando de um lado para o outro enquanto estudava a margem em busca do melhor ponto para cruzar. Mas, enquanto ela dava um passo hesitante na direção da beira da água, Luke a levantou com seu braço bom e cruzou o riacho com um salto fácil, apesar de os dois estarem carregando mochilas pesadas.

Quando chegaram ao outro lado, Luke a colocou cuidadosamente no solo, então segurou sua mão novamente enquanto caminhavam. A princípio, eles tinham mantido uma conversa quase constante enquanto exclamavam e apontavam para diferentes árvores e sinais de vida animal variada. Mas, depois de um tempo, caíram em silêncio, impressionados demais com a beleza ao redor para usar as palavras inadequadas que eles tinham para expressar o que estavam sentindo. Glass quase preferia dessa forma. Ela adorava ver o rosto de Luke se iluminar cada vez que seus olhos focavam sobre uma nova maravilha.

Foram necessárias algumas horas para o ritmo cardíaco de Glass diminuir depois que eles fugiram do acampamento. O silêncio a tinha amedrontado inicialmente. Cada estalo de graveto ou farfalhar de folhas era como um estrondo em seus ouvidos e a fazia pular de susto. Ela sabia que era apenas uma questão de tempo até Rhodes perceber que eles tinham desaparecido e enviar uma equipe de busca para caçá-los.

Mas, depois de algumas horas, seu nervosismo desapareceu e ela começou a saborear o silêncio, a liberdade de estar completamente sozinha com Luke. Glass não podia acreditar que eles tinham chegado a considerar a opção de permanecer no acampamento. O ar era perfumado com folhas úmidas e cascas de árvore almiscaradas. Era uma explosão de sensações que Glass nunca tinha experimentado antes. Ela não podia ter imaginado como as cores eram mais vívidas e saturadas na Terra, como o ar era mais doce, ou como os ricos aromas competiriam por sua atenção.

Eles tinham caminhado noite adentro e dormido por algumas horas antes de partir novamente, ansiosos para deixar a maior distância possível entre eles e Rhodes antes de o Vice-Chanceler enviar uma equipe de busca atrás deles. A cada intervalo de aproximadamente meia hora, Luke parava, tirava uma bússola do bolso e a colocava no solo, checando para se assegurar de que eles ainda estavam seguindo na direção norte. Sasha tinha contado que os Terráqueos dissidentes, aqueles que eram violentos, tinham transformado uma área vasta a sul do acampamento dos Colonos em seu território. Não era nenhuma garantia, óbvio, mas seguir para o norte pelo menos não os levaria diretamente ao perigo.

As árvores cresciam muito próximas umas das outras ali, criando uma cobertura de folhas tão espessa que quase bloqueava o céu. Mas a luz âmbar que passava entre os galhos e o ar que esfriava rapidamente deixavam claro que o dia estava quase terminando.

— Acho que conseguimos — falou Glass, cansada. O medo e a adrenalina que a fizeram seguir no dia anterior tinham se esgotado, e a exaustão tomou seu lugar. — Eles não vão enviar ninguém atrás de nós, vão?

— Parece que não — disse Luke, suspirando. Ele esticou o braço e tirou a mochila de Glass de seus ombros. — Vamos descansar um pouco.

Deixaram suas mochilas no solo e caminharam na direção de uma enorme árvore coberta de musgo cujas raízes imensas e contorcidas saíam do solo. Luke ergueu os braços sobre a cabeça e se alongou antes de se sentar na raiz.

— Venha aqui — falou ele, segurando a mão de Glass e a puxando para o colo.

Glass riu e pressionou a mão contra o peito dele.

— Temos o planeta inteiro para nós dois e você quer dividir o mesmo assento.

— Não temos o planeta *inteiro*, sua pequena imperialista — disse Luke, enrolando uma mecha do cabelo de Glass em seu dedo. — Temos que deixar algum espaço para os Terráqueos.

— Ah, certo. — Glass assentiu com uma gravidade fingida. — Nesse caso, é melhor economizarmos espaço. — Ela sorriu e passou a perna por cima do colo de Luke para que eles ficassem de frente um para o outro.

— Bom plano — falou ele, passando os braços em volta da cintura de Glass e diminuindo a pequena distância entre os dois. Ele a beijou delicadamente nos lábios e então levou sua boca até o queixo e depois ao pescoço de Glass. Ela sol-

153

tou um pequeno suspiro e Luke sorriu. Ele beijou o ponto onde o queixo dela se encontrava com o pescoço e ergueu a cabeça para sussurrar no ouvido:

— É bom ser altruísta, não é?

— Tem seus benefícios — sussurrou Glass, passando a mão nas costas de Luke.

Apesar das piadas, eles estavam achando incrível estar tão sozinhos. Na nave havia milhares de pessoas amontoadas em um espaço que originalmente tinha sido projetado para centenas. Havia sempre ouvidos atentos, olhos vendo e corpos esbarrando uns nos outros. As pessoas sabiam seu nome, conheciam sua família e suas ações. Mas aqui na Terra não havia ninguém os observando. Ninguém para julgá-los.

— Oh, veja só — disse Glass, apontando por cima do ombro de Luke para um pequeno canteiro de flores cor-de-rosa que ela não tinha notado antes. Ele girou e esticou o braço para pegar uma. Mas, exatamente quando seus dedos estavam prestes a se fechar em volta do talo, ele recolheu o braço e abaixou a mão ao lado do corpo.

— Não parece certo arrancá-la — falou ele, se voltando novamente para Glass com uma expressão encabulada.

— Concordo. — Ela sorriu e colocou a mão na parte de trás da cabeça de Luke, trazendo seus lábios na direção dos dela novamente.

— É uma pena, no entanto — murmurou Luke. — Teria ficado lindo em seu cabelo.

— É melhor apenas imaginar.

Luke a beijou novamente, então passou o braço por baixo dela e se levantou, a erguendo no ar.

— Luke! — Ela riu. — O que você está fazendo?

Ele deu alguns passos e, sem dizer uma palavra, colocou-a no solo, deitando seu corpo delicadamente no canteiro de flores. A respiração de Glass acelerou enquanto ela observava Luke se ajoelhar ao seu lado. O sorriso brincalhão tinha desaparecido, substituído por algo mais próximo de reverência. Ele se abaixou e passou os dedos pelos cabelos dela, permitindo que eles se espalhassem sobre as flores rosadas.

O coração de Glass estava batendo com força, mas ela se forçou a permanecer imóvel enquanto Luke se inclinava para beijá-la, se apoiando na mão boa. Ela abriu levemente os lábios, então esticou os braços para puxá-lo para mais perto. Respirou fundo, saboreando a combinação inebriante de flores, o ar da floresta e *Luke*.

— Nós devíamos continuar caminhando — disse Luke finalmente, olhando para o céu que escurecia. — Vamos precisar encontrar um lugar para ficar essa noite.

Glass soltou um suspiro longo e satisfeito.

— Não podemos apenas ficar aqui para sempre?

— Bem que eu gostaria. Mas não estamos realmente seguros aqui fora no escuro. Deveríamos encontrar um local mais protegido.

Eles voltaram a caminhar com energia renovada por mais algumas horas enquanto o céu se transformava de um roxo acinzentado profundo a um preto robusto e aveludado. A lua estava tão brilhante que escondia a maior parte das estrelas e pintava sombras estranhamente bonitas no solo da floresta. Era tão incrível que fazia o coração de Glass doer, como se cada nova maravilha servisse para lembrá-la do quanto sua mãe tinha perdido, do quanto ela não tinha sido capaz de ver.

Luke parou repentinamente e esticou a mão para que Glass também parasse. Ele inclinou a cabeça, escutando, embora Glass não ouvisse nada. Depois de um momento, Luke sussurrou:

— Está vendo aquilo?

A princípio, tudo o que ela conseguia ver era uma paisagem sombria de árvores, mas então ela enxergou: era uma pequena construção. Bem ali no meio do nada.

— O que é aquilo? — perguntou ela, repentinamente nervosa com a possibilidade de eles terem vagado até algum lugar onde não deveriam estar.

— Parece uma cabana — respondeu Luke, segurando a mão de Glass com mais força enquanto seguia em frente com ela, dando passos lentos e silenciosos.

Eles seguiram na direção da construção, se movendo em um arco largo antes de se aproximarem pela lateral. Não era uma cabana; era uma pequena casa de pedra, excepcionalmente intacta. As laterais estavam cobertas de vinhas e musgo, mas estava claro que as paredes eram resistentes e fortes.

Eles pararam a poucos metros de distância. Uma brisa repentina sacudiu as folhas das árvores e então tudo ficou em silêncio. Tanto Luke quanto Glass prenderam a respiração, esperando por qualquer sinal de vida, mas nada veio.

Luke se aproximou da porta, encostou o ouvido nela por um instante, em seguida a empurrou e entrou antes de acenar para que Glass se juntasse a ele. Ela respirou fundo, ajustou a mochila e cruzou o portal. Entrava luz o suficiente pelas janelas rachadas e cobertas de poeira para verem o interior.

— Oh — murmurou Glass, parcialmente surpresa, parcialmente entristecida.

Era como se quem quer que morasse ali tivesse saído por um instante, mas nunca voltado. Uma pequena cama se encontrava no canto mais afastado. Ao lado dela, caixas de madeira empilhadas formavam uma cômoda. Os olhos de Glass dispararam pelo espaço minúsculo. De frente para a cama estava uma cozinha que parecia ter sido criada para uma família de bonecas. Panelas e frigideiras estavam penduradas em pregos na parede. Uma mesa de madeira assimétrica estava posicionada junto à lareira, como se esperando que alguém se sentasse. Havia uma pia em uma parede mais afastada, com pratos limpos empilhados no canto. A casa parecia solitária, como se esperasse há muito tempo que sua família voltasse.

Glass caminhou até a mesa e passou a mão sobre a superfície rústica. Sua mão ficou empoeirada. Ela se virou novamente para Luke.

— Podemos ficar aqui? — perguntou ela, com medo de ser bom demais para ser verdade.

Luke assentiu.

— Acho que deveríamos. A casa parece abandonada, e é claramente mais seguro do que ficar lá fora.

— Bom — respondeu Glass, olhando em volta, agradecida pela boa sorte e pela chance de afugentar a sensação de solidão que pairava mais pesada do que a poeira. Ela deixou sua mochila cair no chão e esticou o braço para segurar a mão de Luke. — Bem-vindo ao lar — disse ela, ficando nas pontas dos pés para beijar sua bochecha.

Ele sorriu.

— Bem-vinda ao lar.

Eles voltaram para o exterior para procurar lenha e quaisquer suprimentos que pudessem ter sobrevivido. Havia uma pequena barraca de madeira parcialmente desabada atrás da casa, mas a única ferramenta que eles encontraram foi uma pá estropiada, enferrujada demais para ser usada. Por sorte, havia galhos secos o suficiente no solo para não precisarem de um machado, pelo menos por enquanto.

O som fraco de água corrente chamou a atenção dos dois na escuridão. Glass segurou a mão de Luke e o puxou na direção do barulho. A casa era cercada de árvores em três lados, porém havia uma inclinação nos fundos que levava a um rio.

— Veja — falou Luke, apontando para um pedaço de madeira pontuda que saía da água. — Parece que construíram algo sobre o rio. Por que será?

Ele segurou a mão de Glass com mais força e a guiou até um pouco mais perto, tomando cuidado para não perder o equilíbrio no escuro.

— Será que aquilo é... — A voz de Luke falhou enquanto ele apontava para uma sombra de formato estranho, uma combinação estranha de bordas afiadas e linhas curvas.

— É um barco, não é? — falou Glass, chegando alguns passos mais perto para passar um dedo sobre o objeto. Era frio, quase como metal, porém mais leve. Um dia tinha sido branco, mas a maior parte da tinta tinha descascado, não deixando nada além de grandes extensões de ferrugem. Ela olhou para dentro e viu o que parecia ser um remo repousando sobre o fundo do barco. — Acha que ainda funciona?

Luke deu a volta pelo lado, olhando fixamente para o barco.

— Não parece haver motor, apenas o remo. Acho que isso significa que, se ainda flutua, vai funcionar. — Ele se virou para Glass e sorriu. — Talvez, quando meu pulso estiver melhor, nós possamos testá-lo.

— Bem, *eu* tenho dois pulsos bons. A não ser que você ache que não estou apta para a tarefa.

— Você sabe que não há *nada* que eu ache que você não pode fazer, minha pequena andarilha do espaço. Apenas achei que seria romântico levá-la para um passeio de barco.

Glass se encostou nele, se aninhando em seu peito.

— Isso parece maravilhoso.

Eles ficaram ali por um momento, observando o luar ondulando na água, então voltaram para dentro da casa.

Usando os palitos de fósforo que tinha trazido do acampamento, Luke acendeu um pequeno fogo na lareira enquanto Glass tirava da mochila o pequeno suprimento de comida. Nenhum dos dois tinha ficado confortável em levar mais do que alguns dias de ração.

— Isso é loucura — disse Glass, passando para Luke um pedaço de fruta seca de sua mochila. — É como algo saído de um conto de fadas. Uma casa na floresta.

Luke bebeu um gole de água de seu cantil, então o passou para Glass.

— Eu gostaria de saber o que aconteceu com as pessoas que moravam aqui; se eles tentaram sobreviver ao Cataclismo, ou se evacuaram. — Ele olhou ao redor. — Parece que eles podem ter saído com pressa.

Havia uma ponta de melancolia em sua voz que deixava claro que ele vinha pensando o mesmo que Glass.

— Eu sei, é como se a casa tivesse guardado suas memórias até muito depois de eles terem partido.

Crescendo na nave, acreditar em fantasmas tinha parecido a coisa mais tola do mundo. Mas ali, na Terra, nessa casa, Glass estava começando a compreender como alguém poderia acreditar em uma presença remanescente.

— Bem, então é nossa responsabilidade substituí-las com algumas memórias felizes — falou Luke, com um sorriso. Ele chegou mais perto de Glass e passou o braço em volta dela. — Você não está com calor em frente à lareira? Não quer tirar a jaqueta?

Glass sorriu enquanto ele abria o zíper da jaqueta dela. Ela fechou os olhos quando ele começou a beijá-la, delicadamente primeiro, então com mais urgência. Porém, por mais que quisesse se perder no toque de Luke, ela não conseguia se livrar do pensamento persistente que crescia no fundo de sua mente. Luke estava errado. Não era possível substituir memórias tristes por outras felizes.

Esse era o problema da tristeza. Você nunca podia apagá-la. Você a carregava consigo, sempre.

A respiração ritmada de Luke era como uma canção de ninar. A cabeça de Glass oscilava para cima e para baixo sobre seu peito enquanto ele inspirava e expirava. Ela sempre tinha invejado sua habilidade para apagar totalmente — o sono dos inocentes, como sua mãe sempre tinha chamado. A cabeça de Glass estava funcionando rápido demais para ela adormecer. Desejava apenas aproveitar o momento, saborear a magia de se deitar ao lado de Luke, mas ela mal podia olhar para ele sem sentir uma pontada forte de tristeza atingir seu coração. Eles não tinham muito mais tempo. Logo, Glass teria que terminar tudo, antes que Luke descobrisse o segredo que faria os dois serem mortos.

Lágrimas se acumularam nos olhos de Glass, e ela ficou agradecida por ele não poder ver seu rosto. Luke não sabia que o futuro dos dois juntos não envolvia nada além de dor e tristeza. Ela respirou fundo algumas vezes, se acalmando.

— Você está bem, amor? — murmurou Luke, sua voz cheia de sono.

— Ótima — sussurrou ela.

Ele esticou o braço e, sem abrir os olhos, a puxou para mais perto e beijou o topo de sua cabeça:

— Eu te amo.

— Eu também te amo — ela conseguiu dizer antes da voz falhar.

Depois de alguns momentos, ela pôde perceber pelo ritmo da respiração de Luke que ele tinha voltado a dormir. Segurou a mão dele e delicadamente a posicionou sobre sua barriga, deixando o calor atravessar a pele. Ela observou o rosto adormecido de Luke. Ele sempre parecia um garotinho quando estava dormindo, seus cílios longos praticamente roçando nas bochechas. Se ao menos ela pudesse lhe contar sobre a criança deles, aquela que crescia dentro dela enquanto eles estavam ali deitados.

Mas ele nunca poderia saber. Enquanto, por ter 17 anos, Glass tinha um fio de chance de ser perdoada por violar a Doutrina Gaia, Luke, com 19, seria arremessado no espaço — executado depois de um julgamento apressado. Ela teria que abandoná-lo, cortar todo o contato para o Conselho não poder encontrar uma conexão entre os dois.

— Sinto muito — sussurrou Glass enquanto lágrimas escorriam por suas bochechas, imaginando por qual deles seu coração doía mais.

Luke suspirou em seu sono. Glass mudou de posição e passou a mão em sua bochecha, desejando poder saber o que ele estava pensando. No caos da fuga da Colônia e com o trauma da colisão ao pousar na Terra, não houve nenhum tempo para eles conversarem sobre a briga devastadora na nave. Ou talvez Luke quisesse que fosse dessa forma.

Glass tinha tentado esconder sua gravidez, mas acabou sendo descoberta. Violar as regras rígidas de controle populacional da nave era um dos crimes mais sérios de todos e, mesmo depois de sofrer um aborto espontâneo, Glass ainda teve de encarar o Chanceler. Quando ele insistiu que Glass revelasse o pai, ela entrou em pânico e mentiu. Em vez do nome de Luke, ela deu o nome do rapaz com quem ele dividia o apartamento, Carter, um garoto mais velho manipulador e perigoso que tinha tentado abusar de Glass quando Luke não estava presente.

De qualquer forma, apesar de Carter ser desprezível, ele não merecia morrer. Mas foi exatamente o que aconteceu. O Chanceler tinha acreditado na palavra de Glass, mandando a menor para o Confinamento e ordenando a execução de Carter.

Glass nunca se esqueceria do olhar de fúria e nojo no rosto de Luke quando ele descobriu a verdade. E, apesar de ele a ter perdoado, ela tinha medo de ter quebrado algo que não poderia ser consertado totalmente — a confiança de Luke.

Ele suspirou novamente e, sem abrir os olhos, a puxou para mais perto. Ela sorriu, permitindo que o som reconfortante de seus batimentos cardíacos afogasse seus outros pensamentos. Vir à Terra era uma oportunidade para começar do zero, para deixar o horror do passado para trás.

Glass fechou os olhos e, bem quando estava começando a pegar no sono, um barulho alto a fez acordar assustada. Todos os seus sentidos se aguçaram, ela se sentou na cama e olhou ao redor. Será que tinha sonhado com aquele som? O que era aquilo? Ela o repetiu em sua cabeça — não era exatamente um uivo nem uma voz. Era algo diferente — como um chamado, um sinal, mas sem palavras. Apenas... algum tipo de comunicação. Entre que tipo de criaturas ela não fazia ideia. O acampamento estava a quilômetros de distância e eles não tinham visto mais nenhum sinal de civilização. Estavam totalmente sozinhos. Era provavelmente apenas o som do vento contra teto da cabana ou algo assim. Ela não tinha nada com que se preocupar.

Glass se deitou novamente, se aninhou contra o corpo aquecido e relaxado de Luke e finalmente adormeceu.

CAPÍTULO 16

Bellamy

Bellamy não estava acostumado a ficar parado sem fazer nada. Não gostava de se sentir incompetente. Inútil. Estava acostumado a lutar pelas coisas de que precisava — comida, segurança, sua irmã, a própria vida —, e depender de outras pessoas o levava à loucura. Ainda assim, essa tendência era o que o tinha colocado nessa confusão para começar. Se ele não estivesse tão apressado para entrar no módulo de transporte com Octavia, o Chanceler — seu pai — nunca teria sido baleado. E, algumas semanas depois, Bellamy poderia ter descido com a segunda onda de Colonos, como um cidadão e não um prisioneiro condenado.

Ele se sentou em um banco de madeira no gramado da vila, uma pequena área verde no centro da cidade de Sasha e Max. Observou um grupo de crianças alguns anos mais novas do que ele passarem por ali a caminho da escola. Três garotos se socavam nos ombros. Ele podia ouvir o tom de provocação. Um saiu correndo e os outros dois o seguiram, rindo. Um garoto e uma garota mais velhos estavam de mãos dadas, se despedindo, compartilhando uma piada interna e um beijo que os fez corar.

Mas, por outro lado, ele não sabia que a Colônia estava ficando sem oxigênio e que eles estariam a semanas de uma evacuação de emergência. E obviamente um zé-ninguém de

19 anos de Walden não seria o primeiro da fila para um lugar no módulo de transporte. Forçar sua vinda à Terra tinha sido a decisão correta. Ele tinha sido capaz de ficar de olho em Octavia. E tinha conhecido uma garota linda, intensa e intimidante de tão inteligente que o fazia começar e terminar todos os dias com o mesmo sorriso pateta no rosto. Quer dizer, isso quando ela não o estava levando totalmente à loucura.

Ele levantou a cabeça e olhou ao redor procurando por Clarke, que tinha sido chamada para examinar o braço quebrado de um menino. Sob outras circunstâncias, ficar nessa cidade não seria horrível. Ela era ao mesmo tempo ordenada e relaxada. Todos tinham um lugar para viver e o suficiente para comer, e não havia guardas com delírios de poder circulando, examinando os movimentos de todos. O pai de Sasha estava claramente no comando, mas ele não era como Rhodes, ou mesmo como o Chanceler. Ele escutava seus conselheiros com atenção e, pelo que Bellamy tinha percebido, as decisões mais importantes eram levadas a votação. Outro bônus era que ninguém ali nem mesmo pensava que era estranho ele ter uma irmã — todos tinham irmãos, vários.

Ainda assim, toda aquela paz tinha uma qualidade ameaçadora diante dos acontecimentos recentes. E se Rhodes fosse atrás deles? E se Bellamy acidentalmente transformasse o vilarejo sossegado dos Terráqueos em algum tipo de zona de guerra? Ele nunca se perdoaria se pessoas inocentes se ferissem por sua causa.

Bellamy balançava as pernas de forma nervosa. Seu estômago estava embrulhado desde que eles tinham chegado, há três dias. Ele não sabia o que fazer. Mas Sasha e seu povo queriam que ele ficasse. Eles queriam protegê-lo. E aquilo não era tão ruim, ficar em um lugar com um telhado de verdade sobre a cabeça e comida deliciosa que ele não tinha que rastrear, matar e esfolar sozinho. Bellamy não podia negar: um pequeno grão em seu peito desejava uma vida simples assim. Ele queria que Rhodes se esquecesse dele, que seu passado desaparecesse, que sua vida fosse tão tranquila quanto era para essas crianças.

Ele examinou a linha de árvores e o caminho que levava à cidade, procurando sinais de intrusos. Nada. Ele mal tinha sido capaz de dormir desde que chegara. Estava muito ocupado com os ouvidos atentos ao silêncio da noite, tentando ouvir passos que se aproximavam, o farfalhar de folhas que lhe avisaria que eles estavam prestes a ser atacados — que ele estava prestes a ser levado.

Não dava para viver assim. A expectativa e o temor o estavam incomodando, e mesmo a pequena cidade estava começando a parecer uma prisão. Desde que chegou à Terra, Bellamy tinha se acostumado a passar horas na floresta sozinho todos os dias. Ser confinado no vilarejo era certamente melhor do que ficar preso em uma nave no espaço, mas mesmo assim.

Ele se recostou contra o banco com um suspiro e olhou para a extensão de azul acima. O que diabos ele faria o dia inteiro? Ele não podia caçar; não podia nem mesmo vagar por aí sozinho. As crianças estavam na escola, então ele não podia jogar bola com elas. Todos tinham algo para fazer. Ele olhou à sua volta para as pessoas ativamente exercendo suas funções — construindo, consertando, lavando, cuidando de animais, e assim por diante. E eram todos tão agradáveis; aquilo o deixava um pouco desconfortável. Cada uma das pessoas por quem que ele passava lhe desejava um bom dia. Ele não sabia o que dizer ou o que fazer com seu rosto — será que ele deveria retribuir o sorriso? Dizer oi? Ou apenas acenar com a cabeça?

165

Pelo menos ele sabia que Octavia estava bem. Sasha tinha voltado ao acampamento duas vezes para checar como ela estava, levando uma mensagem de Bellamy dizendo que estava em segurança. Por alguma razão, Rhodes tinha escolhido não descontar sua vingança em Octavia, pelo menos até agora. Bellamy não queria ficar muito tempo longe dela, no entanto. Ele não podia confiar na boa vontade de Rhodes, se é que era esse o caso, por muito tempo.

— Bom dia. — Max tinha se aproximado sem Bellamy perceber.

— Bom dia — respondeu Bellamy, feliz por ser resgatado de seus pensamentos horríveis.

— Posso me juntar a você?

— Claro. — Bellamy deslizou para o lado e Max se sentou no banco ao seu lado. Vapor se erguia de uma caneca de metal em sua mão. Eles ficaram sentados em silêncio por um longo momento, observando as últimas crianças que corriam, atrasadas, para a escola.

— Como está o ombro? — perguntou Max.

— Melhor. Obrigado por dar a Clarke todas aquelas coisas para usar. Sei que é tudo bastante valioso, e você já fez tanto por nós. — Ele fez uma pausa, se perguntando se era nobre ou tolo compartilhar suas preocupações em relação a permanecer na cidade. — Mas não acho que seja uma boa ideia eu ficar aqui.

— Aonde você planeja ir? — Max não soava surpreso, e Bellamy apreciou a ausência de julgamento em seu tom.

— Ainda não decidi essa parte. Tudo o que sei é que não posso ficar parado esperando que eles venham me pegar, e não posso deixar que ninguém aqui corra o risco de se ferir por mim.

— Compreendo como você se sente, sabendo que há pessoas lá fora que querem o seu mal. Mas eles não têm o direito de tirar sua vida, Bellamy. Ninguém tem. — Max fez uma pausa. — E ninguém aqui está fazendo nada que não queira. A verdade é que não acho que você ficará mais seguro lá fora — continuou, acenando com a cabeça na direção da floresta. — Há perigos maiores do que Rhodes. Não sei bem o quanto você sabe sobre os outros. — Max ergueu as sobrancelhas. — As pessoas do nosso grupo que nos abandonaram.

— Um pouco.

Da última vez em que estivera ali, quando foi resgatar Octavia, Bellamy tinha ouvido a história sobre os Colonos que tinham vindo à Terra, bem antes de os cem chegarem. Os Terráqueos os tinham acolhido, compartilhado sua comida, mas nem todos ficaram felizes em receber desconhecidos, especialmente por eles serem descendentes das pessoas que tinham fugido do planeta moribundo em uma nave espacial, deixando todos os outros para morrer.

Os dois grupos tinham estabelecido uma paz desconfortável, mas então algo aconteceu. Uma criança Terráquea morreu e o caos se instalou. Havia uma facção do povo de Max que culpava os Colonos e a Max por deixar desconhecidos entrarem em seus lares. Eles exigiram retribuição e, quando Max se recusou a matar os Colonos, eles se separaram para viver sozinhos, fora de sua autoridade.

A parte mais louca de toda a história era que os pais de Clarke — que ela achava que estavam mortos, condenados a serem arremessados no espaço — estavam entre aquela primeira onda de Colonos. Eles tinham sido banidos juntamente com os outros depois da morte da criança.

Max bebeu outro gole da bebida.

— Cresci com eles. Nós criamos nossos filhos juntos, achei que os conhecia. — Ele fez uma pausa por um instante, como se deixasse as memórias reprisarem em sua mente antes de continuar. — Mas agora eles se tornaram irreconhecíveis. Ficaram obcecados com violência e estão tomando toda a terra possível. Eles estão furiosos e não têm nada a perder. E isso os torna muito, mas muito, perigosos.

— O que eles querem? — perguntou Bellamy, sem mesmo saber se queria a resposta.

— Eu gostaria de saber. — Max suspirou e passou a mão pela barba grisalha. — Vingança? Poder? O que eles poderiam querer que não tínhamos aqui?

Eles ficaram em silêncio por um momento.

— Clarke quer ir procurar seus pais — disse Bellamy.

— Eu sei que ela quer. Mas não é seguro. Se o grupo dissidente está disposto a ferir seus próprios vizinhos e amigos, certamente não hesitarão em ferir Clarke. E, se descobrirem que é filha deles... bem, eu odiaria pensar nas coisas que eles poderiam fazer. Os Griffin não tiveram nada a ver com a morte do menino, mas não estamos falando de pessoas racionais. — Max se virou e olhou fixamente nos olhos de Bellamy. — Você acha que ela entende os riscos?

Bellamy balançou a cabeça.

— Não sei. Mas ela não vai ficar aqui e esperar para sempre. Quer encontrar sua mãe e seu pai. Logo. Eu tentei convencê-la a esperar até ser seguro eu ir junto. Precisamos descobrir mais coisas sobre aonde eles podem ter ido. Mas ela está determinada.

— Eu não a culpo. — Max suspirou. — Eu também ia querer encontrá-los.

— Sim. — Bellamy sabia como era sentir um impulso desesperado e primitivo de encontrar alguém que você ama. Ele entendia por que Clarke queria começar a rastrear seus pais. Mas será que ele estava disposto a deixá-la morrer por isso?

Os pensamentos de Bellamy foram interrompidos quando um homem correu na direção deles.

— Max — falou o homem, ofegante, parando abruptamente em frente ao banco em que eles estavam sentados. — Há um grupo se aproximando da cidade. Eles estão a cerca de cem metros daqui. Chegarão em poucos minutos. E... Max... eles estão armados.

O coração de Bellamy saltou para a garganta enquanto uma onda de culpa o atingia. *Eles estão aqui atrás de mim.*

Max se levantou com um salto.

— Envie o sinal. E despache um grupo para recebê-los e trazê-los até aqui. *Pacificamente.* — O homem assentiu e saiu correndo. Max se virou novamente para Bellamy. — Venha comigo.

Bellamy tentou permanecer calmo, mas um surto de raiva e medo cresceu dentro dele, a mesma combinação de sentimentos que geralmente o levava a fazer algo estúpido. Ele seguiu Max de perto enquanto eles corriam pela trilha na direção do salão principal da cidade, onde pessoas já estavam se reunindo, muitos carregando armas de fogo e lanças. Clarke, Wells e Sasha entraram correndo alguns minutos depois, parecendo ansiosos, porém determinados. Sasha se juntou ao pai na parte da frente do salão, enquanto Wells e Clarke abriam caminho pela multidão para ficar com Bellamy nos fundos.

— Não se preocupe — disse Wells a Bellamy enquanto a multidão tagarelava ansiosamente em volta deles. — Não vamos deixar que eles o levem.

Mas não era com isso que Bellamy estava preocupado, não de verdade. Ele estava mais preocupado com o que aconteceria quando os Terráqueos se recusassem a entregá-lo — o que Rhodes faria se não conseguisse as coisas de seu jeito.

Max ergueu a mão, e o salão ficou em silêncio.

— Como a maioria de vocês sabe, temos alguns visitantes a caminho — bradou ele, sua voz dominante, porém calma. — Eles estão sendo trazidos agora. Nós os receberemos, escutaremos o que eles querem e então decidiremos o que fazer.

Uma maré de murmúrios e perguntas abafadas se ergueu na multidão. Max levantou a mão mais uma vez e todos se acalmaram.

— Sei que vocês têm muitas perguntas. Eu também tenho. Mas vamos começar escutando. Lembrem-se, não há paz sem uma comunicação pacífica.

Um silêncio tenso tomou conta do salão. Alguns minutos depois, alguns Terráqueos trouxeram para a sala um grupo de guardas de Rhodes. Suas armas tinham sido confiscadas, mas eles não estavam sofrendo nenhum tipo de coação.

— Bem-vindos — falou Max. Os guardas estavam sérios e silenciosos, os olhos disparando pelo salão, estudando o local e preparando estratégias. — Por favor, fiquem à vontade e nos digam por que vocês vieram.

Os guardas trocaram olhares. O mais velho, um homem de meia-idade chamado Burnett, que Bellamy reconheceu da cabana da prisão, deu um passo à frente.

— Não estamos aqui para ferir seu povo — disse Burnett, com a mesma voz fria e sem emoção que Bellamy tinha ouvido incontáveis guardas usarem antes de levar alguém para o Confinamento, fazendo a pessoa desaparecer para sempre. Ele examinou o salão até localizar Bellamy. Cada músculo no corpo do garoto se retesou e ele teve que lutar contra o impulso de correr até a frente do salão e apertar o pescoço grosso de Burnett. — Recebemos ordens de resgatar nosso prisioneiro, apenas isso. Vocês estão abrigando um fugitivo que deve responder por seus crimes. Se vocês o entregarem, nós os deixaremos em paz.

Clarke segurou a mão de Bellamy e a apertou com força. Ele sabia que ela faria qualquer coisa para mantê-lo em segurança, mas, a essa altura, tudo o que ele queria era lhe poupar de mais dor.

Max estudou Burnett cuidadosamente, fazendo uma pausa antes de falar:

— Meu amigo, compreendo que você tenha vindo aqui cumprindo ordens. E não é nossa intenção causar qualquer tipo de problema. — Max olhou para Bellamy por cima do mar de cabeças que os separava, sua expressão indecifrável. — Mas chegou ao meu conhecimento que o *prisioneiro*, como você o chama, não receberá nenhum tipo de sentença justa. Se retornar ao seu acampamento, ele será executado.

Um mar de arfadas e sussurros chocados se espalhou pela multidão. Uma mulher Terráquea próxima a Clarke e Bellamy se virou para encará-los, percebendo suas expressões assustadas e as mãos dadas, e sua expressão mudou de confusão para determinação. Três homens que estavam parados ao lado de Bellamy trocaram olhares, então deram alguns passos para ficar entre Bellamy e os guardas.

— E nosso negócio não é enviar jovens para a morte — completou Max.

Burnett lançou um olhar surpreso para um dos guardas e um pequeno sorriso se abriu em seu rosto.

— Não foi um pedido — disse ele. — Você compreende que haverá consequências à sua recusa, não é?

— Sim — respondeu Max calmamente, embora seus olhos tivessem ficado frios. — Você foi bem claro. — Ele se virou para os outros Terráqueos. — Acredito que posso falar por todos aqui quando digo que não seremos cúmplices dessa punição injusta. Mas vou deixar que eles decidam.

Houve uma longa pausa. Bellamy se sentiu repentinamente nauseado enquanto olhava para os rostos dessas pessoas à sua volta — desses desconhecidos — que tinham seu destino nas mãos. Será que era justo deixá-los decidir — pedir para que eles colocassem a própria segurança em risco a fim de protegê-lo?

Ele estava se preparando para se aprumar e se render a Rhodes quando Max limpou a garganta.

— Todos aqueles a favor de deixar nossos visitantes levarem o garoto, por favor, levantem as mãos.

Um dos guardas sorriu com desdém, enquanto o homem ao lado estalava os dedos da mão fechada em um punho. Eles estavam claramente satisfeitos com aquilo, ansiosos para ver os Terráqueos abandonarem Bellamy ao seu destino cruel.

Mas, para o choque de Bellamy, ninguém levantou o braço.

— O que diabos... — sussurrou ele, enquanto Clarke apertava sua mão.

— Todos a favor de permitir que Bellamy, Clarke e Wells permaneçam aqui, sob nossa proteção?

Inúmeras mãos se ergueram no ar, impedindo que eles enxergassem Max, Burnett e os outros guardas. Os joelhos de Bellamy começaram a ceder enquanto uma esmagadora onda da gratidão se erguia dentro dele. Os adultos na Colônia nunca ofereceram a Bellamy nem uma migalha de bondade. Nunca, nem mesmo quando ele e Octavia estavam praticamente passando fome. Mas essas pessoas estavam dispostas a arriscar tudo por ele — um completo desconhecido.

Era isso que deixava as coisas ainda piores. Essas pessoas eram boas. Elas não mereciam morrer por um garoto que tinha passado dezenove anos apenas tomando decisões terríveis.

Clarke passou o braço em volta da cintura dele e se aproximou, o ajudando a suportar o próprio peso.

— Está tudo bem — sussurrou ela em seu ouvido.

— Não — respondeu Bellamy em voz baixa, tanto para si mesmo quanto para ela. Então: — *Não* — repetiu, mais alto.

Ninguém o escutou no clamor do salão. A não ser Clarke e Wells. A mão de Clarke se soltou da dele e ela e Wells olharam para ele, confusos.

— Bellamy! — disse Clarke, os olhos arregalados. — O que você está fazendo?

— Não posso simplesmente ficar aqui e deixar que todas essas pessoas inocentes se arrisquem por mim. Elas têm filhos; elas têm famílias. Elas não precisam dessa merda.

Wells se aproximou e colocou a mão com firmeza no ombro de Bellamy.

— Ei — falou ele. — Ei, apenas relaxe. — Bellamy tentou se livrar da mão de Wells, que não permitiu. — Bellamy, eu entendo. Você não está acostumado a aceitar ajuda. Mas isso não é Confinamento por vender mercadorias roubadas no Entreposto. Isso é pena de morte. Rhodes vai *matar* você.

Bellamy se inclinou e colocou as mãos nos joelhos. Respirou fundo algumas vezes para se acalmar. Ele sabia que o povo de Max e Sasha acreditava em algo maior do que eles mesmos. Ele tinha visto em sua bondade para com os outros, na forma como eles recebiam desconhecidos em suas vidas. Tinha visto na liderança de Max. Mas ele não sabia como poderia suportar o fardo daquela generosidade.

Clarke segurou a mão de Bellamy novamente e olhou em seus olhos.

— Mesmo que você não queira fazer isso por si mesmo, você faria isso por mim? Por favor? — A voz dela estava trêmula, e algo no peito de Bellamy se moveu. Ele nunca a tinha ouvido tão vulnerável, tão amedrontada. Ele nunca a tinha ouvido implorar a alguém por alguma coisa. Tudo o que ela queria, ela conseguia sozinha. Mas isso não seria suficiente dessa vez. Ela precisava de ajuda.

— E por mim. — Wells bateu com a mão no ombro bom de Bellamy.

Bellamy se virou de Clarke para Wells. Como aquilo tinha acontecido? Quando ele e Octavia saíram da Colônia, eram eles contra o universo. E agora ele tinha pessoas que se importavam com ele. Ele tinha uma família.

— Certo — falou ele, assentindo e lutando contra as lágrimas que ameaçavam brotar. Ele forçou um sorriso. — Mas apenas essa vez. Da próxima vez que eu for condenado à morte por ser um idiota de cabeça quente, vocês têm que deixar que eles me levem.

— Combinado — respondeu Wells, se afastando com um sorriso.

— De forma alguma. Você é o meu idiota de cabeça quente. — Clarke se ergueu nas pontas dos pés e o beijou. Bellamy passou o braço em volta dela e a beijou de volta, comovido demais para ficar envergonhado com as lágrimas nos olhos.

CAPÍTULO 17

Glass

Glass empurrou a porta da cabana com o ombro. As mãos estavam ocupadas, uma com um balde de água do rio, a outra segurando um saco com as frutinhas que ela tinha encontrado crescendo perto dali. Ela deixou a comida na mesa de madeira desnivelada e carregou a água até a pia. Sem ter que pensar, Glass esticou o braço e pegou uma pequena tigela na prateleira. Depois de apenas dois dias, ela já estava tão confortável na pequena casa que parecia que ela e Luke viviam ali desde sempre.

Na primeira manhã dos dois na cabana, eles saíram de casa cautelosamente, examinando os arredores em busca de sinais de Terráqueos. Mas não havia vestígio de nenhuma outra vida humana. Lentamente, o conforto e a confiança dos dois cresceu e eles caminharam alguns metros para tentar encontrar comida.

Os dois estavam tão focados em sua busca que quase não notaram um cervo pastando ao lado. Glass levantou a cabeça para chamar Luke e, logo antes de o nome sair de seus lábios, ela viu o animal, parado a centímetros dela. Ele era jovem — *será que havia um nome especial para um filhote de cervo?* Glass se esforçou para se lembrar — e tão lindo. Seu focinho marrom macio se contraía quando ele puxava o ar, e seus grandes olhos castanhos eram doces e tristes. Glass teve medo de se mover, receando espantá-lo. Ela queria que Luke também o visse, mas não podia fazer nenhum barulho. Ela e o cervo se encararam por um longo momento, até que finalmente Luke se virou e viu. O rapaz congelou. Ela podia perceber pela expressão em seu rosto que ele estava tão impressionado com o animal quanto ela.

Os três ficaram parados ali, presos em uma comunicação silenciosa. Finalmente, um farfalhar distante nas árvores fez o animal sair correndo para a floresta sem quase provocar barulho. Glass soltou um suspiro enquanto ele desaparecia.

— Isso foi incrível — disse ela.

— Sim — concordou Luke, mas sua expressão era séria.

— O que houve? — perguntou ela, surpresa com a reação dele.

— É só que... se não encontrarmos algo para comer, vamos ter que, você sabe... — Ele deixou a frase no ar.

O coração de Glass afundou. Ela tinha ficado tão arrebatada pelos olhos expressivos do cervo que não pensara na possibilidade de ter que comê-lo. O pensamento fez seu estômago embrulhar.

— Não vamos nos preocupar com isso agora — disse ela. — Apenas continue procurando.

Por sorte, eles tinham encontrado frutinhas e até agora estavam bem. Mas ela sabia bem no fundo que era apenas uma questão de tempo até algo mudar. Eles estavam ficando sem tabletes para purificação de água e não havia nenhuma panela na casa que os possibilitasse ferver água. Havia insetos esquisitos que corriam pelo chão nas primeiras horas do dia, acordando Glass de um sono profundo e lhe causando arrepios. Luke apenas ria dela, a trazia mais para perto dele e puxava as cobertas sobre os dois. E havia a preocupação constante e incômoda sobre o que aconteceria em seguida.

176

Será que eles seriam capazes de permanecer ali? Seria tão simples assim? Ela se lembrou de aprender sobre as estações do ano na Terra — as lindas folhas do outono significavam que, em pouco tempo, o inverno chegaria e eles teriam que descobrir como sobreviver ao frio. Ela fazia o possível para espantar aqueles pensamentos, no entanto. O inverno era uma preocupação para outro dia. Hoje ela queria apenas viver o conto de fadas, em sua cabana de fantasia debaixo da cobertura alta das árvores.

Luke passou pela porta, batendo os pés para tirar a lama das botas. Havia folhas presas em seus cabelos grossos e ondulados. Um sopro de frescor de pinheiro veio da direção dele e preencheu o nariz de Glass. Ela respirou fundo. Só de estar assim tão perto dele e sentir seu cheiro, todos os nervos de seu corpo formigavam.

— Jantar? — Ela levantou o prato de frutinhas com uma solenidade fingida. — Preparei algo especial para você esta noite.

— Ah, ensopado de frutinhas. — Luke sorriu. — Meu favorito. É uma ocasião especial?

Ela inclinou a cabeça para o lado e sorriu maliciosamente.

— Pode ser.

Luke atravessou a sala com dois passos rápidos, a abraçou e a puxou para um beijo apaixonado que parecia que nunca acabaria.

Mais tarde naquela noite, eles pegaram no sono enroscados junto ao fogo. Glass tinha adormecido rapidamente. A cada noite que eles passavam na floresta ela se sentia mais relaxada, a ansiedade e o nervosismo das últimas semanas lentamente desaparecendo de sua memória. Ela tinha começado a dormir de maneira profunda, quase faminta, como se o sono lhe oferecesse uma nutrição que ela cobiçava havia muito tempo.

Quando o primeiro barulho veio da janela, Glass o incorporou ao seu sonho. Ela só acordou quando Luke se sentou ao seu lado na cama, seu corpo rolando para longe dele quando o namorado pulou em pânico. Ela abriu os olhos, recuperando instantaneamente a consciência. Foi então que viu: um rosto na janela da cabana. Alguém estava olhando para eles — um Terráqueo, ela viu na luz refletida do fogo que se apagava. Ela podia dizer pelo cabelo comprido e pelas roupas volumosas. Nenhum dos Colonos se vestia dessa forma. Eles não se comportavam dessa forma. Terror e adrenalina correram por seu corpo, inundando suas veias e atiçando seu cérebro. Ela ouviu gritos ao longe, mas demorou um momento para perceber que o som estava vindo de sua própria boca.

Luke deu um salto e pegou a arma que pegara do acampamento. Sem camisa e descalço, ele abriu rapidamente a porta da frente da cabana e disparou na escuridão.

— Luke, não! — gritou Glass, um tom de desespero na voz. — Não vá lá fora!

Mas ele já tinha desaparecido de vista. Pânico inundou seu peito, ameaçando derrubá-la no chão, mas ela se forçou a seguir em frente, se esforçando para ir atrás de Luke, arfando enquanto tentava gritar seu nome.

Glass correu para o lado de fora da casa, procurando cegamente no escuro até seus olhos se ajustarem. Ela se encheu de alívio quando viu Luke parado a alguns metros de distância, de costas para ela. Ele estava com a arma erguida no ar, apontada para o céu. De frente para ele, formando um semicírculo, estavam três homens e uma mulher. Eles estavam vestidos de forma semelhante a Sasha, com uma combinação de peles de animais e lã, mas essas eram as únicas semelhanças. Seus rostos eram como máscaras cruéis e seus olhos cintilavam com malícia enquanto eles trocavam olhares satisfeitos entre si.

Luke e os Terráqueos estavam travando uma batalha silenciosa. Os Terráqueos estavam parados com os braços erguidos, lanças preparadas na altura do ombro, prontos para atacar. Pareciam estar esperando por algum tipo de sinal. Antes que ele pudesse impedi-la, Glass correu na direção de Luke. Ele passou um braço forte em volta dela e a empurrou para trás dele. Ela podia sentir cada músculo no corpo dele tenso, pronto para lutar.

Ela esticou a cabeça por trás dele e gritou para os Terráqueos:

— Por favor — disse ela, a voz falhando. — Não estamos aqui para machucar ninguém. Somos amigos de Sasha. Por favor, não nos machuquem.

— Oh, vocês são amigos da Sasha, não são? — falou um deles, sua voz ríspida e sarcástica. — Bem, nesse caso, nós os mataremos de uma vez ao invés de deixá-los parcialmente mortos para os animais. Por educação.

Luke tentou empurrá-la para mais atrás dele. Houve uma longa e aterrorizante pausa, durante a qual cada lado esperava que o outro agisse. Finalmente, um dos Terráqueos — o homem cujo rosto estivera na janela — se aproximou ameaçadoramente.

— Tentamos avisar seus amigos. Mostramos compaixão ao matar apenas um deles. Mas, ao invés de perceberem que não são bem-vindos aqui, vocês trouxeram *mais* dos seus. Já chega — cuspiu ele.

— Não foi isso o que aconteceu — gritou Glass. — Nós não sabíamos... não havia como nos comunicar com eles. Mas não há mais nenhum de nós vindo, eu prometo. — A voz de Glass falhou, tanto por medo quanto pela percepção triste de que aquilo era verdade. Todos que não tinham conseguido entrar em um dos módulos de transporte estavam mortos.

A mulher do grupo de Terráqueos riu de Glass.

— Você promete? — Ela bufou. — Nós aprendemos da maneira mais difícil o que acontece quando acreditamos em forasteiros.

Ela acenou com a cabeça para o homem, que ergueu o braço e mirou a lança diretamente no coração de Luke, tomando impulso com o braço.

— Não se mova! — gritou Luke. — Por favor. Não quero feri-los, mas tenho uma arma. Não me forcem a usá-la.

O homem parou, como se ponderasse as palavras de Luke, mas apenas por um momento. Então deu mais um passo para a frente.

Os ouvidos de Glass doeram com o estalo agudo da bala. O som ecoou nos troncos das árvores e voltou na direção deles. Luke tinha atirado para o alto, apontando a arma para longe dos Terráqueos, mas foi o suficiente para afugentá-los. Eles saltaram e se espalharam, desaparecendo na escuridão.

Glass ficara tão aliviada por vê-los recuando que a princípio não percebeu o que tinha acontecido. Houvera um movimento exatamente quando Luke disparou a arma. Será que algum deles tinha arremessado alguma coisa? Ela se virou novamente para Luke e sentiu o sangue congelar nas veias. Ele estava virado para ela, os olhos arregalados e assustados. Sua boca estava aberta, mas nenhum som saía. Ela passou os olhos pelo corpo dele, seguindo seus braços até suas mãos, que seguravam com força a perna esquerda. Sangue se derramava entre seus dedos. Uma lança de madeira estava caída no chão perto de seu pé.

— *Luke!* — gritou ela. — Luke... não!

Ele caiu de joelhos.

Glass correu até ele, se jogando no solo ao seu lado.

— Luke! — Ela segurou seu braço, como tentasse mantê-lo com ela, impedi-lo de ir para um lugar onde ela não pudesse segui-lo.

— Você vai ficar bem — disse ela, se esforçando para expulsar o pânico da voz. Luke precisava que ela ficasse calma. Que ela pensasse em algo. — Vou apenas levá-lo para dentro.

Ela olhou para baixo e empalideceu. Mesmo sob o luar fraco, ela podia ver que a grama em volta da perna de Luke estava se tingindo de vermelho-escuro.

Ela passou a mão por debaixo dos braços de Luke e deu um puxão de teste, mas parou abruptamente quando ele soltou um berro de dor.

— Apenas me ajude a ficar de pé — grunhiu Luke entre dentes cerrados. — Cuidaremos do resto quando entrarmos na casa.

Ele se apoiou nos ombros de Glass e se ergueu sobre uma perna. Ela tentou manter a respiração estável, tentou se esquecer do fato de que eles estavam a dois dias de distância de ajuda médica. Como podiam ter sido tão tolos de fugir sozinhos?

— Não se preocupe — falou Luke, se encolhendo a cada salto desajeitado. Ele girou, examinando as árvores escuras à procura dos Terráqueos. — Não é tão ruim.

Mas nem mesmo Luke era capaz de afastar o medo da voz.

Os dois sabiam que ele estava mentindo. E os dois sabiam o que aconteceria se ele não melhorasse.

Glass ficaria completamente sozinha.

CAPÍTULO 18

Clarke

O estado de espírito no acampamento dos Terráqueos tinha mudado dramaticamente. Enquanto o sol desaparecia, o mesmo acontecia com a excitação fervorosa que fez o sangue de todos correr apressado e quente durante o confronto com os guardas de Rhodes. Eles ainda estavam comprometidos a proteger Bellamy — no mínimo, o encontro tinha deixado claro como seria perigoso se submeter aos Colonos — mas seus rostos tinham se tornado graves, as vozes sussurradas e urgentes enquanto eles levavam as crianças para dentro de seus lares e trancavam as portas.

Clarke estava sentada do lado de fora da cabana, correndo contra a luz que se extinguia enquanto se preparava para consertar os pontos que Bellamy tinha rompido durante a fuga.

— Tire sua camisa — disse ela enquanto se posicionavam em um gramado que ficava depois das sombras compridas.

Bellamy pareceu perplexo enquanto virava a cabeça de um lado para o outro, examinando a estrada de terra à procura de pessoas.

— O quê? Aqui?

— Sim, aqui. Está muito escuro dentro da cabana. — Ele hesitou, e Clarke ergueu uma sobrancelha. — Desde quando tenho que pedir duas vezes para Bellamy Blake tirar a camisa?

— Qual é, Clarke. Eles já acham que sou um fugitivo maluco que vai causar a morte de todos eles. Será que realmente tenho que ser um fugitivo maluco *sem camisa* também?

— Sim, a não ser que você queira que eles o vejam como um fugitivo maluco e *morto*. Preciso consertar esses pontos.

Ele suspirou dramaticamente e, com o braço bom, segurou a barra da camisa e a puxou por cima da cabeça.

— Obrigada — falou Clarke, reprimindo um sorriso.

Como paciente, Bellamy era impressionantemente parecido com algumas das crianças que ela costumava tratar no centro médico. Mas essa era uma das coisas que ela amava nele. Ele podia ser um guerreiro que caçava cervos e atirava com arco e flecha em um momento e uma criança boba jogando água para o alto no riacho no instante seguinte. Ela admirava a forma como ele dava tudo de si em cada papel, vivendo cada momento ao máximo. As últimas semanas na Terra tinham sido exaustivas e aterrorizantes, mas também completamente mágicas enquanto ela aprendia a ver o planeta indomado através do ponto de vista inesperadamente romântico de Bellamy. Diferentemente da maioria dos cem, que sempre escolhia fofocar em volta da fogueira ao invés de explorar a floresta, Bellamy parecia preferir a companhia das árvores à das pessoas. Clarke adorava caminhar com ele na floresta, observando sua atitude atrevida desaparecer enquanto ele olhava em volta, maravilhado.

Ela fez Bellamy se deitar enquanto colocava a linha na agulha que ela tinha acabado de esterilizar no fogo.

— Você quer que eu veja se eles têm analgésicos? — perguntou Clarke, colocando a mão no braço de Bellamy.

Ele fechou os olhos com força e balançou a cabeça.

183

— Não. Já causei muita confusão. Não vou usar os remédios deles.

Clarke pressionou os lábios, mas não discutiu. Ela sabia que não adiantava argumentar com Bellamy quando ele estava nesse estado teimoso. Ela apertou um pouco mais o braço dele, tanto para mantê-lo parado quanto para se estabilizar.

— Certo. Respire fundo. Ela enfiou a agulha em sua pele, se forçando a não se mover enquanto Bellamy se encolhia e gemia. O melhor que ela podia fazer era trabalhar rapidamente e com precisão, tornando o procedimento o mais breve possível.

— Você está se saindo muito bem — disse ela, enquanto tirava a agulha e se preparava para um segundo ponto.

— Se não a conhecesse bem, eu acharia que você está gostando disso — falou Bellamy entre dentes cerrados.

— Tudo bem por aqui? — perguntou uma voz. Clarke não virou, mas ela podia ouvir Max, Wells e possivelmente Sasha caminhando na direção deles.

— Incrível — disse Bellamy, antes que ela pudesse responder. — Apenas satisfazendo o lado sádico de Clarke. O de sempre. — Ele soltou outro gemido. — Eu a deixo fazer isso comigo toda noite.

— Não se mova — falou Clarke. Ela puxou a linha delicadamente e observou satisfeita enquanto a pele se juntava. — Você não quer que eu escorregue e acidentalmente costure seus lábios.

Ela pôde ouvir o sorriso na voz de Sasha quando ela se comentou:

— Vocês dois formam um casal estranho.

— É o que diz a garota da Terra que está namorando um rapaz que caiu do céu — retrucou Bellamy entre dentes cerrados.

Clarke deu um pequeno nó e cortou a linha que sobrou.

— Tudo pronto. — Ela apertou o joelho de Bellamy para avisar que ele devia se sentar.

Ele olhou para os pontos e assentiu.

— Bom trabalho, Doutora — disse ele em voz alta, para os outros poderem ouvir. Então sorriu e a puxou para mais perto. — Obrigado — sussurrou ele, antes de beijá-la no topo da cabeça e esticar o braço para pegar sua camisa.

— Vocês deviam entrar — falou Max, olhando para as árvores que cercavam o vilarejo. — Não acho que seu povo vai causar nenhum problema essa noite, mas não há razão para facilitar para eles, se resolverem tentar.

Wells limpou a garganta.

— Eu queria falar com você sobre isso. Sabemos que é apenas uma questão de tempo até os guardas voltarem, provavelmente com mais pessoas e muito mais armas. E, pelo que sabemos sobre Rhodes, ele não estará extremamente preocupado em não ferir pessoas inocentes. Ele considerará abrigar Bellamy um ato de guerra. — Ele fez uma pausa e olhou para Sasha, que assentiu rapidamente para ele. — Acho que seria mais seguro levar todos para dentro. Para debaixo da terra... dentro de Mount Weather.

Max olhou fixamente para ele.

— Debaixo da terra — repetiu ele de forma amarga, contorcendo a boca exatamente da mesma forma que Rhodes fazia quando falava a palavra *irmã*.

— É uma fortaleza, não é? — perguntou Clarke. — Se ela pode impedir a entrada de centenas de quilotons de radiação, certamente pode impedir a entrada de alguns guardas.

Max olhou para Sasha de uma forma que Clarke não conseguiu decifrar muito bem, mas foi o suficiente para fazê-la morder o lábio, nervosa. Quando ele se manifestou, a voz era contida.

— Estamos totalmente cientes das capacidades de Mount Weather. Nosso povo viveu lá por séculos, gerações inteiras enterradas. Essas pessoas viveram e morreram sem nunca olhar para o céu. Quando finalmente voltamos à superfície, prometemos ficar aqui. Nunca deixaríamos que nada... ou ninguém... nos forçasse a descer novamente.

Como alguém que tinha crescido em uma estação espacial e ainda se entusiasmava com a primeira lufada de ar fresco da manhã, Clarke podia compreender o que Max estava falando. Mas, se a escolha era entre viver debaixo da terra ou morrer na superfície, então a decisão era clara.

— Rhodes não vai parar até conseguir o que quer — disse ela. — E ele não vai se importar com quantos do seu povo terá que matar no processo.

O rosto de Max ficou sério.

— Nós lutamos contra agressores antes — respondeu ele. — Sabemos nos defender.

— Não contra pessoas assim — falou Wells. — Eles são soldados treinados... um pequeno exército. Sei que os outros Terráqueos são perigosos, mas eles não são páreo para os homens de Rhodes.

Max ficou em silêncio e, apesar de sua expressão permanecer inflexível, Clarke podia perceber que ele estava pensando nas palavras de Wells.

Sasha falou primeiro:

— Pai, deveríamos escutar Wells. Ele sabe do que está falando. Também não quero ir para debaixo da terra, mas, nesse caso, acho que é a coisa certa a se fazer.

Max a encarou com uma expressão de leve surpresa, então algo em seu rosto mudou, como se ele estivesse vendo um novo lado de sua filha, aceitando que ela tivesse se transformado de criança em confidente. O coração de Clarke pulsava dolorosamente enquanto ela pensava no pai e nas longas horas que eles tinham passado discutindo o treinamento médico de Clarke ou mesmo a pesquisa que ele estava conduzindo. No ano anterior à sua prisão, ele havia começado a tratá-la como uma colega de confiança, uma amiga. Será que ela um dia teria a chance de contar a ele tudo sobre suas aventuras na Terra? Será que ela um dia poderia compartilhar as questões que vinha guardando especialmente para ele?

Finalmente, Max assentiu.

— Certo. Vamos fazer isso calmamente. E precisamos enfatizar para nosso povo que trata-se apenas de precaução. Enviaremos o sinal e faremos com que todos se movam imediatamente. Wells, você vem comigo. Você pode nos falar sobre Rhodes e sua estratégia enquanto evacuamos.

Depois de se consultar com alguns de seus conselheiros, Max decidiu levar todos para Mount Weather naquela mesma noite. Ele enviou alguns engenheiros na frente para garantir que a fortaleza estava pronta para um influxo de pessoas e passou o resto da noite indo de casa em casa a fim de explicar a situação.

Quando era meia-noite, todos na comunidade tinham se reunido junto à base da montanha, preparados para passar a noite em suas profundezas pela primeira vez em décadas. A maioria das pessoas carregava comida e roupas, guiando crianças que seguravam seus brinquedos favoritos.

Max estava junto à enorme porta de metal construída na encosta do morro, que tinha sido aberta para deixar a corrente de pessoas entrar. Bellamy e Clarke esperaram até quase todos estarem no interior, assim como Wells, que estava parado observando Sasha.

— Existe algo que eu possa fazer? — perguntou Clarke a Max, enquanto eles se aproximavam.

— Apenas se assegure de que todos estejam acomodados. Há mais quartos do que o suficiente, mas alguns deles são difíceis de encontrar. Se alguém parecer perdido, peça para esperar por mim. Descerei daqui a alguns minutos.

Clarke assentiu, segurou a mão de Bellamy e passou com ele pela porta, descendo o primeiro lance de escada íngreme e estreita que parecia se estender até o centro da Terra. Os dois tinham entrado em Mount Weather antes, mas foi quando eles acreditavam que os Terráqueos eram seus inimigos, então não tinham passado muito tempo admirando a estrutura incrível. Não era uma caverna escura — era um abrigo sofisticado construído pelos melhores engenheiros dos Estados Unidos para resistir ao Cataclismo.

Clarke e Bellamy seguiram pelo primeiro corredor residencial, um espaço com iluminação clara e quartos dos dois lados. No fim, uma mulher estava parada de mãos dadas com duas meninas que pareciam assustadas.

— Precisa de alguma ajuda? — perguntou Clarke.

— Todos esses quartos estão ocupados — respondeu a mulher, um tom de ansiedade em sua voz.

— Não se preocupe. Há mais uma seção inteira no nível abaixo — disse Clarke. — Se você simplesmente esperar aqui, vou correndo na frente para descobrir onde fica.

— Minha boneca está cansada — falou uma das meninas, levantando um brinquedo de madeira no ar. — Ela precisa ir para a cama.

— Não vai demorar. E você sabe o que pode fazer enquanto isso? Contar ao meu amigo aqui tudo sobre sua boneca.

— O quê? — Bellamy olhou para ela. — Eu vou com você.

— Nada de atividades desnecessárias para você. Ordens médicas.

Bellamy revirou os olhos para ela, então suspirou e se virou para a menininha.

— Então... — Clarke o ouviu dizer enquanto ela saía apressada. — Qual é a forma favorita de caçar de sua boneca? Ela gosta de lanças ou de arco e flecha?

Clarke sorriu para si mesma enquanto imaginava a expressão de confusão no rosto da menininha, em seguida desceu outro lance de escada e virou na direção que achava levar aos quartos, mas a disposição desse andar era diferente. Ela voltou e tentou seguir na outra direção, mas acabou ainda mais perdida.

Os corredores pareciam diferentes nessa ala. Eles tinham menos portas e pareciam mais utilitários, como se tivessem sido construídas para equipamentos ou suprimentos. A primeira porta a que ela chegou tinha uma placa que dizia OPERAÇÕES DE INFRAESTRUTURA: SOMENTE PESSOAS AUTORIZADAS. Como qualquer pessoa autorizada a abrir a porta estava morta havia pelo menos algumas centenas de anos, ela imaginou que não uma espiada não faria mal . Ela moveu a maçaneta. A porta estava trancada.

Clarke seguiu para a próxima porta, do outro lado do corredor. COMUNICAÇÕES DE RÁDIO: SOMENTE PESSOAS AUTORIZADAS, dizia a placa. Clarke congelou. Rádio? Ela não tinha pensado naquilo antes, mas obviamente as pessoas teriam desejado uma forma de se comunicar se estivessem trancadas dentro de Mount Weather... mas *com quem* elas teriam se comunicado? Se estavam usando essa sala, presumivelmente haveria mais alguém para receber a ligação. A não ser que... talvez existissem outros abrigos? Outras versões de Mount Weather?

Clarke olhou para a porta por um longo momento, um pensamento estranho e distante no fundo de sua mente. Ela não conseguia identificar exatamente o que era, mas algo nessa porta — aquela placa, aquelas palavras — parecia familiar. Ela tentou a maçaneta, mas a porta também estava trancada.

— Clarke? Você achou mais quartos? — A voz de Bellamy era fraca, mas havia uma ponta de preocupação nela. — Clarke?

— Estou aqui — gritou ela de volta, girando e saindo apressada pelo corredor na direção da voz dele.

Eles terminaram de ajudar a acomodar todo mundo, então foram com Max, Wells e Sasha fazer o inventário dos suprimentos. A caminho do velho refeitório, Max explicou a eles que seu povo tinha mantido Mount Weather em funcionamento todo esse tempo, exatamente para o caso de uma emergência como essa.

— Então você está bastante familiarizado com esse local — falou Clarke.

— Eu nasci aqui, na verdade — respondeu Max, para a surpresa de Clarke. — Fui o último bebê de Mount Weather. Alguns meses depois de eu nascer ficou claro que os níveis de radiação tinham finalmente chegado a um patamar seguro, e nós todos nos mudamos para a superfície. Ainda passei muito tempo aqui, no entanto. Era o meu lugar preferido para explorar, porque os adultos quase nunca entravam.

— Posso imaginar. Então, falando em explorar — disse Clarke cuidadosamente, tentando não soar como se estivesse xeretando. — Encontrei uma sala de rádio hoje. Você sabe para que ela teria sido usada?

— Na maior parte do tempo para testar em vão, sinceramente — respondeu Max, dando de ombros. — Cada geração teve um sistema para enviar sinais de uma forma regular. Mas ninguém... nem uma vez... recebeu uma resposta.

Até onde sabemos, simplesmente não havia ninguém para responder.

Clarke sentiu uma inesperada onda de decepção, mas então outra pergunta veio à tona no meio do seu mar de pensamentos confusos.

— Os cientistas que vieram no primeiro módulo de transporte usaram a sala?

Max olhou para ela com curiosidade, como se tentasse descobrir aonde ela estava indo com suas perguntas.

— Na verdade, sim. Bem, pelo menos tentaram. Eles fizeram muitas perguntas sobre o rádio e eu inclusive deixei que tentassem usá-lo, mas lhes contei o mesmo que acabei de contar a você...

Clarke o interrompeu:

— Você tem a chave?

— Sim, tenho a chave. Você quer entrar lá?

— Sim, por favor. Isso seria incrível, na verdade.

Bellamy olhou para Clarke com curiosidade, mas ela olhou para outro lado, deixando a mente vagar em busca de uma memória que ela não tinha certeza se era dela para começar.

Clarke se forçou a respirar fundo, exatamente como ela fazia antes de ajudar o Dr. Lahiri com um procedimento cirúrgico complicado. Mas dessa vez ela não estava prestes a usar um bisturi para expor a válvula tricúspide de alguém; ela estava se preparando para entrar no Entreposto.

Clarke odiava o grande salão que estava sempre lotado independentemente de quando você fosse. Ela odiava pechinchar por um bom preço e realmente odiava ter que ficar de papo furado com os atendentes, fingindo se importar se uma camiseta tinha dez por cento de fibras da Terra ou quinze. Mas era o aniversário de Wells no dia seguinte e Clarke estava desesperada para encontrar o presente perfeito para ele.

Mas, exatamente quando ela juntou a coragem para entrar, Glass e Cora vieram em sua direção, obrigando Clarke a se esconder atrás de um canto. Não havia a menor condição de ela escolher um presente para Wells com as duas observando e fazendo comentários em voz alta sobre suas escolhas como se ela não pudesse escutá-las. Ela teria que voltar mais tarde. Elas estavam examinando cortes de tecido com o mesmo cuidado que Clarke reservava para amostras de outro tipo de tecido no laboratório.

— Simplesmente não vejo mal em olhar. — A voz de um homem veio pelo corredor, fazendo Clarke parar.

— David, você sabe que não haverá nada nem parecido com o que precisamos no Entreposto. Toda aquela tecnologia foi apreendida há *anos*. Poderíamos checar o mercado negro em Walden, se você achar que vale o risco.

A respiração de Clarke ficou presa no peito enquanto ela espiava de seu canto. Eram seus *pais*. A mãe de Clarke não ia ao Entreposto há anos, e ela não conseguia se lembrar de seu pai um dia ter ido. O que será que eles estavam fazendo ali no meio do dia, quando deveriam estar nos respectivos laboratórios?

— O rádio funciona — dizia seu pai. — Simplesmente precisamos encontrar uma forma de amplificar o sinal. Será simples, na verdade. Precisamos apenas de alguns equipamentos.

— O que é muito bom, a não ser pelo fato de que não há ninguém do outro lado da linha para nos escutar.

— Se alguém chegou a Mount Weather ou a algum dos abrigos do CDC, então eles têm acesso a um rádio. Precisamos apenas nos assegurar...

— Você percebe como está parecendo maluco? — falou sua mãe, abaixando a voz. — As chances de isso funcionar são infinitesimamente pequenas.

— Mas e se eu não estiver louco? E se houver pessoas lá embaixo tentando fazer contato conosco? — Ele ficou em silêncio por um instante. — Você não quer avisá-los de que eles não estão sozinhos?

Em sua defesa, Bellamy, Wells e Sasha não deram para trás quando Clarke lhes contou sobre seus pais e como ela achava que eles poderiam saber sobre o rádio em Mount Weather. Era loucura, mas não mais do que Bellamy e Wells descobrirem que eram irmãos, ou Clarke descobrir que seus pais estavam na Terra durante todo o tempo que ela lamentava suas mortes.

Max destrancou a porta com um clique alto. A porta se abriu rangendo. Ele saiu da frente e esticou o braço, sinalizando para Clarke entrar. Ela deu um passo hesitante para dentro. Era pequena, não mais de três ou quatro pessoas podiam caber confortavelmente, e uma parede inteira estava coberta com alto-falantes, interruptores e botões. As outras três tinham vários cartazes instrutivos pendurados. Os olhos de Clarke pararam sobre um deles, que mostrava várias bandeiras ao lado de longas cadeias de números. Os rótulos diziam:

PARLIAMENT HILL, OTTAWA

CENTRO DE CONTROLE DE DOENÇAS

DOWNING STREET, 10, LONDRES

PALÁCIO NACIONAL, CIDADE DO MÉXICO

CIA

MI6

KANTEI, TÓQUIO

KREMLIN, MOSCOU

— Quando foi a última vez que vocês tentaram enviar um sinal? — perguntou Clarke.

— Há cerca de um mês — respondeu Max. — Está marcado para tentarmos novamente daqui a duas semanas. Mas, honestamente, apenas fazemos isso como manutenção de rotina, em grande parte para nos assegurarmos de que o equipamento ainda está funcionando. Nunca houve nem um som, Clarke.

— Eu sei. Mas isso não significa que meus pais não estavam pensando em algo. Talvez estar aqui e usar o mesmo equipamento que eles usaram me ajude a descobrir aonde eles foram.

— Bem — disse Max, assentindo —, vou deixá-la à vontade, então. Boa sorte.

Clarke caminhou até os controles, as mãos tremendo. À direita, uma pilha alta de equipamento se elevava na sala. Cabos e fios de todas as cores e espessuras saíam dali como tentáculos. Clarke passou as mãos nas máquinas, com muito medo de apertar qualquer botão que fosse. Ela estudou as marcações, combinações de letras e números que ela nunca tinha visto antes: kHz, km, GHZ, μm.

Uma chave parecia bastante simples: ela dizia LIGA/DESLIGA: Clarke respirou fundo e a ligou com um estalo. Ela prendeu a respiração enquanto todo o aparato se acendia como se ganhasse vida. Luzes piscavam. Suas entranhas pareciam zunir e ranger. Cliques e estalos vinham de algum lugar bem no interior. Então, um chiado baixo e suave encheu a sala, ficando mais alto e mais constante. Era fascinante — o som de uma possível vida lá fora, em algum lugar. Clarke podia entender por que seus pais tinham ido até ali. Eles teriam desejado ver com os próprios olhos, ouvir a vastidão desse planeta com os próprios ouvidos. Ouvir o som da esperança.

Ela achou uma pequena gaveta debaixo do console e a abriu. Para sua surpresa, encontrou um pequeno livreto. Era um manual. As páginas estalaram enquanto ela o abria e passava o dedo sobre as instruções.

Ela poderia ter passado a noite toda na sala do rádio. Ela não fazia ideia de quanto tempo se passara enquanto ela apertava botões, girava delicadamente sintonizadores um milímetro ou dois em uma direção ou outra. E cada vez que ela fazia o menor ajuste, o chiado mudava, só um pouco. Era quase imperceptível, mas Clarke podia escutar. Era como a distinção sutil entre o sotaque de um phoeniciano e um waldenita. E a cada momento ela sentia algo que nunca tinha sonhado sentir novamente — a presença dos pais. Eles tinham escutado esse mesmo som infinito. Tinham ajustado e sondado suas profundezas em busca de pistas de vida fora de Mount Weather. Ela apenas tinha que passar tempo suficiente ali para entender o que eles tinham descoberto — e aonde aquilo os levara.

Quando Bellamy foi checar como ela estava, Clarke estava praticamente tonta de excitação.

— Como está in... — Antes que ele pudesse terminar, ela correu na direção dele e o abraçou, o fazendo rir e gemer ao mesmo tempo enquanto lhe dava um abraço com apenas um dos braços.

— Desculpe — disse ela, ruborizando. — Que médica, não é mesmo? Você está bem?

Ele sorriu.

— Estou ótimo. Então, o que você ouviu nessa coisa que a deixou tão animada? — perguntou ele, gesticulando para o equipamento de rádio.

— Nada, apenas chiados — respondeu Clarke com um enorme sorriso. — É incrível!

Bellamy franziu a testa com uma confusão exagerada.

— Humm, eu sei que não sou nenhum cientista, mas por que isso é incrível?

Ela bateu em seu braço bom.

— O fato de simplesmente estar funcionando significa que eu tenho uma pista, finalmente. Meus pais achavam que podia haver mais gente lá fora... — Ela apontou para o teto, para o mundo acima deles. — ...em algum lugar. E talvez esse rádio tenha dito a eles aonde ir em seguida. Apenas tenho que entender o que eles descobriram. É um começo pelo menos!

— Uau — falou Bellamy, olhando para ela de forma radiante. — Clarke, isso é incrível.

Mas então seu sorriso desapareceu enquanto uma sombra de preocupação cruzava seu rosto.

— O que houve?

Ele balançou a cabeça.

— Não quero ser um completo estraga-prazeres. — disse ele, em tom de desculpas. — E fico muito feliz por você ter encontrado uma pista. Mas isso não muda o fato de que é muito perigoso lá fora.

Ela segurou a mão de Bellamy e entrelaçou os dedos nos dele.

— Eu sei. Mas isso não vai me impedir.

— Então eu vou com você.

Clarke sorriu.

— Eu estava esperando que você dissesse isso. — Ela ficou nas pontas dos pés para beijá-lo.

— Na verdade, devíamos partir logo. Amanhã. Agora.

Clarke se afastou para olhar para ele.

— Bellamy, de que você está falando? Não podemos ir *agora*. Não depois de todo um vilarejo ter fugido para dentro de uma montanha para mantê-lo em segurança.

— Essa é a ideia. Eles não deveriam ter feito isso. Ninguém tem direito de colocar toda uma sociedade em risco, e *definitivamente* eu não tenho.

— Já falamos disso — respondeu Clarke, apertando a mão de Bellamy. — É mais que...

— Clarke, apenas escute, por favor. — Ele suspirou. — Não sei como explicar isso. É só que... não foram muitas as pessoas que me amaram em minha vida. E parece que cada vez que alguma pessoa se importa comigo, ela se machuca. Minha mãe, Lilly, Octavia... — As palavras se perderam.

O coração de Clarke doeu pelo garotinho que não tinha ninguém para cuidar dele, que cresceu rápido demais.

— Você acha que, se elas soubessem disso antes de tudo, isso teria mudado o amor que elas sentiam por você mesmo que apenas um pouco? — perguntou Clarke, olhando em seus olhos.

— Eu apenas... eu apenas odeio ser a razão para as pessoas estarem sempre em perigo. Eu nunca seria capaz de me perdoar se alguma coisa acontecesse a você. — Ele passou o dedo na bochecha dela e lhe ofereceu um sorriso triste. — Não sou como você. Não posso consertá-la com pontos.

— Você está falando sério? Eu estava totalmente confusa quando cheguei aqui, depois de tudo o que tinha acontecido com meus pais, Wells, Lilly... e então Thalia. Eu estava destruída e você me montou novamente.

— Você não estava destruída — disse Bellamy, sua voz suave como uma carícia. — Você era a garota mais forte e mais linda que eu já tinha visto. Eu ainda não consigo entender o que fiz para ter tanta sorte.

— O que eu preciso fazer para convencê-lo de que *eu* sou a sortuda? — Ela o beijou, com mais vontade do que antes, deixando os lábios expressarem tudo que ela não encontrou palavras para dizer.

Bellamy se afastou, então colocou a mão na cintura de Clarke e sorriu.

— Acho que você pode estar no caminho certo. Embora eu provavelmente pudesse precisar de um *pouquinho* mais de convencimento. — Ele a puxou para perto, então deu um passo para trás para se encostar à parede, rindo enquanto ela segurava sua camisa e começava a puxá-lo para o chão.

CAPÍTULO 19

Wells

Wells tinha passado a noite em claro, se revirando por horas no colchão duro. Não era tão ruim para um abrigo subterrâneo e com certeza era melhor do que o solo no acampamento, mas sua mente estava a todo o vapor e ele sentia cada protuberância e ruga debaixo dele. Duas imagens perturbadoras brigavam pelo controle de seu cérebro exausto — uma terra de ninguém esperando ser reivindicada pelo pensamento mais aterrorizante. A primeira era uma imagem do corpo imóvel e frio de Bellamy sozinho na floresta, o musgo tingido do vermelho de seu sangue. A segunda não era melhor: dezenas de Terráqueos esparramados na grama e em suas varandas, muitos deles crianças, massacrados por Rhodes e seus homens.

Ele deve ter adormecido em algum momento, no entanto, porque, quando abriu os olhos, sua cabeça estava na barriga de Sasha e ela estava passando os dedos em seus cabelos.

— Você está bem? — perguntou ela delicadamente. — Estava tendo um pesadelo.

— Sim... estou ótimo — respondeu ele, apesar de aquilo não poder estar mais longe da verdade. Wells não podia suportar a ideia de entregar seu amigo e irmão, Bellamy. Ele preferia morrer a entregá-lo a um homem como Rhodes. Mas ele não podia aceitar o terrível risco que os Terráqueos tinham assumido ao proteger Bellamy. Como em tantas decisões que ele tinha visto seu pai enfrentar, Wells sabia que não havia uma resposta fácil.

Sasha soltou um longo suspiro, mas não falou nada. Ela não precisou. Wells adorava o fato de eles poderem se entender sem ter que falar absolutamente nada.

— Tudo vai acabar logo — disse ela, ainda mexendo em seu cabelo distraidamente. — Nós espantaremos Rhodes e ele decidirá que Bellamy não vale toda a confusão. Então tudo voltará ao normal.

Wells se levantou para recostar na cabeceira da cama, ao lado de Sasha.

— E o que exatamente "normal" significa para nós? — perguntou ele com um sorriso levemente envergonhado. — Até recentemente você estava trancafiada em nosso acampamento como prisioneira.

Os cem tinham flagrado Sasha espiando perto da clareira quando Octavia ainda estava desaparecida e a tinham confundido com um dos espiões inimigos.

— Acho que significa que podemos escolher um novo normal. Você fica aqui, nos ensina todas aquelas coisas inúteis que aprendeu no espaço e nós lhe ensinamos como não morrer.

— Ei — falou Wells, se sentindo magoado. — Nós tínhamos nos saído muito bem em não morrer antes de você aparecer.

— Certo, Sr. Sabichão. Nesse caso, talvez esteja na hora de empatar o jogo e transformá-lo em *meu* prisioneiro. — Ela passou uma perna por cima dele para ficar de frente para Wells, então pressionou as mãos contra seu peito.

— Eu ficaria feliz em passar o resto da minha vida como seu prisioneiro se for sempre assim.

Ela sorriu e bateu em seu ombro de brincadeira.

— Mas estou falando sério. Você vai ficar aqui conosco, certo?

Wells fez uma pausa. Ele estava tão fixado nos desafios imediatos — salvar Bellamy e então enfrentar Rhodes — que não tinha realmente parado para pensar sobre o que aconteceria depois. Ele não podia voltar ao acampamento. Isso estava claro. Ele nunca queria ver Rhodes novamente, mesmo se isso significasse abandonar tudo o que ele tinha se esforçado tanto para construir. Mas será que ele poderia ficar com os Terráqueos para sempre? O que ele faria? Como se tornaria útil? Mas, quando olhou nos olhos de Sasha, ele soube que não iria a lugar nenhum. Ele queria que o rosto dela fosse a primeira coisa que ele visse todas as manhãs e a última antes de pegar no sono todas as noites. Novas imagens inundaram seu cérebro, ideias sobre as quais ele nunca tinha pensado nem de passagem, mas que de alguma forma faziam sentido quando ele estava olhando para Sasha. Talvez algum dia eles tivessem sua própria cabana no vilarejo dos Terráqueos. O pensamento fez seu peito se apertar com um anseio que nunca tinha sentido antes. *Essa* era a vida que ele queria. Era por *isso* que ele estava lutando.

— Sim — respondeu Wells, esticando o braço para acariciar a bochecha de Sasha. — Vou ficar. — Então, com medo de ela ter, de alguma forma, percebido a imagem que estava passando em sua cabeça, ele sorriu e brincou. — Seu prisioneiro não vai a lugar algum.

— Bom. — Ela sorriu, rolou para o lado e saiu da cama. — Então você não vai se importar em ficar aqui um pouco.

Wells observou enquanto ela começava a calçar seus sapatos.

— Aonde você está indo?

— Acontece que não há tanta comida aqui embaixo quanto pensamos. Vou só correr até a superfície para buscar mais no depósito.

— Eu vou com você — falou ele, virando as pernas para fora da cama.

— De jeito nenhum. Se algum dos Colonos o vir lá fora, poderão segui-lo diretamente até Bellamy. Além disso... — Ela segurou as canelas de Wells e as posicionou novamente sobre a cama. — ...você deveria tentar dormir um pouco. Precisamos de nosso General em sua melhor forma.

— De que você está falando? *Você* é a verdadeira cabeça dessa operação. Mas você não vai sozinha, vai?

— Eu serei mais rápida e estarei mais segura sozinha. Você sabe disso. — Ela sorriu e o beijou na bochecha. — Já volto.

Wells passou a manhã examinando velhas armas empoeiradas que tinham sido guardadas em um depósito em Mount Weather. Os Terráqueos tinham apenas algumas armas entre eles, que já tinham sido distribuídas para os combatentes mais preparados, mas, quanto mais pessoas eles pudessem armar, melhor. A maior parte das lâminas não estava suficientemente afiada para ser usada, mas havia algumas que podiam sem distribuídas para os Terráqueos quando o momento chegasse.

Na hora do almoço, ele relaxou seu corpo dolorido sobre um banco duro e mastigou lentamente sua pequena ração de carne-seca fibrosa. Onde estava Sasha? Ele examinou o refeitório, esperando ver seus olhos brilhantes e seu cabelo muito preto em todos os lados. Ela não estava lá.

Clarke e Bellamy estavam sentados juntos na ponta da mesa.

— Ei — falou Wells para eles. — Vocês viram Sasha?

Eles balançaram a cabeça e trocaram um olhar rápido e confuso.

— Aonde ela foi? — perguntou Clarke, começando a se levantar. — Vou procurá-la.

— Não precisa — disse Wells rapidamente. Ele se levantou e correu até a próxima mesa, onde Max estava debruçado sobre algo que se parecia com uma planta baixa do abrigo. Em qualquer outro dia, ele teria ficado animado em ver um artefato como aquele pessoalmente, mas naquele momento havia espaço para apenas um pensamento em sua mente.

— Com licença, Max? Sasha já voltou?

Max levantou a cabeça imediatamente.

— Voltou de onde?

Wells abriu a boca para responder, então a fechou novamente, sem saber o que dizer. Ele estava confuso — será que Max não sabia que Sasha ia buscar comida no vilarejo? Será que ela não tinha falado com ele antes de sair?

Max empurrou a cadeira para trás e se levantou com um salto, todo o seu corpo tenso.

— Wells, aonde ela foi?

— Achei que você soubesse — respondeu Wells em um sussurro rouco. — Ela... ela foi até a superfície. Para buscar mais comida.

— Ela *o quê?* — Max bateu com o punho na mesa, fazendo várias pessoas se assustarem. Ele girou e gritou para todos no refeitório: — Sasha saiu de Mount Weather. Alguém a viu voltar?

Dezenas de olhos se arregalaram, e todos que podiam escutar balançaram a cabeça, murmurando.

— Maldição — resmungou Max para si mesmo, antes de se voltar novamente para Wells. — Eu devia saber que ela tentaria consertar isso sozinha. Nós íamos enviar um grupo essa noite, depois que estivesse escuro. Mas ela ficou preocupada com a possibilidade de as pessoas ficarem com fome antes disso.

— Sinto muito, Max. Não pensei...

— Não é sua culpa — falou Max de forma seca, claramente disposto a terminar a conversa.

— Senhor? — gritou um homem da porta. — Todos os outros responderam. Ela deve ter ido sozinha.

Max empalideceu e seu rosto se abateu de uma forma que atravessou o coração de Wells como uma flecha. Mas ele se recompôs rapidamente e começou a dar ordens, deixando uma mulher chamada Jane no comando enquanto ele subia para procurar Sasha. Ele caminhou com determinação na direção da porta. Cabeças viravam enquanto ele atravessava o refeitório, e algumas pessoas se levantaram para segui-lo.

Antes de sair da sala de refeições, Max se virou para Wells.

— Fique aqui — ordenou ele. — Não é seguro lá fora.

Wells se jogou sobre um banco, atordoado demais para pensar por um instante. Clarke e Bellamy se aproximaram, mas ele não levantou a cabeça.

— Nós vamos ver o que podemos fazer para ajudar — disse Clarke.

Wells assentiu, e eles saíram do salão.

Depois de um momento, Wells ergueu a cabeça e ficou surpreso ao perceber que estava sozinho no refeitório. De repente ele não conseguia mais ficar sentado esperando, não enquanto Sasha estivesse em perigo. Max tinha ordenado que ele permanecesse dentro de Mount Weather, mas de jeito nenhum ele podia ficar parado esperando até os homens de Max voltarem. Não importava o que qualquer um tivesse a dizer sobre aquilo — ele iria atrás dela.

Wells disparou pelo corredor vazio. Ele podia ouvir vozes ao final e os barulhos de pessoas se armando com arcos, flechas e lanças. Ele seguiu por outro corredor e começou a subir a escada íngreme e sinuosa antes que alguém o visse.

Alguns minutos depois, ele saiu na luz do sol e piscou enquanto seus olhos se ajustavam. A floresta à sua volta estava silenciosa — de uma forma que não era natural. Ele estudou os espaços entre as árvores, algo que Sasha o tinha ensinado a fazer, mas não viu nada além de mais arbustos e folhagens. Então seguiu em frente, na direção do assentamento, o mais silenciosamente possível.

O vilarejo estava ameaçadoramente silencioso. Não havia fumaça subindo das chaminés nem crianças correndo pelos jardins. Wells parou para estudar se era seguro continuar andando. De seu ponto de vista, ele podia ver que o lugar parecia estar exatamente da maneira que estava quando os Terráqueos foram embora — como se eles tivessem simplesmente guardado seus pertences e desaparecido.

Ele estava no meio da trilha inclinada quando ouviu um som vindo dos arbustos à sua direita. Ele congelou, seu coração batendo em um ritmo acelerado contra as costelas. O som veio novamente, mais alto dessa vez.

— Socorro — suplicava uma voz tremida. — Alguém, por favor.

Um choque de medo frio se espalhou pelo corpo de Wells, muito pior do que qualquer coisa que ele tinha sentido em seus terríveis pesadelos.

Era Sasha.

Wells mergulhou no arbusto na direção da voz dela.

— Sasha! — gritou ele. — Sou eu. Estou indo!

Wells disparou entre árvores, tropeçando em vinhas e raízes enquanto adentrava mais na vegetação.

Nenhuma das imagens horripilantes que o tinham assombrado a noite toda poderia tê-lo preparado para como ele se sentiu ao encontrá-la. Ela estava deitada de lado no chão, enroscada e coberta de sangue.

— *Não* — berrou ele, o som o rasgando como uma faca. Ele se jogou no chão ao lado dela e segurou sua mão. A barriga de Sasha estava manchada com um vermelho profundo. Ele levantou a barra de sua camisa e viu um ferimento profundo no abdômen.

— Sasha... estou aqui. Você está em segurança agora. Vou levá-la de volta para casa, está bem?

Ela não respondeu. Suas pálpebras tremularam enquanto ela perdia e recuperava a consciência. Ele a levantou cuidadosamente. A cabeça de Sasha tombou para um lado, sacudindo enquanto ele subia a montanha na direção da entrada principal de Mount Weather.

Wells se movia o mais rápido que podia, ofegante e ignorando a sutura dolorosa em seu torso — e o risco de ser atacado por homens de Rhodes, que certamente ainda estavam na vizinhança. *Venham me pegar*, Wells queria gritar. *Venham tentar me ferir para eu poder cortá-los em pedacinhos.*

Quando ainda estava a vários metros da entrada, ele ouviu alguém gritar seu nome. Uma trupe de Terráqueos se materializou na floresta em volta dele. Eles estavam saindo para procurar Sasha.

— Ela está viva — disse Wells a eles, sua voz desesperada e cansada. — Mas precisamos levá-la para dentro rápido.

Os Terráqueos formaram um círculo em volta dele, correndo ao seu lado com as armas erguidas. Eles chegaram à parede de pedra que escondia a porta frontal pesada que levava ao abrigo. Um deles se apressou em abri-la, e Wells entrou correndo.

Max estava parado exatamente do outro lado da porta. Seu rosto se iluminou com esperança quando ele viu Wells, então se franziu quando seus olhos pousaram sobre a filha.

— Não — sussurrou Max, esticando o braço na direção da parede para se equilibrar. — Não, Sasha. — Ele se aproximou cambaleando e colocou as mãos em volta do rosto da filha. — Sasha, querida...

— Ela vai ficar bem — falou Wells. — Só precisamos levá-la até Clarke.

Uma das Terráqueas disparou na frente enquanto Max ajudava Wells a carregar Sasha escada abaixo. Ele se sentia como se estivesse em um sonho ou observando de cima enquanto carregava Sasha pelo corredor. Luz e som pareciam distantes, no fim de um longo túnel. Isso não podia estar acontecendo. Tinha que ser um dos pesadelos de Wells. Em apenas um momento ele perceberia Sasha sorrindo para ele, seus longos cabelos o acordando com cócegas enquanto ela sussurrava *bom dia* em seu ouvido.

— O velho hospital fica na próxima curva — disse Max, arfando enquanto corria.

Eles dobraram a esquina e Max empurrou a porta, a segurando enquanto Wells entrava correndo e colocava Sasha sobre uma mesa de operação. Enquanto Max se apressava para acender as luzes, Wells segurou a mão de Sasha. Estava fria. Freneticamente, ele levantou suas pálpebras — algo que ele tinha visto Clarke fazer centenas de vezes nas últimas semanas. Os olhos estavam virados para trás. A respiração estava curta e falhando.

— Sasha — suplicou Wells. — Sasha, por favor. Fique conosco. Sasha... você pode me escutar?

Ela assentiu levemente e Wells sentiu algo dentro do peito rachar, inundando seu corpo com alívio.

— Ah, graças a Deus.

Max se aproximou correndo e segurou a outra mão da filha.

— Apenas aguente firme. O socorro está chegando. Apenas aguente firme.

— Precisamos mantê-la consciente — disse Wells, virando para a porta, como se seus olhos tivessem o poder de fazer Clarke chegar mais rápido. — Faça com que ela continue falando.

— O que aconteceu? — perguntou Max, afastando o cabelo de sua testa pálida e suada.

Sasha abriu a boca para falar, mas nenhum som saiu. Max se inclinou e aproximou o ouvido dos lábios de Sasha. Um momento depois, ele olhou para Wells.

— Atiradores escondidos — falou ele, com um tom lúgubre.

Sasha tentou falar novamente. Dessa vez os dois puderam ouvi-la.

— Eu estava no depósito. Nem vi quando aconteceu. — A voz dela estava entrecortada.

Clarke entrou correndo na sala, os cabelos louros esvoaçando atrás dela. Um momento mais tarde, Bellamy também chegou. Clarke cruzou a sala até a cama com dois passos, segurou o pulso de Sasha e checou os batimentos cardíacos. Ela não falou nada, mas Wells podia ler nos olhos de Clarke. Ele sabia que era ruim. Clarke levantou a camisa da menina e expôs a ferida profunda em sua barriga.

— Ela foi baleada — disse Clarke. — E perdeu muito sangue.

Max cerrou os dentes, mas não falou nada. Clarke girou e começou a abrir gavetas, examinando o que tinha dentro delas. Ela tirou uma ampola e uma seringa e rapidamente a encheu. Em seguida injetou o líquido transparente no braço de Sasha. Todo o corpo de Sasha relaxou instantaneamente e sua respiração ficou constante. Clarke examinou o abdômen de Sasha com mais cuidado. Wells diminuiu a pressão na mão de Sasha. Max estava parado em silêncio, a cabeça abaixada.

— Ela está confortável agora — falou Clarke lentamente enquanto se virava para Max e Wells.

— E o que acontece agora? — perguntou Wells. — Você vai tentar remover a bala? Ou ela atravessou?

Clarke não falou nada. Ela apenas o encarou com os olhos se enchendo de lágrimas.

— Vamos, Clarke — insistiu ele. — Qual é o plano? De que você precisa para curá-la?

— Wells... — Ela deu a volta na mesa e colocou a mão sobre o braço dele. — Ela perdeu muito sangue. Eu não posso simplesmente...

Wells se afastou abruptamente, se livrando de Clarke.

— Então arrume mais sangue. Pegue o meu. — Ele arregaçou a manga e colocou o cotovelo sobre a mesa. — O que está esperando? Vá buscar uma agulha ou o que quer que seja necessário.

Clarke fechou os olhos por um momento, então se virou para Max. Quando ela falou, sua voz estava trêmula.

— Sem equipamento de suporte à vida, Sasha não duraria mais do que alguns minutos se eu tentasse operá-la. Acho que é melhor... dessa forma. Ela está repousando confortavelmente e vocês poderão passar algum tempo juntos antes...

Max olhava fixamente para ela. Olhava através dela, na verdade, seus olhos arregalados e vazios, como se seu cérebro tivesse se desligado para protegê-lo do horror que se desenrolava diante dele. Mas então sua expressão mudou e ele olhou nos olhos de Clarke.

— OK — disse ele, a voz tão baixa que poderia ter sido só na imaginação de Wells.

Ele se inclinou sobre Sasha, ainda segurando sua mão enquanto acariciava seu cabelo.

— Sasha... você pode me ouvir? Eu te amo tanto. Mais do que tudo.

— Eu... te... amo — sussurrou Sasha, seus olhos ainda fechados. — Me desculpe.

— Você não tem por que se desculpar. — A voz de Max falhou enquanto ele engolia o choro. — Minha menina corajosa.

— Wells... — chamou Sasha com a voz rouca. Ele se aproximou rapidamente e segurou a outra mão, entrelaçando os dedos nos dela.

— Estou bem aqui. Não vou a lugar nenhum.

Eles permaneceram daquela forma enquanto os minutos passavam. Clarke se afastou para o lado, de prontidão para o caso de Sasha precisar de mais analgésicos. Bellamy estava parado atrás dela, com os braços em volta de Clarke. Wells manteve a vigília no lado direito de Sasha, segurando sua mão e acariciando seu cabelo. Max segurava a outra mão e se inclinou para sussurrar em seu ouvido. Lágrimas escorreram de seu rosto sobre as bochechas da menina. A respiração de Sasha desacelerou e se tornou intermitente. Seu corpo estava falhando, e eles estavam presentes como testemunhas, incapazes de impedir aquilo.

Se Wells pudesse enfiar a mão em seu peito e arrancar seu coração para substituir o de Sasha que se desligava, ele não teria hesitado. A dor não podia ser pior do que a que ele estava sentindo nesse momento. A cada respiração cansada, o peito de Wells também se apertava, até ele ter certeza de que ia desmaiar. Mas não desmaiou. Ele permaneceu exatamente onde estava, seus olhos fixos sobre Sasha, absorvendo tudo desde suas longas pálpebras trêmulas até as sardas que ele amava tanto. As sardas que ele achou que seriam parte de sua vida para sempre, tão constantes quanto as estrelas.

Ele podia conhecê-la havia apenas algumas semanas, mas toda a sua vida tinha mudado naquele intervalo de tempo. Quando a encontrou, ele estava perdido e assustado, fingindo estar no controle, mas realmente se sentindo como uma fraude. Ela tinha acreditado nele; ela o tinha ajudado a se tornar o líder que ele nasceu para ser, e serviu como exemplo para ele seguir — mostrando o que realmente significava ser corajoso, altruísta e nobre.

— Eu te amo — sussurrou ele, a beijando na testa, nas pálpebras e finalmente nos lábios.

Ele soltou o ar, desejando mais que tudo poder passar sua respiração para o corpo de Sasha. Ele levaria mil tiros sem pensar duas vezes se isso significasse que Sasha podia ter escapado dessa. Se isso significasse que ele podia poupar Max dessa dor. E ele sabia que nunca em sua vida ele se perdoaria ou perdoaria o homem que tinha feito isso com ela.

Sasha soltou uma arfada, então sua respiração parou. Clarke se afastou de Bellamy e se aproximou rapidamente para começar a aplicar massagem cardíaca enquanto Max e Wells observavam em uma agonia silenciosa. Depois dos minutos mais longos da vida de Wells, Clarke levou a cabeça até o peito de Sasha, a manteve ali por um momento e a levantou, lágrimas escorrendo por seu rosto.

— Não — gemeu Wells, incapaz de olhar para o rosto de Clarke, incapaz de olhar para Max. Era o fim.

Alguém — talvez Bellamy — passou o braço em volta dele, mas Wells mal podia sentir. Tudo o que ele podia sentir era o peso esmagando seu peito, como se seu peito estivesse implodindo. E então tudo ficou escuro.

CAPÍTULO 20

Glass

Luke estava ardendo de febre. Glass podia perceber só de olhar para ele. Seus olhos estavam vítreos e, embora o rosto estivesse corado, os lábios estavam secos e cinzentos. Ela se esforçou para se lembrar de todas as coisas que sua mãe costumava fazer quando ela ficava doente durante a infância. Colocou um pano molhado na testa de Luke. Tirou sua coberta e a camisa, deixando o ar fresco que entrava pela janela envolver seu corpo adormecido. Ela o sentava a cada duas horas e levava uma xícara de água até seus lábios, insistindo que ele bebesse. Mas não havia nada que ela pudesse fazer em relação ao terrível ferimento em sua perna.

A lança tinha causado um corte profundo. Glass tinha quase desmaiado quando o arrastou para dentro, o deitou no chão e rasgou a perna da calça para ver o ferimento. Entre o sangue e a terra, ela ficou assustada ao ver um osso branco.

Durante a primeira hora, ela e Luke tinham se revezado tentando estancar o sangramento com um torniquete na parte mais alta de sua coxa, mas nada funcionou. Glass observava horrorizada enquanto Luke ficava pálido e o chão escorregadio com o sangue.

— Acho que preciso cauterizar o ferimento — disse ele, claramente tentando manter a voz calma apesar de seus olhos estarem arregalados com medo e dor.

— O que isso significa? — perguntou Glass, enquanto se livrava de uma atadura manchada de sangue e esticava o braço para pegar outro pedaço de tecido.

— Se eu aplicar calor suficiente, isso interromperá o sangramento e prevenirá uma infecção. — Ele gesticulou com a cabeça para as brasas incandescentes na lareira. — Você pode adicionar mais lenha e aumentar o fogo novamente?

Glass correu até a lareira e jogou alguns pedaços pequenos de gravetos no fogo que se apagava, prendendo a respiração enquanto esperava que o fogo pegasse.

— Agora pegue aquela coisa de metal — falou Luke, apontando para a ferramenta longa e fina que eles tinham encontrado encostada à lareira na primeira noite. — Se você a colocar diretamente na chama, deve ser o suficiente para resolver o problema.

Glass não tinha falado nada, mas observou com um horror crescente enquanto o metal começava a ficar vermelho.

— Você tem certeza disso? — perguntou ela, hesitante.

Luke assentiu.

— Traga até aqui. Apenas tome cuidado para não tocar. — Glass se aproximou e ajoelhou lentamente ao lado de Luke. Ele respirou fundo. — Agora, quando eu contar até três, preciso que você pressione o metal quente contra o ferimento.

Glass começou a tremer, o ambiente repentinamente girando à sua volta.

— Luke, não consigo. Sinto muito.

Ele se encolheu enquanto uma nova onda de dor se alastrava em seu corpo.

— Tudo bem. Apenas passe isso para mim.

— Oh, Deus — sussurrou Glass enquanto entregava a Luke a peça de metal que ainda brilhava e apertava sua outra mão. A pele dele de alguma forma estava ao mesmo tempo fria e coberta de suor.

— Não olhe — falou ele, cerrando os dentes.

Um momento depois, ele gritou enquanto um chiado nauseante enchia os ouvidos de Glass acompanhado do cheiro de carne queimada. Suor escorria em sua testa e seu grito parecia nunca terminar, mas ele não parou. Com um grunhido final, Luke jogou para o lado o objeto de metal, que fez barulho ao bater no chão e rolou para longe.

Durante algum tempo, parecia que a medida dramática tinha funcionado. O ferimento parou de sangrar, e Luke foi capaz de descansar por algumas horas. Mas, na manhã seguinte, a febre se estabeleceu. Agora toda a perna estava quente, vermelha e inchada. A infecção estava se alastrando. Periodicamente Luke acordava por um instante, tremia de dor e então voltava ao estado inconsciente. A única esperança que eles tinham era voltar ao acampamento e encontrar Clarke, mas as possibilidades de aquilo acontecer eram menores do que a de Luke ter uma recuperação milagrosa. Já fazia dois dias que ele não conseguia se levantar, muito menos caminhar. E os Terráqueos ainda estavam lá fora, vigiando. Ela podia sentir a presença deles da mesma forma que podia sentir o calor emanando da pele de Luke.

Glass nunca tinha se sentido tão sozinha, nem mesmo durante seus longos meses no Confinamento. Pelo menos lá ela via sua companheira de cela ou os guardas, e alguém trazia comida para ela. Mas ali, com Luke inconsciente e a ameaça constante de outro ataque pairando sobre ela, Glass estava ao mesmo tempo isolada e aterrorizada. Não havia ninguém a quem ela pudesse pedir ajuda. Ela mantinha um olho em Luke e o outro na floresta que cercava a cabana. Prestava tanta atenção aos barulhos que sua cabeça doía, se esforçando para perceber o mais leve estalo de um único graveto — qualquer coisa que pudesse avisá-la se eles voltassem.

Glass estava parada à porta, examinando de forma nervosa as folhas em busca de algo fora do lugar, se provocando com as lembranças de tudo que ela e Luke tinham apreciado juntos — as árvores, o luar refletindo na água —, toda a beleza que se tornaria sem sentido se Luke fosse tirado dela. Ele se revirou na cama improvisada no chão atrás dela e ela atravessou a cabana rapidamente para segurar sua mão, acariciando sua testa quente.

— Luke? Luke, você pode me escutar?

As pálpebras de Luke tremeram, mas não se abriram. Ele moveu os lábios, mas nenhum som saiu. Glass apertou sua mão e se inclinou para sussurrar em seu ouvido.

— Vai ficar tudo bem. *Você* vai ficar bem. Vou arrumar uma solução.

— Estou atrasado para a patrulha — disse ele, se virando de um lado para o outro como se tentasse sair da cama.

— Não, você não está atrasado, está tudo bem. — Glass colocou a mão sobre o ombro de Luke. Será que ele achava que estava na nave? — Você não tem nada com que se preocupar.

Luke mal conseguiu assentir antes de fechar os olhos novamente. Em questão de segundos, estava dormindo. Ele soltou a mão de Glass, que delicadamente ajeitou o braço sobre a cama. Ela examinou a perna de Luke. A vermelhidão tinha se espalhado até o joelho e a cintura. Ela não sabia muito sobre essas coisas, mas tinha noção o suficiente para saber que, se ela não conseguisse ajuda, Luke morreria. Eles tinham que partir. *Naquele momento.*

Glass se sentou à mesa de madeira da cozinha e tentou clarear os pensamentos, se esforçando para expulsar o medo que vinha abrindo um buraco em seu estômago há dias. Medo não os ajudaria a sair dali. Ela tinha que *pensar*. Eles precisavam voltar ao acampamento. Essa era a única chance de conseguirem o socorro de que Luke precisava. Mas Glass teria que descobrir como transportar Luke, que mal podia andar mesmo com a sua ajuda, e fugir dos Terráqueos ao mesmo tempo. Uma caminhada no espaço estava repentinamente parecendo simples comparada a isso. Como eles poderiam se mover rápido o bastante para fugir com Luke naquela condição?

Glass vasculhou a pequena cabana, buscando inspiração. A mão paralisante do medo lentamente começou a afrouxar em volta dela e sua mente, a funcionar. Sim, se ela conseguisse levá-lo ao rio... aquilo funcionaria... mas como movê-lo? Seus olhos pararam sobre um aparelho estranho que ela e Luke não conseguiram descobrir para que servia quando chegaram ali. Ele estava encostado a uma parede no canto, atrás de uma vassoura e outros suprimentos de limpeza que pareciam muito antigos. Ela atravessou a cabana e o pegou, o posicionando no chão. Era tão alto quanto ela, feito com longas ripas de madeira. Era quase uma prancha longa, mas em uma das pontas as ripas se curvavam. Havia uma corda amarrada ali.

Aquilo a fez lembrar de algo sobre o que ela tinha lido uma vez numa aula. Algo que as crianças usavam para brincar na neve na Terra. Ela vasculhou seu cérebro em busca da palavra. *Trina? Trena?* Glass pisou sobre as ripas com um pé, testando sua resistência. Eram velhas, porém sólidas. Se conseguisse colocar Luke ali em cima, ela poderia puxá-lo, mas teria que fazer alguns ajustes.

Ela se levantou, pegou alguns itens espalhados pela cabana e os colocou no chão ao lado do... *trenó!* Aquilo era um trenó. Ela tinha certeza. Agora só precisava fazer funcionar. Ela arranjou e rearranjou as coisas em diferentes configurações, as testando, então tentando novamente. Glass balançou a cabeça de forma sombria. Se alguém tivesse lhe dito há seis meses — ou mesmo seis semanas — que ela estaria montando uma geringonça com lixo que ela tinha encontrado em uma cabana abandonada na Terra para carregar seu namorado mortalmente ferido pela floresta, ela teria rido dessa pessoa e perguntado se ela estava bebendo o destilado ilegal que vendiam em Arcadia.

Ela deu um passo para trás e examinou seu trabalho. Aquilo funcionaria. *Tinha* que funcionar. Glass usaria a corda para puxar Luke. Para mantê-lo no lugar, ela tinha cortado um cobertor em tiras longas que prenderia em volta da cintura, dos braços e da perna boa, tudo amarrado sobre o trenó.

Era bastante rudimentar, mas, com alguma sorte, os levaria até a água. Isso era tudo de que ela precisava.

Glass se aproximou de Luke e delicadamente o acordou.

— Luke — sussurrou ela em seu ouvido. — Vou mover você, tudo bem? Precisamos levá-lo de volta ao acampamento.

Ele não respondeu. Glass passou as mãos por baixo de seus braços, cruzou os próprios braços sobre o peito de Luke e, com um grunhido, o arrastou pelo chão. Ele se contorceu quando sua perna ferida se moveu, mas não acordou. Ela o colocou em cima do trenó e prendeu o pano em volta dele. Então agachou, segurou a corda e a enrolou em suas mãos, se levantando em seguida. Ela deu alguns passos para a frente, e Luke deslizou pelo chão atrás dela. Tinha funcionado.

Glass pegou a arma de Luke — embora ela não soubesse se teria coragem de usá-la — e seguiu lentamente na direção da porta. No último segundo, ela voltou e pegou uma caixa de fósforos que estava na mesa para o caso de precisar acender uma fogueira ao longo da jornada. O peso atrás dela era desconfortável e a desequilibrava, mas ela teria que se acostumar com aquilo. Sem olhar para trás, ela saiu da cabana, arrastando o trenó até a clareira estreita que cercava a casa.

Thwack! Glass virou a cabeça, procurando pela fonte do barulho. *Thwack!* Soou novamente.

Ela olhou para a floresta. No crepúsculo, toda sombra parecia um inimigo em potencial.

Ela virou de volta na direção da cabana, puxando Luke atrás dela. Ela percebeu um movimento pelo canto do olho e sentiu algo passar zunindo por seu ouvido.

Glass fazia força para puxar o trenó e ouvia Luke gemer de dor. Ela abriu a porta e entrou apressada enquanto uma flecha se cravava no portal, tremendo onde sua cabeça estava apenas uma fração de segundo antes.

O trenó deslizou atrás dela e Glass soltou o arreio, batendo a porta com força exatamente no momento em que mais duas flechas atingiam a madeira. Ela se apoiou sobre a porta fechada, segurando a arma em sua mão repentinamente suada, e olhou para a cabana à sua volta. Será que conseguiria montar uma barricada na porta? Será que eles invadiriam por uma das janelas?

Ela trancou a porta e hesitantemente ergueu a arma de Luke, seu corpo enrijecendo. Se um dos Terráqueos invadisse pela janela, será que ela poderia lutar contra ele? Será que ela conseguiria disparar uma arma contra outra pessoa? Mesmo se ela conseguisse, havia claramente mais do que um deles. Uma garota que nunca tinha atirado antes não era páreo para um grupo de Terráqueos assassinos.

Do trenó, Luke gemeu.

— Tudo vai ficar bem. Vou pensar em alguma coisa — disse ela, franzindo a testa por causa da mentira. Como ela poderia escapar de uma cabana cercada por Terráqueos enfurecidos?

Ela espiou pelo canto de uma janela. A luz que se tornava cinzenta pregava peças com as sombras, mas havia movimento do lado de fora. Vultos disparavam entre as árvores, suas mãos segurando arcos e machados.

Glass se encostou na porta e fechou os olhos. Era isso. Dessa vez, eles acabariam com Luke e a matariam também.

Ela se preparou para o som de passos, janelas se quebrando, a sensação da porta sendo derrubada atrás dela.

Mas nenhum barulho veio a não ser o do vento e o da correnteza. Eles estavam esperando que ela saísse. Será que estavam do lado de fora todo esse tempo, esperando que ela saísse para poderem atacá-la sem correr riscos?

Eles a tinham encurralado. Não havia aonde ir, nada a fazer a não ser torcer para que eles se cansassem de esperar e derrubassem a porta ou invadissem pelas janelas. A mente de Glass disparou, procurando alguma saída.

Mesmo se ela fosse capaz de distraí-los por tempo suficiente para se afastar da cabana sem ser crivada de flechas, o que ela faria depois?

Nervosa, seus olhos vagaram pela cabana, desesperados por alguma coisa — qualquer coisa — que ela pudesse usar como distração para ganhar algum tempo. Nada. Ela estava prestes a soltar um grito de frustração quando percebeu que tinha algo na mão. Ela estava segurando com tanta força que quase se esqueceu de que estava ali. Glass abriu os dedos e ali, amassada em sua palma, estava a caixa de fósforos que ela tinha pegado antes de sair.

Um plano desesperado e tolo se formou em sua mente. Se não era capaz de correr mais rápido do que eles até o rio, ela precisaria encontrar uma forma de escapar que não envolvesse correr. Antes de ter tempo de pensar melhor, ela começou a agir.

Glass rastejou pelo chão e se sentou debaixo da janela junto à porta da frente. Ela enrolou uma tira do lençol rasgado na ponta de um pedaço de lenha e acendeu um palito de fósforo. Ela colocou fogo no lençol e, alguns segundos depois, estava segurando uma tocha acesa.

Enquanto a chama bruxuleava e crescia, Glass respirou fundo e fez a contagem regressiva.

— Três, dois um...

Ela se levantou com um salto e, olhando rapidamente pela janela aberta, arremessou a tocha na direção da pilha de lenha seca que Luke tinha erguido contra a parede da cabana antes de se ferir.

Ela voltou para o chão e esperou. Houve um silêncio e, durante um momento doloroso, ela achou que seu plano já tinha fracassado. Então ela ouviu: um estalo agudo, seguido de um chiado leve enquanto a pilha de madeira pegava fogo. A cabana começou a brilhar enquanto as chamas queimavam a vegetação rasteira e se espalhavam na direção da floresta — exatamente como ela esperava.

Glass se virou para Luke. Ele não tinha se movido. A respiração era curta e a testa se contraía enquanto ele permanecia deitado, praticamente inconsciente, junto à lareira. Se Luke morresse, Glass morreria também. Ela sabia disso tão claramente quanto sabia seu próprio nome.

O som das chamas estava ficando mais alto e, em poucos minutos, o ar na cabana começou a mudar. Glass praguejou para si mesma quando percebeu a tolice que tinha feito — a casa podia ser feita de pedra, mas aquilo não impediria que a fumaça os sufocasse se o fogo cercasse a cabana. Um pouco de fumaça estava começando a entrar pela janela aberta, visível na luz bruxuleante do fogo.

Glass chegou mais perto da porta, se preparando para uma saída rápida. Enquanto a fumaça começava a encher a cabana, ela pegou o cobertor que estava sobre Luke e o embebeu com o resto da água que eles tinham. Do lado de fora, ela podia ouvir vozes gritando entre si do outro lado da clareira.

Ela ajoelhou ao lado de Luke e colocou o cobertor encharcado sobre os dois. O ar ficou mais quente e ela podia ver centelhas alaranjadas contra a janela por debaixo da ponta do cobertor. Agora as vozes do lado de fora estavam rindo e comemorando. Deixe que eles pensem que venceram. Deixe que eles pensem que ela já estava morta. Talvez eles ficassem chocados demais para segui-la quando ela e Luke escapassem.

Luke se revirou sobre o trenó, um gemido grave saindo de seus lábios.

— Desculpe — disse ela. — Eu devia ter arranjado alguém para ajudá-lo mais cedo. Não deveríamos ter ficado aqui tanto tempo.

O ar estava fervendo agora, tão quente que Glass quase podia sentir a pele derreter e descascar. A fumaça estava entrando pela janela em tufos espessos, tornando difícil enxergar alguma coisa e respirar. Eles estavam encolhidos debaixo do cobertor, Glass tentando adivinhar quanto tempo eles poderiam sobreviver antes que fosse tarde demais. Se eles esperassem demais, as chamas cercariam toda a casa e não haveria forma de escapar. Eles sufocariam se permanecessem ali com a fumaça. Com os olhos ardendo, Glass se levantou e correu até a porta. Era agora ou nunca.

Glass abriu a porta com força e olhou para o exterior. A noite tinha caído e as chamas selvagens estavam criando sombras enlouquecidas, espalhando luzes bruxuleantes alaranjadas e pretas pela clareira e sobre as árvores.

Ela segurou a corda do trenó, agachou debaixo do cobertor e saiu pela porta. Ela arfou quando passou da fornalha da cabana para o ar mais frio da noite.

Luke gemia enquanto ela o puxava pelo solo irregular, descendo a encosta na direção do rio. Durante vários longos segundos, ela correu com apenas o estalo do fogo atrás dela.

Ela ouviu os primeiros gritos quando chegou ao barco e começou a empurrá-lo para a água. A luz do fogo e a fumaça não tinham sido o suficiente para esconder sua fuga.

— Luke — falou ela enquanto o levantava. — Você tem que me ajudar. Só um instante.

Os olhos dele se abriram e ela foi capaz de sentir os músculos de Luke se esforçando para se mover. Ele ficou de pé sobre a perna boa e ela se encaixou debaixo de seu braço. Juntos, eles cambalearam na direção do barco, e ela tentou amortecer sua queda enquanto ele quase desmoronava dentro do barco. Ela jogou o trenó para dentro junto dele e começou a empurrar o barco pela inclinação até a água.

Flechas passavam voando, pousando com respingos bem na frente dela. Glass podia ouvir o barulho de passos descendo o morro, correndo na direção deles, enquanto usava todo o seu peso para empurrar o barco, o levando até a correnteza.

No último segundo, ela saltou, quase caindo para fora do barco enquanto a água o carregava rio adentro.

Ela girou a cabeça e viu sombras contra a cabana em chamas, descendo o morro com pressa na direção dela. Glass se deitou ao lado de Luke enquanto mais flechas ricocheteavam nas laterais do barco de metal.

Enquanto eles ganhavam velocidade no rio, ela levantou a cabeça e pôde de ver vultos correndo pela margem, emoldurados pelo fogo e o luar. Quase não pareciam humanos.

Ela manteve a cabeça abaixada enquanto o rio os levava por uma curva e as últimas flechas zuniam perto do barco. Depois de alguns momentos tensos prendendo a respiração, Glass se sentou, segurando o remo e o enfiando na água para impulsionar o barco mais rápido do que a corrente. Quando finalmente pareceu que eles tinham se distanciado o bastante dos Terráqueos, ela tentou usar o remo para levar o barco de volta à margem, mas não teve força suficiente. Seu coração batia forte enquanto o barco continuava a se mover rapidamente pelo rio. Ela não sabia se eles estavam indo na direção certa. Ela precisava usar a bússola de Luke. Se ele estava certo sobre seguir para norte do acampamento, então eles precisavam ir para o sul.

Levou quase meia hora até o rio se estreitar o suficiente para a vegetação pesada os desacelerar. Depois de um tempo, Glass foi capaz de saltar na água gelada e puxar o barco para a margem. Ela tirou a bússola da mochila e a posicionou no solo, como Luke mostrara. Graças aos deuses eles estavam indo na direção sul, ou pelo menos sudeste. Não seria muito difícil voltar à trilha, ela esperava. Isso se conseguisse de fato se mover com Luke...

— Mais uma vez, Luke — disse ela. — Só preciso que você se levante e ande comigo mais uma vez.

Ele gemeu, mas, quando ela o tirou de dentro do barco, ele cooperou, deixando que Glass o ajudasse a se levantar. Ele deu alguns passos cambaleantes na água rasa antes de finalmente cair na margem.

Sem o peso dos dois, o barco se ergueu na água e a corrente forte o levou noite adentro. Agindo rapidamente e em silêncio, Glass posicionou Luke mais uma vez sobre o trenó e segurou a corda.

Os sons do rio desapareceram enquanto eles se embrenhavam na floresta, mas Glass estava com muito medo de parar e olhar para trás. Ela precisava se manter em movimento. Precisava encontrar ajuda para Luke, mesmo que fosse a última coisa que ela fizesse.

CAPÍTULO 21

Wells

Era tudo sua culpa. Tudo mesmo.

Wells bateu com o punho na parede de pedra, com força. Sangue escorreu por seus dedos, mas ele não sentiu nenhuma dor física. Tudo o que ele sentia era o peso de seus próprios erros estúpidos e egoístas se empilhando cada vez mais alto, ameaçando tombar e esmagá-lo a qualquer momento.

Ele nunca achou que podia se sentir pior do que se sentiu depois de Clarke ser presa ou depois que sua mãe morreu. Mas esse era o ponto mais baixo a que Wells tinha chegado. Ele girou no quarto minúsculo, procurando mais alguma coisa para chutar ou socar. Havia apenas sua cama estreita. A mesma em que Sasha tinha dormido havia poucas horas. E agora ela estava morta.

Wells se jogou no colchão e ficou deitado de barriga para cima. A dor no peito era tão forte e sólida que ele achava que podia pegá-la e segurá-la nas mãos. Ele cobriu o rosto com os braços. Queria apenas bloquear a luz, desligar o cérebro e expulsar qualquer um e qualquer coisa. Queria o vazio. Queria vagar no profundo e infinito silêncio do espaço. Se estivesse na nave, ele não hesitaria antes de abrir a câmara de vácuo e se jogar no vazio.

Ele acabaria com aquilo, se pudesse. Ele se tiraria da equação se achasse que isso ajudaria todos os outros. Mas estava muito envergonhado para deixar tudo para trás, não depois de ter estragado tudo dessa forma. Mas como ele poderia consertar as coisas? Não havia como resolver os problemas entre os Terráqueos e Rhodes. Não havia como trazer Sasha de volta. Não havia como consertar o coração partido de Max.

Se ele ao menos tivesse se impedido antes de fazer tudo isso acontecer. Se ao menos não tivesse piorado o vazamento na câmara de vácuo, então os módulos de transporte não teriam sido obrigados a partir tão repentinamente. Eles teriam mais tempo para preparar as naves e talvez conseguissem levar mais pessoas à Terra. Em vez disso, todos que não conseguiram ter sucesso na briga por lugares a bordo estavam morrendo lá em cima enquanto o oxigênio acabava.

Se ele ao menos não tivesse armado um ataque de mentira para ajudar Bellamy a fugir da prisão, talvez Rhodes e os outros não tivessem ficado com tanto medo da facção agressiva de Terráqueos. Talvez eles não tivessem se apressado tanto em usar a violência que matou Sasha. E, se ele não tivesse se envolvido com Sasha em primeiro lugar, talvez ela pudesse continuar a viver uma vida longa e pacífica sem ele.

Wells achou que morreria sufocado sob a pressão de todos esses pensamentos. Sua respiração vinha em arfadas curtas e ele se sentia nauseado de tanto pânico. Não havia aonde ir, nada a fazer e nada que valesse a pena falar. Ele estava encurralado.

Exatamente quando achou que poderia correr para a porta e fugir de Mount Weather, ele ouviu uma voz familiar dizendo o seu nome. Abriu os olhos e viu Clarke, emoldurada pela luz do corredor.

— Posso entrar? — perguntou ela.

Wells se sentou abruptamente, então se inclinou e recostou contra a parede, afundando a cabeça entre as mãos.

Clarke se sentou ao seu lado. Eles ficaram assim, em silêncio, por alguns minutos.

— Wells, eu gostaria que houvesse algo que eu pudesse falar — disse Clarke, finalmente.

— Não há nada — respondeu ele de forma seca.

Ela colocou a mão no braço dele. Wells se contraiu, e Clarke pareceu que ia se afastar, mas em vez disso aumentou a pressão em seu braço.

— Eu sei. Também perdi muitas pessoas. Sei que palavras não fazem diferença.

Wells não olhou nos olhos de Clarke, mas ficou satisfeito por ela saber que não adiantava começar a tagarelar sobre como Sasha estava em um lugar melhor. Ele tinha escutado o suficiente desse papo quando sua mãe morreu. Mas, pelo menos naquela época, havia uma parte dele que conseguia acreditar naquilo. Ele tinha imaginado sua mãe na Terra, seu espírito retornando ao seu lar *verdadeiro* ao invés de ser condenado a passar a eternidade entre as estrelas frias e insensíveis. Mas esse caso era diferente. Sasha já vivia em seu lugar verdadeiro. Agora ela não estava em lugar nenhum, exilada do mundo que amava muito, mas muito cedo.

— Sinto muito, Wells — sussurrou Clarke. — Sasha era incrível. Ela era tão inteligente e forte... e nobre. Exatamente como você. Vocês formavam uma equipe inspiradora.

— *Nobre*? — A palavra tinha um gosto amargo na boca de Wells. — Clarke, eu sou um *assassino*.

— Um assassino? Wells, não. O que aconteceu com Sasha não foi sua culpa. Você sabe disso, não sabe?

— Foi totalmente minha culpa. Cem por cento. — Wells se levantou da cama e começou a andar de um lado para o outro do quarto como um Confinado contando as horas para sua execução.

— De que você está falando? — Clarke o observava, seus olhos cheios de confusão e preocupação.

— Eu sou a razão para tudo isso estar acontecendo. Sou o desgraçado egoísta que deixa um rastro de destruição por onde passa. Todos lá em cima... — Ele apontou na direção do céu. — ...estariam vivos hoje se não fosse por mim.

Clarke ficou de pé e deu alguns passos hesitantes na direção de Wells.

— Wells, você está exausto. Acho que deveria se deitar por alguns minutos. Vai se sentir melhor depois que descansar um pouco.

Ela tinha razão. Ele *estava* exausto, mas não era inteiramente por causa da tensão de assistir enquanto a garota que ele amava morria. O esforço de guardar seu terrível segredo era o que drenava de verdade cada gota de força. Ele se jogou de volta na cama. Clarke o acompanhou, passando o braço em volta dele.

Ele não tinha mais nada a perder. Já desprezava a si mesmo. Qual seria a diferença se todos os outros também o desprezassem?

— Há uma coisa que nunca lhe contei, Clarke.

Todo o corpo dela ficou tenso, mas permaneceu em silêncio e esperou que ele continuasse.

— Eu quebrei a câmara de vácuo de Phoenix.

— O quê?

Ele não olhava para ela, mas podia escutar a confusão e a descrença em sua voz.

— Ela já estava defeituosa, mas eu a piorei. Para que o ar vazasse mais rápido. Para que você fosse enviada à Terra antes de seu aniversário de 18 anos. Eles iam matá-la, Clarke. Eu não podia deixar aquilo acontecer. Não depois do que eu já tinha feito com você. Eu fui a razão para você ser Confinada em primeiro lugar.

Clarke permaneceu em silêncio, então Wells continuou, uma combinação estranha e entorpecente de alívio e horror se espalhando por seus membros enquanto ele verbalizava as palavras que tinha temido um dia dizer em voz alta.

— Eu sou a razão para eles terem sido obrigados a abandonar a nave tão rápido e a razão para tantas pessoas terem ficado presas lá em cima, morrendo sufocadas. Eu causei isso.

Clarke ainda não tinha falado, então, finalmente, Wells se forçou a encará-la, se preparando para a expressão de horror e ódio. Mas, em vez disso, ela parecia triste e assustada, seus olhos arregalados a fazendo parecer mais jovem, quase vulnerável.

— Você fez aquilo... por *mim*?

Wells assentiu lentamente.

— Tive que fazer. Ouvi meu pai e Rhodes conversando, então eu sabia do plano. Ou eles a matariam ou a enviariam à Terra, e eu com certeza não deixaria a opção A acontecer.

Para a surpresa de Wells, quando ela falou, não havia rancor em sua voz. Apenas tristeza.

— Eu nunca teria desejado que você fizesse aquilo. Preferiria morrer a colocar tantas vidas em risco.

— Eu sei. — Ele colocou a cabeça entre as mãos, as bochechas queimando de vergonha. — Foi insano e egoísta. Eu sabia que não seria capaz de viver comigo mesmo se você morresse, mas não consigo viver comigo agora, de qualquer forma. — Ele soltou uma risada curta e amarga. — É óbvio que agora percebo que a coisa certa a fazer seria simplesmente me matar. Se tivesse me jogado daquela câmara de vácuo, eu teria salvado todos de muita dor e sofrimento.

— Wells, não fale assim.— Clarke tinha se afastado para ficar de frente para ele e o olhava com tristeza. — Sim, você cometeu um erro... um grande erro. Mas isso não apaga todas as coisas incríveis que você fez. Pense em todas as pessoas que *salvou*. Se não tivesse estragado a câmara de vácuo, todos nós teríamos sido executados ao invés de enviados à Terra. Não apenas eu. Molly, Octavia, Eric. Além disso, você é a razão para termos sobrevivido quando chegamos aqui.

— Até parece. Foi você que salvou a vida de todo mundo. Eu apenas cortei um pouco de lenha.

— Você transformou um planeta selvagem e perigoso em nosso *lar*. Você nos fez enxergar nosso potencial, o que poderíamos alcançar se trabalhássemos juntos. Você nos inspirou, Wells. Você traz à tona o que há de melhor em todo mundo.

Era isso o que ele amava em Sasha, a forma como ela o fazia querer ser uma pessoa melhor, um líder melhor. Ele tinha fracassado com ela — não havia nada que Clarke pudesse fazer para convencê-lo do contrário —, mas aquilo não significava que ele devia simplesmente parar de tentar. Ele devia a ela mais do que aquilo.

— Eu... eu simplesmente não sei o que fazer agora — disse ele em voz baixa.

— Você pode começar se perdoando. Apenas um pouco.

Wells não fazia ideia de como aquilo funcionava. Ele tinha passado toda a sua vida no lugar certo e no momento certo, fazendo o que mandavam, o que era esperado dele. Sempre tinha tomado o caminho nobre, feito a escolha certa, independentemente de seus próprios sentimentos. Mas, no momento mais crucial de todos, falhara, e milhares de pessoas tinham sofrido. Era imperdoável.

Clarke o conhecia tão bem. Era como se ela tivesse lido todos os seus pensamentos.

— Eu sei melhor do que ninguém que você não gosta de demonstrar suas emoções, Wells. Mas às vezes é necessário. Você precisa pegar todos esses sentimentos e usá-los. Ser *humano*. Isso o tornará um líder ainda melhor.

Wells segurou a mão de Clarke e apertou com força. Antes que ele pudesse responder, uma comoção foi ouvida no corredor. Os dois se levantaram com um salto e saíram do quarto correndo, seguindo um fluxo constante de pessoas pelo corredor.

Max estava de pé na frente de um espaço grande e cavernoso que tinha se transformado em seu centro de operações. Seu rosto parecia destruído e seus ombros estavam arriados sobre o corpo abatido. O fogo tinha desaparecido de seus olhos.

— Temos visitas — anunciou ele, apontando para alguém fora do campo de visão. Enquanto falava, centenas de cabeças viraram para ver quem tinha entrado no abrigo. — Não se preocupem... nenhum deles está armado. Nós checamos.

Wells e Clarke soltaram um suspiro alto de alívio quando reconheceram os cerca de dez membros dos cem que entravam. Eric e Felix lideravam o grupo.

— Foi Rhodes que os enviou? — perguntou Max. Todo o salão prendeu a respiração, esperando pela resposta.

— Não — falou Eric, balançando a cabeça, sua voz firme e calma como sempre. — Nós viemos nos juntar a vocês. Não queremos ter mais nada a ver com Rhodes ou os outros Colonos.

Max olhou para eles de forma astuta; seus anos de experiência tinham claramente aperfeiçoado sua habilidade de julgar o caráter das pessoas.

— E por que vocês decidiram fazer isso?

Eric olhou nos olhos de Max sem vacilar.

— Eles assumiram o comando completamente. Não é mais o lar que construímos. Não há discussão, ou cooperação. Rhodes diz a todos o que fazer e os guardas se asseguram de que seja feito. É exatamente como estar de volta à nave.

A cabana da prisão que eles construíram para Bellamy já está cheia, e os guardas bateram tanto em uma mulher que não sei se ela vai ser capaz de andar novamente. — Ele fez uma pausa e se virou para os Terráqueos, que o encaravam, inquietos, então vasculhou a multidão até encontrar Wells. — Tudo era tão melhor quando você estava no comando, Wells. Você defendia algo, algo por que valia a pena lutar.

A tristeza que tinha se alojado no peito de Wells diminuiu um pouco, e um lampejo distante de esperança se acendeu dentro dele.

Max limpou a garganta, e todos os olhos se viraram para ele.

— Vocês são bem-vindos para ficar conosco, então. Vamos ajudá-los a se acomodar o quanto antes. Mas, primeiro, vocês têm alguma informação sobre o que Rhodes pode estar planejando?

— Temos — respondeu Felix, dando um passo à frente. — Foi por isso que viemos agora. Eu me ofereci para trabalhar com os guardas, então ouvi as discussões. Eles não acreditam que há dois grupos separados de Terráqueos. Acham que vocês são perigosos, e não conseguimos fazer com que eles acreditassem no contrário. Eles acham que vocês todos estão trabalhando juntos.

— Eles estão planejando um ataque — acrescentou Eric. — Um grande ataque. E há mais armas do que percebemos a princípio. Descobrimos que eles vêm acumulando armas e munição em um esconderijo na floresta.

O salão se encheu de sussurros e murmúrios ansiosos, mas Max nem se abalou. Sua postura antiga estava de volta, e parte do brilho retornara a seus olhos.

— Vocês estão dispostos a lutar conosco? — perguntou ele aos recém-chegados.

Eric, Felix e os outros assentiram vigorosamente. Gratidão e orgulho encheram o peito de Wells.

— Muito bem, então. Acho que podemos ter uma chance agora que temos seu apoio. — Ele balançou a cabeça de forma sombria. — Podemos ter começado isso para ajudar seus amigos, mas está claro que esse conflito era inevitável. Era apenas uma questão de tempo até Rhodes nos arrastar para uma briga. É melhor lidarmos com isso rapidamente, antes que... — Ele respirou fundo. — ...antes que mais gente acabe ferida.

Bellamy correu na direção de Eric.

— E quanto a Octavia? Ela veio com vocês? Ela está bem?

— Ela está bem, mas não veio conosco. Foi uma decisão difícil, mas ela achou que tinha que ficar com as crianças, especialmente agora que as coisas ficaram mais e mais perigosas. — A expressão de Eric ficou mais suave e ele colocou a mão no ombro de Bellamy.

— Não se preocupe — falou Wells. — Quando acabarmos de vez com Rhodes, poderemos trazer todos para cá. Octavia, as crianças e qualquer um que queira se juntar a nós.

Bellamy assentiu, a melancolia em seus olhos se transformando em determinação. Wells podia perceber que ele estava se preparando para uma luta. Todos eles estavam.

Max já estava absorto em conversas com seus conselheiros, e claramente eles já tinham começado a discutir planos de batalha. Ele olhou na direção de Wells, que virou o rosto, ainda relutante em encarar Max. Certamente, a última coisa de que ele precisava era uma lembrança do garoto que fez sua filha ser assassinada. Mas então, para sua surpresa, Max chamou seu nome.

— Venha aqui, Wells. Precisamos de você.

CAPÍTULO 22

Clarke

Clarke vinha passando cada minuto livre na sala do rádio, e aquele dia não foi diferente. Depois da reunião de estratégia com Max, eles se separaram a fim de se preparar para a batalha. Eric tinha contado que Rhodes estava preparando seus guardas para atacar logo antes da alvorada na manhã seguinte. Faltavam oito horas.

Todos concordaram que era melhor esperar os Colonos irem até Mount Weather, onde os Terráqueos teriam a vantagem. Eles possuíam abrigo sólido, protegido por todos os lados pelas formações rochosas. Também tinham um conhecimento profundo do terreno, o que Rhodes e seus homens não tinham. Um grupo de Terráqueos já havia sido despachado para a floresta e estavam instalados bem alto nas árvores, onde ficariam invisíveis para qualquer um no solo. Assim que os Colonos que avançavam passassem debaixo deles, eles desceriam das árvores. O Vice-Chanceler e seus homens seriam encurralados entre os Terráqueos na floresta e aqueles esperando para atacar de dentro de Mount Weather.

Era um plano precário, na melhor das hipóteses, mas era tudo o que eles tinham. Teriam que contar com o elemento surpresa — e muita sorte. Enquanto os outros andavam de um lado para o outro nos corredores ansiosamente, esperando pelo sinal para se posicionarem, Clarke buscava o consolo da sala do rádio. Ela quase podia sentir seus pais ali, e aquilo lhe dava conforto — e esperança.

O silêncio também lhe dava a chance de tentar processar tudo o que Wells tinha lhe contado. Nunca, em seus sonhos mais loucos ou pesadelos mais perturbadores, ela teria imaginado que Wells seria capaz de algo assim. Ele colocou em risco a vida de todas as pessoas da Colônia, apenas para lhe dar uma chance de viver até seu aniversário de 18 anos. Uma onda de náusea a varreu, quase derrubando Clarke de joelhos. Todas aquelas pessoas — praticamente todo mundo que ela já tinha conhecido — mortas, por causa dela. Por causa do que Wells tinha feito para salvá-la. Mas, por outro lado, Deus sabia que ela não estava em posição de julgá-lo. Quando Clarke descobriu que seus pais estavam conduzindo experimentos de radiação em crianças não registradas do centro de custódia, ela não fez nada para impedi-los. Mais do que qualquer um, Clarke sabia como era colocar as pessoas que você amava na frente de tudo o mais. Ela tinha passado uma parte tão grande de sua vida vendo o mundo como preto e branco, separando o certo do errado de forma tão confiante quanto ao separar células vegetais de células animais em uma prova de biologia. Mas o último ano tinha sido um curso intensivo brutal de relatividade moral.

Clarke mexia com os botões e interruptores de forma aleatória enquanto esses pensamentos passavam por sua cabeça. Um chiado alto e constante preenchia a sala, ricocheteando nas paredes de pedra. Ela tentou uma nova combinação, e o chiado ficou mais agudo, se tornando um guincho estridente em seguida. Ela se inclinou para a frente na cadeira. Esse era um som que ela não tinha ouvido antes. Delicadamente, Clarke girou o botão mais um pouquinho. O guincho desapareceu e, por um instante, restou apenas o som da estática. O coração de Clarke afundou.

Então ela ouviu algo ao fundo do chiado. Era extremamente fraco, nada mais do que um sussurro no vento. Era indecifrável, mas ao mesmo tempo estranhamente familiar. O som ficou mais alto, como se estivesse se movendo na direção de Clarke. Ela inclinou a cabeça na direção da caixa de som, fazendo esforço para escutar. Ela não sabia exatamente o que tinha escutado. Poderia ter sido...? Ela balançou a cabeça. Ela provavelmente estava imaginando coisas. Será que seu desespero a estava levando à loucura?

Mas o som ficou mais alto e mais claro — era definitivamente uma *voz*. Ela não estava imaginando. Sua pele ficou arrepiada e o coração começou a bater acelerado. Clarke conhecia aquela voz.

Era sua mãe.

As palavras ficaram mais altas.

— Rádio, teste — falava sua mãe com um tom neutro, como se tivesse dito essas palavras milhares de vezes antes. — Rádio, teste. Rádio Alfa raios X, teste.

Clarke fechou os olhos e deixou a voz de sua mãe inundá-la, a enchendo com a mais maravilhosa combinação de alívio e felicidade, como o som de um coração batendo depois de um paciente sofrer parada cardíaca. Suas mãos tremiam quando ela esticou o braço para apertar o botão que transmitia sua voz pelas ondas de rádio.

— Mãe? — disse Clarke, tremendo. — É... é você?

Houve uma longa pausa, e Clarke prendeu o fôlego até seu peito começar a doer.

— Clarke? *Clarke?*

Não havia dúvida: era a sua mãe. Então ela ouviu a voz de um homem falando ao fundo. *Seu pai.* Era verdade. Eles estavam vivos.

— Clarke, onde você está? — perguntou a mãe através das frequências com partes iguais de espanto e descrença. — Você está na *Terra*?

— Sim... estou aqui. Estou... — Um soluço abriu caminho pela garganta enquanto lágrimas começavam a escorrer pelo rosto.

— Clarke, o que houve? Você está bem?

Ela tentou contar à sua mãe que estava bem, mas nada saiu de sua boca a não ser mais soluços. Clarke descarregou todas as lágrimas que conteve por estar entorpecida demais durante seus meses longos e solitários no Confinamento, quando acreditava que estava verdadeiramente sozinha no universo. O coração estava tão cheio de alegria que doía, mas ainda assim ela não conseguia parar de chorar.

— Clarke, ai meu Deus. O que está acontecendo? Onde você está?

Ela limpou o nariz com as costas da mão e tentou respirar.

— Estou bem. Apenas não consigo acreditar que estou falando com você. Eles me disseram que arremessaram vocês dois no espaço. Eu... eu achei que vocês estivessem mortos!

Ela pensou em todos os monólogos que teve com os pais ao longo do último ano e meio, imaginando o que eles falariam quando ela contasse sobre seu julgamento, sobre Wells e, acima de tudo, sobre as maravilhas da Terra. Durante dezoito meses, tudo em que ela tinha pensado, tudo que tinha lhes contado, toda prece e toda súplica tinham sido recebidas com nada além de um silêncio sufocante. E agora o silêncio tinha acabado, libertando-a de um peso que ela não tinha percebido que estava acorrentado ao seu coração.

— Está tudo bem, Clarke. Estamos aqui. Estamos vivos. Onde você está agora? — A voz de seu pai era tão sólida, tão reconfortante.

— Estou em Mount Weather — disse ela, sorrindo enquanto limpava o nariz na manga da camisa. — Onde vocês estão?

— Oh, Cl... — começou sua mãe, mas suas palavras foram cortadas abruptamente enquanto o guincho voltava.

— Não! — gritou Clarke. — Não, não, não! — Ela girava freneticamente os botões, mas não conseguia encontrar a frequência certa novamente. Suas lágrimas de alegria se transformaram em frustração enquanto a ansiedade se acumulava em seu peito. Era como se ela os estivesse perdendo mais uma vez. — Droga — berrou ela, batendo com a mão contra o console. Ela tinha que recuperar o sinal.

Antes que ela tivesse a chance de tentar qualquer outra coisa, a porta se abriu e alguns dos homens de Max entraram apressados.

— Clarke — falou um deles. — Eles estão aqui. Vamos.

— Mas está cedo demais — disse ela, assustada. — Como eles chegaram tão rápido?

— Não sabemos, mas precisamos nos posicionar.

Sua mente estava a mil enquanto ela tentava processar o que aquilo significava. Rhodes e seus guardas estavam se preparando para atacar Mount Weather.

— Mas não estamos prontos...

— Temos que estar prontos — respondeu o homem. — Está na hora de nos mexermos.

Clarke saltou da cadeira e limpou as lágrimas do rosto, agradecida por todos estarem preocupados demais para perguntar por que ela estava chorando. Sem voltar a olhar para as luzes que piscavam e o chiado infinito e o estalo do rádio, ela saiu correndo da sala, pronta para se armar para a batalha.

CAPÍTULO 23

Bellamy

O ombro de Bellamy não doía mais. A adrenalina que corria por seu corpo era melhor do que qualquer analgésico. Ele saltava de um pé para o outro e sacudia as mãos, que estavam coçando por uma arma. Ele não conseguia decidir o que seria mais satisfatório — atirar uma de suas flechas com pontaria perfeita bem na garganta de Rhodes ou arremessar uma lança no peito.

Os Terráqueos estavam se reunindo no salão cavernoso que tinha se tornado o centro de comando. Muitos dos adultos estavam se armando com facas, lanças e o ocasional arco, enquanto outros se preparavam para levar as crianças e os idosos mais para dentro da fortaleza. Bellamy esticou o braço para pegar um arco, sua testa se franzindo com concentração enquanto ele testava a corda.

— Você tem certeza de que é uma boa ideia? — perguntou Clarke baixinho. — Você foi *baleado*, Bel. Ainda falta muito para você estar completamente recuperado.

— Guarde seu fôlego, Griffin — disse ele, enquanto começava a coletar flechas. — Você sabe que não existe nenhuma possibilidade de eu deixar essas pessoas arriscarem suas vidas por mim enquanto fico sentado sem fazer nada.

— Apenas tenha cuidado. — O rosto dela estava pálido e os olhos, vermelhos. Nos poucos minutos que eles tiveram juntos, se preparando para a luta, ela lhe contara sobre ter falado com seus pais. Mas não havia tempo para celebrar aquele pequeno milagre; ambos tinham que concentrar suas atenções na tarefa iminente: fazer o Vice-Chanceler Rhodes se arrepender de ter colocado os pés na Terra.

— Meu sobrenome é cuidado — respondeu ele, separando algumas flechas que tinham passado pela sua inspeção.

Ela sorriu.

— Acredito que você tenha dito a mesma coisa sobre Perigo e Vitória.

— Isso mesmo. Bellamy Cuidado Perigo Vitória Blake.

— Que inveja. Eu tenho apenas um sobrenome.

— Ah, posso pensar em alguns que combinariam com você — disse Bellamy, passando o braço em volta da cintura de Clarke. — Vamos ver, que tal Clarke Sabe-Tudo... Mandona... — Ela olhou para ele com uma expressão entediada e bateu de brincadeira em seu peito. Ele sorriu e a puxou mais para perto, se inclinando para sussurrar em seu ouvido. — ...Brilhante... Sexy Griffin.

— Não sei se tudo isso vai caber na porta do consultório, mas gostei.

— Todos prontos? — perguntou Wells, caminhando na direção deles. Todo o seu comportamento tinha mudado. Embora estivesse apenas usando uma camiseta desbotada e manchada e uma calça rasgada e curta demais, ele se movia como se ainda vestisse seu uniforme de oficial. Há algumas semanas, a postura de Wells poderia ter irritado Bellamy, mas nesse momento ele se sentia grato por seu irmão ser tão capaz.

— Estou mais do que pronto — respondeu Bellamy, tentando animar todo mundo. Ele esticou o braço para cumprimentar Felix, que estava pálido e se movendo de um lado para o outro de forma nervosa. — Mal posso esperar para acabar com alguns Guardas da Colônia. — E ofereceu um sorriso diabólico a Wells.

— Eu gostaria de ter sua confiança — disse Felix.

— Não é confiança — retrucou Bellamy de forma sarcástica. — É arrogância. Há uma grande diferença.

— O que quer que seja, é bom — falou Wells, para a surpresa de Bellamy. — Vamos precisar disso.

Em resposta a um aceno de cabeça de Max, Wells caminhou até a frente do salão, que rapidamente ficou em silêncio, embora a tensão fosse tão grande que o ar praticamente zumbia.

— Amigos — começou Max, com um tom grave. — Temos notícias de que há cerca de vinte e cinco Colonos se aproximando de Mount Weather. Em alguns momentos iremos para nossas posições designadas e nos prepararemos para lutar. Eles chegaram muito mais rápido do que esperávamos, mas posso garantir que os enfrentaremos com toda a nossa força. E lembrem-se: nosso objetivo não é causar mal, mas impedir que eles cometam atos de violência insensatos contra outras pessoas. Se precisarmos usar a força para nos proteger, que assim seja. Mas essa não é a nossa finalidade.

Ele se virou para Wells, que limpou a garganta enquanto se preparava para se dirigir à multidão.

— Como esperávamos, eles estão carregando armas de fogo... muitas armas de fogo, então sejam cuidadosos e não corram riscos desnecessários. Embora tenham armas poderosas, eles não são infalíveis.

Ele seguiu explicando um pouco sobre como os guardas treinavam, as formações que usavam e as táticas que mais provavelmente empregariam — era uma coisa boa eles terem informações internas dos dias de oficial de Wells, Bellamy percebeu.

— A coisa de que devemos nos lembrar — falou Max —
é que não estamos apenas lutando para proteger esses jovens
que vieram até nós em busca de ajuda, estamos lutando para
proteger nosso estilo de vida. Tentamos argumentar com
nossos novos vizinhos, mas ficou cada vez mais claro que paz
e cooperação não são suas prioridades. Se não lidarmos com
eles agora, não há como saber o que tentarão na próxima
vez. — Ele fez uma pausa, examinando a sala. — Já perdi
minha filha... não poderia suportar perder mais nenhum de
vocês. — Ele respirou fundo e um novo ímpeto surgiu em
sua voz. — Nosso povo lutou contra probabilidades terríveis, mas perseveramos. Outros poderiam ter deixado a Terra para arder em chamas, mas nós ficamos e lutamos para
mantê-la como nosso lar.

Alguns gritos se ergueram na multidão, e Max sorriu.

— Essa é a nossa terra, o nosso *planeta,* e agora é a hora
de decidir o quanto estamos dispostos a arriscar para protegê-lo.

Wells sorriu e esticou o braço para apertar a mão de Max.
O homem a segurou com firmeza, então puxou Wells em sua
direção e deu um tampinha em suas costas.

— Todos estão prontos? — perguntou Wells, se virando
novamente para a multidão.

Um grito de batalha sacudiu as paredes de madeira áspe-
ra enquanto todos erguiam os punhos no ar e pegavam suas
lanças, flechas e facas. Eles seguiram para as saídas, silenciando ao chegar do lado de fora e ocupar suas posições na
floresta escurecida que cercava Mount Weather.

Clarke jogou uma bolsa cheia de suprimentos médicos
sobre o ombro e pegou uma faca longa.

— Aonde você está indo? — perguntou Bellamy, sua animação dando lugar a um medo gelado.

Ela levantou o queixo e o encarou da forma mais determinada possível.

— Pessoas vão se ferir lá fora. Elas precisam de mim.

Bellamy abriu a boca para protestar, mas a fechou quando percebeu como seria egoísta. Clarke tinha razão. Por ser a pessoa com maior experiência médica, fazia todo o sentido que ela estivesse entre os combatentes.

— Apenas tenha muito, mas muito cuidado, certo? — disse ele. Ela assentiu. — Você promete?

— Prometo.

Bellamy colocou a mão debaixo do queixo de Clarke e levantou seu rosto até a altura do dele.

— Clarke, o que quer que aconteça, só quero que você saiba...

Ela balançou a cabeça e o interrompeu com um beijo.

— Não — falou ela. — Nós vamos ficar bem.

Ele sorriu para ela.

— Você está aprendendo essa coisa de arrogância.

— Aprendi com o melhor.

Ele a beijou novamente, então pegou seu arco e começou a caminhar na direção da escada.

— Bellamy — disse Wells, correndo na direção dele. — Escute, eu sei que você não vai gostar disso, mas achamos que será melhor para todo mundo se você ficar do lado de dentro.

— *O quê?* — Bellamy estreitou os olhos. — Você não pode estar falando sério. De jeito nenhum eu vou ficar aqui. Não tenho medo de Rhodes nem de nenhum deles. Apenas deixe que eles tentem me derrubar novamente.

— É exatamente isso. Você é um alvo muito forte. Colocará em risco todos à sua volta. Eu sei que você é um excelente guerreiro, um dos melhores que temos, mas não vale o risco.

243

Bellamy encarou Wells, lutando contra a raiva e a indignação que subia em borbulhas de seu estômago para seu peito. O que diabos Wells estava pensando ao tentar afastá-lo da batalha. Como se namorar a filha do líder dos Terráqueos de alguma forma o transformasse no braço direito de Max. Mas os pensamentos vis desapareceram tão rápido quanto chegaram. Wells tinha razão. Isso tinha a ver com muito mais do que Bellamy e sua vingança. Ele precisava fazer o que era melhor para o grupo e, nesse caso, aquilo significava ficar escondido.

Ele olhou para Clarke com um sorriso sentido enquanto deixava seu arco no chão, então se virou para Wells e ofereceu a mão.

— Tenha cuidado lá fora, cara. E acabe com Rhodes por mim.

Wells sorriu ao apertar a mão de Bellamy e o puxar para um abraço.

— Vejo você em breve. — Wells se afastou e olhou para Clarke. — Está pronta?

Ela assentiu, então se virou para Bellamy. Ele passou o braço em volta da cintura de Clarke, a abraçando apertado enquanto ela repousava a bochecha contra seu peito por um longo momento e ele beijava o topo de sua cabeça.

— Eu te amo — disse ele, enquanto se afastava.

— Eu também te amo.

— Cuide dela, Wells — gritou Bellamy enquanto observava os dois seguirem na direção da escada. Wells se virou para olhar em seus olhos e acenou com a cabeça. — E cuide dele, Clarke — completou, um pouco mais delicado dessa vez. — Cuidem um do outro.

Um momento depois, eles tinham desaparecido.

* * *

Bellamy não sabia quantos quilômetros tinha percorrido, andando de um lado para o outro no salão, mas era impossível ficar parado. Ele tinha que se manter em movimento. O abrigo estava sinistramente silencioso. Quinze minutos se passaram, então vinte. Bellamy não podia aguentar. Ele saiu do salão, subiu a escada circular correndo e abriu uma fresta da porta de Mount Weather. Ele ficou nas sombras do hall de entrada, tentando escutar um sinal de que a batalha estava prestes a começar.

Finalmente, um longo assovio grave ecoou no topo da montanha, seguido de três gorjeios curtos. Os homens de Rhodes estavam próximos. Bellamy prendeu a respiração. Segundos depois, o primeiro tiro soou, então outro, então tiros demais para contar. O céu se acendeu com disparos de armas de fogo, e dezenas de lanças e flechas desciam das árvores com um zumbido indistinto. Gritos e berros agonizantes pareciam soar da própria terra. Então, como se estivessem se materializando do nada, homens e mulheres feridos começaram a fugir cambaleando da floresta, indo para a clareira do lado de fora de Mount Weather. Alguns eram Colonos, outros eram Terráqueos. Todos estavam cobertos de sangue e se contorcendo de dor. Foi uma carnificina instantânea, tão ruim quanto qualquer coisa que Bellamy tinha visto quando os módulos de transporte colidiram.

Sem pensar, Bellamy disparou pela porta. Ele pegou um porrete da mão de um Terráqueo caído e começou a girá-lo de forma selvagem em todas as direções. Ele estava causando bastante estrago, até que três Terráqueos vieram em sua direção, o seguraram pelos braços e praticamente o levantaram do solo. Eles o carregaram de volta até a entrada de Mount Weather enquanto Bellamy esperneava e tentava se livrar.

— Saiam de cima de mim — gritou ele. — Eu quero lutar!

— Você precisa ficar escondido — advertiu uma das mulheres, e Bellamy instantaneamente sentiu remorso. Como tinha se deixado levar *mais uma vez*?

Ele parou de lutar e começou a correr na direção da porta. Os Terráqueos o cercaram para protegê-lo e correram nessa formação. A apenas alguns passos da proteção das paredes de Mount Weather, um homem à direita de Bellamy soltou um grito e caiu no chão. Bellamy congelou e olhou para baixo, horrorizado. Sangue se derramava do peito do homem, mas ele ergueu o braço e gesticulou para que o garoto continuasse a correr. Ele fez o que mandaram, partindo em disparada. Faltavam apenas alguns metros. Ele sentiu os agressores se aproximando por trás, praticamente fungando em seu cangote. Forçou os músculos mais do que nunca, as pernas ardendo e os punhos e cotovelos impulsionando para cima e para baixo enquanto ele corria.

No entanto, antes que ele pudesse alcançar a segurança do abrigo, tudo de repente ficou em silêncio.

— Pare, Blake, ou atirarei em todos eles — ordenou um homem atrás dele.

Bellamy parou. Respirando com dificuldade, ele se virou e viu um grupo de Colonos ensanguentados e machucados se aproximando, armas erguidas e apontadas diretamente para ele. Os dois Terráqueos que vigiavam Bellamy se colocaram na frente dele e ergueram as lanças. Bellamy abria e fechava os punhos. Seu coração batia tão forte que balançava todo o seu corpo.

Um Colono com uniforme de guarda se destacou na frente do grupo. Era Burnett, o braço direito de Rhodes. Seus olhos se iluminaram quando ele viu Bellamy.

— Saiam da frente — ordenou Burnett aos dois Terráqueos parados entre ele e sua presa.

— Não vai acontecer — respondeu um dos homens, movendo seu porrete de um ombro para o outro.

— O que esse garoto significa para você? — rosnou Burnett. — Por que você morreria para protegê-lo?

— Para evitar que a terra seja infestada por babacas como você — respondeu calmamente o Terráqueo. — Saia daqui! — gritou ele por cima do ombro para Bellamy.

Bellamy recuou lentamente na direção da porta. Mais Colonos se juntaram atrás de Burnett, armas erguidas. Bellamy se virou para correr. Ele ouviu dois estalos secos, então o baque oco de dois corpos caindo no solo. Ele engasgou, mas seguiu em frente, cambaleando. Exatamente quando seus dedos envolveram a maçaneta da porta do abrigo, uma voz falou:

— Nós estamos com sua irmã.

Bellamy congelou. Seu peito se apertou, como se as palavras de Burnett tivessem formado um nó em volta do seu pescoço.

— O que vocês vão fazer com ela? — perguntou ele enquanto se virava lentamente, a voz estrangulada.

— Para um rapaz tão fixado em proteger a irmã, você não precisou de muito motivo para deixá-la para trás, não é mesmo?

— Ela tinha uma vida lá — falou Bellamy devagar, sem saber se estava falando mais com Burnett ou consigo mesmo. — Ela estava começando a saber o que significava ser feliz.

Burnett sorriu de forma sarcástica.

— E agora ela sabe o que significa estar presa.

Uma fúria incandescente se espalhou pelas veias de Bellamy.

— Ela não fez nada de errado.

— Não se preocupe. Nós não a machucamos... ainda. Mas sugiro que você venha comigo, sem alarde. Ou então não serei capaz de fazer nada para garantir a segurança da Srta. Blake.

Bellamy estremeceu ao visualizar a imagem se formando em sua mente. Octavia algemada na cabana da prisão, exatamente como tinha acontecido com ele. Seu rosto manchado de lágrimas abatido e pálido enquanto ela gritava por socorro, chamava seu irmão que a tinha abandonado sozinha com o inimigo depois de prometer mantê-la em segurança.

— Como eu vou saber se você está dizendo a verdade? — perguntou Bellamy, ganhando tempo enquanto tentava pensar no próximo passo.

Burnett ergueu uma sobrancelha, então se virou e assoviou de forma estridente. Momentos depois, seu chamado foi respondido pelo som de botas batendo no solo e um grito abafado. Quatro guardas surgiram das árvores arrastando dois vultos entre eles. Pelo mais breve momento, Bellamy ficou aliviado ao ver que nenhum dos dois era Octavia.

Mas então uma nova onda de horror gelado desceu pela sua espinha.

Eles estavam com Clarke e Wells.

Cada um estava rodeado por dois guardas. As mãos estavam atadas com força atrás das costas e alguém tinha colocado mordaças em suas bocas. Os olhos de Clarke estavam se virando para todos os lados de forma selvagem, arregalados e flamejando com medo e fúria. Wells se debatia de um lado para o outro, desesperadamente tentando se livrar de seus captores.

— Então, o que eu preciso que você faça — disse Burnett — é vir conosco em silêncio. Ou então você nos forçará a fazer algo que não queremos.

Até parece que você não quer, seu desgraçado sádico, pensou Bellamy.

Seus olhos se encontraram com os de Clarke. Eles se olharam por um longo momento. Ela balançava a cabeça bem levemente e ele sabia o que ela queria dizer. *Não faça isso. Não se entregue por nós.*

Mas era tarde demais. Rhodes e Burnett tinham vencido. De forma alguma Bellamy colocaria Clarke e Wells em mais perigo. Eles já tinham se arriscado demais por ele.

— Solte os dois — falou Bellamy enquanto largava seu arco e começava a andar, com os braços levantados, na direção de Burnett. — Eu farei o que você quiser.

Os homens de Burnett correram na direção de Bellamy e o seguraram pelos cotovelos, rapidamente prendendo suas mãos.

— Acho que levaremos vocês todos — disse Burnett.

Os guardas empurraram Bellamy para perto de Clarke e Wells. Podia sentir o calor do corpo de Clarke perto do dele e inclinava o corpo para que seus braços se tocassem. Burnett sinalizou para seus homens partirem e eles empurraram Bellamy, Clarke e Wells na direção da trilha.

Caminhavam em fila indiana, Bellamy atrás de Clarke e na frente de Wells. Apesar do desconforto de caminhar com as mãos atadas, o queixo de Clarke estava erguido e sua postura era determinada. *Ela é destemida*, pensou Bellamy, sentindo uma pontada de admiração apesar das circunstâncias desagradáveis. O mais estranho era que Bellamy também não sentia medo. Ele tinha feito a coisa certa. Ninguém mais morreria por ele, e se isso significava que suas últimas horas estavam se aproximando rapidamente, então que fosse assim. Ele preferiria enfrentar mil balas naquela noite a passar mais um dia se perguntando quem mais acabaria sofrendo por sua causa.

Ele inclinou a cabeça a fim de olhar para as estrelas cintilando nos espaços entre as folhas das árvores. Os anos que ele tinha passado vivendo no espaço estavam começando a parecer um sonho. Esse era o seu lar agora. Ele pertencia à Terra.

— Espero que você esteja gostando da vista — falou Burnett, atrás dele. — Sua execução está programada para a alvorada.

Era aqui que ele morreria.

CAPÍTULO 24

Glass

Nada mais na Terra parecia belo. Cada quilômetro de terra coberta com árvores era simplesmente outro quilômetro que ela teria que cruzar para salvar Luke, que estava ficando mais fraco a cada momento.

Talvez devêssemos simplesmente ter morrido lá em cima, com o resto da Colônia, pensou ela de forma soturna. *Talvez nunca devêssemos ter descido aqui.* Mas não, ela não permitiria que eles morressem dessa forma também: sozinhos e aterrorizados. Luke se contorceu em seu sono. Ela se levantou com as pernas trêmulas, passou a mão na bochecha de Luke onde a barba crescia e tocou seus lábios. Pensar no corpo dele parando de funcionar fazia seu coração se apertar de tristeza. Como a Terra poderia continuar existindo se Luke partisse? Como ela poderia? Não. Ela não podia simplesmente deixar que ele apagasse ali na floresta. Ela devia a ele mais do que isso.

A cada metro Glass se tornava mais acostumada a viajar dessa forma, mas, à medida que seus músculos ficavam doloridos e sua mente cansada, ela se preocupava mais e mais com a possibilidade de estar seguindo na direção errada. A bússola lhe dizia que ela estava indo para o sul, mas nada parecia familiar. Será que em algum momento eles tinham passado por aqui?

Ao meio-dia, Glass estava encharcada de suor. As costas doíam e os membros estavam trêmulos de exaustão. Ela não fazia ideia do quanto faltava para chegar ao acampamento. Precisava descansar. Ela parou, tirou o arreio por cima da cabeça e posicionou o trenó junto a uma árvore. Luke grunhia de dor e se remexia. Ela ajoelhou ao seu lado.

— Ei — sussurrou ela, dando um beijo em sua testa.

Ela podia sentir, com os lábios, que ele ainda estava muito quente. Estava com febre havia dias. Uma onda de incerteza a varreu novamente. Como ela poderia fazer isso? Como conseguiria levá-lo de volta até o acampamento sozinha? Ela quase não tinha forças para levantá-lo, muito menos mantê-lo de pé e lutar contra predadores violentos. Se eles fossem atacados novamente, ela sabia que seria a última vez.

Glass se levantou com as mãos na cintura e olhou para o céu. Ela soltou o ar lentamente, tentando diminuir sua frequência cardíaca. Ela era capaz de fazer isso. *Tinha* que fazer isso. Enquanto juntava forças, seus olhos vagaram pelo tronco da árvore atrás do trenó. Alguns centímetros acima de sua cabeça, ela viu algo — um entalhe mais pálido do que a casca irregular da madeira à sua volta. Glass ficou nas pontas dos pés e esticou o pescoço para ver. Apertou os olhos e se ergueu o máximo que foi capaz. Quando finalmente entendeu o que estava vendo, ela soltou uma arfada de surpresa, então riu alto bem ali no meio da floresta, sem ninguém além de um Luke inconsciente para ouvi-la. No meio de uma paisagem tão selvagem e intocada que dava a impressão de que pessoas nunca tinham passado pela Terra, havia uma mensagem, talhada na árvore pela mão de um humano. Ela foi capaz de distinguir: R <3 S.

Era como se uma voz tivesse saído do passado para sussurrar para ela que tudo ficaria bem. R e S tinham se amado, bem ali debaixo daquela árvore, onde Glass agora lutava pelo rapaz que amava. Em outras circunstâncias, ela e Luke poderiam ter talhado suas iniciais exatamente como eles. Mas quem eram R e S, e há quanto tempo eles tinham se sentado ali? Será que eram jovens ou velhos? Primeiro amor ou casados há muito tempo? Talvez fosse um casal de antes do Cataclismo, que provavelmente não sobreviveu. Pessoas que provavelmente não conheciam a extensão dos horrores que aguardavam a raça humana. Tudo o que eles sabiam era que eles se amavam o suficiente para deixar ali um símbolo de seu afeto para as gerações futuras. Ver aquele emblema há muito esquecido remexeu algo no peito de Glass. Esse casal nunca poderia saber que um dia uma garota do espaço encontraria sua declaração de amor. Será que isso importava para eles? Provavelmente não. O amor entre os dois era tudo com que eles se importavam. Tudo com o que deveriam se importar.

Glass olhou para Luke, cujo peito subia e descia em um ritmo constante. Por mais assustada que ela estivesse, mesmo sem saber se eles chegariam ou não ao acampamento, tinham sorte de estar vivos bem ali e bem naquele momento. Aquele momento era tudo o que tinham. Se quisessem mais, então ela teria que lutar — lutar pelos dois. Ela agachou e passou a corda sobre os ombros novamente, uma energia renovada se espalhando por seu corpo.

Eles tinham que voltar à segurança. De forma alguma ela desistiria agora.

Glass abriu caminho por um bosque particularmente fechado, então viu algo que fez seu estômago embrulhar. Era um lago. Mas poderia ser...? É claro que todos os lagos na Terra tinham algumas similaridades. Então de repente, ao longe, ela viu. Os restos dos módulos de transporte chamuscados.

Glass soltou um grito animado e teria pulado como uma louca se não estivesse completamente exausta. Estava quase lá. Não podia estar a mais de alguns quilômetros do acampamento. Mas, enquanto olhava fixamente para a inclinação íngreme na outra margem do lago, seu coração afundou. Ela levaria horas para arrastar Luke ao redor da água e até o acampamento. Será que ele duraria tanto tempo? Se não durasse, ela apenas torcia para que seu próprio corpo sucumbisse à tristeza. Ela preferia ficar com Luke, imóvel e em paz na floresta para sempre, a passar o resto da vida com um fardo ainda mais pesado do que o trenó — o peso de um coração partido.

CAPÍTULO 25

Wells

Wells entrou cambaleando no acampamento atrás de Clarke e Bellamy. Suas mãos estavam dormentes por causa das algemas que as prendiam às costas e o rosto ardia por causa dos galhos e espinhos que o tinham arranhado durante a trilha.

Eles ficaram parados do lado de fora da cabana da prisão. Um dos guardas removeu as mordaças de suas bocas. Wells moveu o maxilar em um círculo lento e abriu e fechou a boca algumas vezes, tentando recuperar a sensibilidade.

— Esperem aqui — ordenou o guarda.

Ele entrou rapidamente enquanto outro homem posicionado à porta da frente os vigiava. Wells, Bellamy e Clarke aproveitaram a oportunidade para olhar ao redor. O acampamento se estendia diante deles, e Wells percebeu imediatamente que aquele não era o mesmo lugar de onde eles tinham saído apenas alguns dias atrás. Ao ver os olhos arregalados de Bellamy e Clarke, notou que também percebiam aquilo.

Embora não pudesse ser muito mais de oito ou nove horas da noite, o acampamento estava sinistramente silencioso, a não ser pelos sons de passos sobre o solo empoeirado e pelos troncos caindo sobre a pilha. Duas crianças carregando lenha na direção da fogueira tinham expressões tensas e doloridas no rosto. Um garoto transportando um balde de água parecia prestes a chorar. Um grupo de adultos estava sentado em silêncio perto do fogo, disparando olhares nervosos na direção das árvores. Ninguém falava. Ninguém ria ou fazia brincadeiras com outras pessoas. Ninguém sorria. Era como se toda a energia e a camaradagem — toda a *vida* — tivessem sido sugadas do ar.

Uma brisa veio das árvores e um cheiro pútrido alcançou as narinas de Wells. Ele reprimiu a ânsia de vômito e viu que Clarke e Bellamy fizeram o mesmo. Wells olhou em volta e deu alguns passos na direção da linha de árvores. Uma pilha rançosa de peles, ossos e órgãos de animais estava sobre o solo, coberta de moscas e apodrecendo lentamente. Era nojento — nada seguro. Não apenas o odor poderia atrair animais predadores, mas as bactérias crescendo na pilha seriam suficientes para deixar todos no acampamento doentes.

— O que diabos... — falou Bellamy com a voz rouca.

A princípio, Wells supôs que ele também se referia aos animais, mas, quando virou a cabeça, viu que os olhos do irmão estavam focados em outra coisa ao longe. Um grupo dos cem originais estava trabalhando duro para construir uma nova cabana; ele podia ouvir seus grunhidos graves enquanto se esforçavam para posicionar um tronco enorme no topo de uma parede. Alguns adultos estavam parados ao lado, segurando tochas para iluminar o canteiro de obras, o que sugeria que estavam planejando trabalhar noite adentro.

Aquilo não era nada extraordinário em si. Com tantas pessoas amontoadas no acampamento, fazia sentido construir novas estruturas o mais rápido possível. Mas então a lua saiu de trás de uma nuvem e Wells finalmente viu o que tinha chamado a atenção de Bellamy.

Ao iluminar a cabana parcialmente construída, o luar brilhou nos pulsos de seus amigos, refletindo em algo metálico.

— *Não* — sussurrou Wells, piscando rápido, incapaz de acreditar em seus olhos.

Cada um deles tinha uma argola de metal grossa presa firmemente em volta do pulso.

— Isso é loucura — falou Clarke com um tom de confusão na voz, como se seu cérebro de cientista não confiasse na imagem sendo transmitida por seus olhos.

Quando tinham sido levados de suas celas no centro de detenção, todos os membros dos cem tinham sido equipados com um aparelho de rastreamento. Aparentemente, eles deveriam ser usados para transmitir sinais vitais para a Colônia, para comunicar ao Conselho se a Terra realmente era habitável, ou se suas cobaias estavam lentamente sucumbindo ao envenenamento por radiação. No entanto, em seus primeiros dias na Terra, a maioria deles tinha removido os braceletes ou intencionalmente danificado os aparelhos a ponto de não poderem ser consertados.

— Você acha que Rhodes trouxe essas coisas com ele para a Terra? — perguntou Wells.

— Deve ter trazido — respondeu Clarke. — Mas *por quê*? Não é como se ele tivesse a tecnologia para realmente rastrear qualquer um deles.

Bellamy bufou.

— Eu não teria tanta certeza. Quem sabe o que ele trouxe com ele naquele módulo de transporte?

— Então... eles são prisioneiros novamente? — falou Clarke, sua voz incrédula.

— Isso que ganhamos por nossa "contribuição" e do nosso "sacrifício" — disse Bellamy, a voz cheia de amargura.

Alguns instantes depois, Wells, Bellamy e Clarke foram empurrados para ficarem lado a lado, com um guarda atrás de cada um. Wells cerrou os dentes enquanto o Vice-Chanceler Rhodes se aproximava, protegido por dois de seus homens armados.

— Bem-vindos de volta. Espero que tenham aproveitado suas pequenas férias.

— Estou vendo que você andou ocupado obrigando meus amigos a brincar de vestir fantasias — falou Bellamy com um sorriso sarcástico. — Você trouxe consigo uma coleção de braceletes e tanto.

Rhodes olhou de forma exagerada para trás. Os jovens que estavam ocupados construindo a cabana pararam o que faziam e encararam os prisioneiros com olhos arregalados e horrorizados. Molly deixou o martelo no chão e deu alguns passos, olhando fixamente para Wells. Mesmo de longe, dava para ver que ela estava se controlando para não correr na sua direção. Ele balançou a cabeça levemente, alertando que não fizesse aquilo.

— Ah, sim — disse Rhodes. — Ainda tenho algumas sobressalentes, mas me parece um desperdício dá-las a pessoas que logo não vão poder mais usá-las em lugar nenhum.

— Sério? — Bellamy soltou uma de suas características risadas desdenhosas. — Porque ouvi falar que meu julgamento será o evento social da estação.

— Julgamento? — repetiu Rhodes. — Receio que você esteja enganado. Não vai haver julgamento algum... para nenhum de vocês. Já considerei os três culpados. As execuções estão agendadas para a alvorada. — Ele olhou para o céu de forma exagerada. — Apesar de que realmente parece ser muito tempo para esperar. Se algum de vocês estiver com pressa, eu ficaria feliz em acelerar os procedimentos.

O coração de Wells congelou, como um animal que tinha acabado de ver o arco tensionado do caçador. De que Rhodes estava falando? Tudo o que ele e Clarke tinham feito era fugir do campo. Não haviam machucado ninguém, muito menos feito algo que merecesse *execução*.

Mas, antes que ele pudesse dizer qualquer coisa, Bellamy soltou um som que era parte grito, parte gemido:

— De que diabos você está falando? Eles não fizeram nada. Eu sou a pessoa que você queria. *Eu* sou a pessoa que você precisa matar.

— Eles foram cúmplices de um fugitivo. A punição para isso está perfeitamente clara na Doutrina Gaia.

— *Foda-se* a Doutrina Gaia — cuspiu Bellamy. — Estamos na Terra, caso você ainda não tenha percebido.

— Não vejo motivos para abandonar as diretrizes que permitiram que a humanidade prosperasse durante séculos só porque estamos em solo.

Wells nunca tinha sentido tanto ódio puro e verdadeiro por alguém, ou algo, em toda a sua vida.

— Isso não é o que meu pai diria, e você sabe disso.

Rhodes estreitou os olhos.

— Seu pai não está aqui, Wells. E, se você estava ocupado demais seduzindo outras pequenas criminosas... — Ele olhou rapidamente para Clarke. — ...para prestar atenção durante seus tutoriais de direitos cívicos, o *filho* do Chanceler não entra na cadeia de comando. Estou no poder e condenei os três a morrer por pelotão de fuzilamento na primeira luz do dia.

Wells ouviu Clarke arfar ao seu lado e todo o seu corpo ficou dormente. Ele esperou que outro surto de medo ou raiva se manifestasse, mas nada aconteceu. Talvez houvesse uma parte dele que esperava que isso acontecesse. Talvez houvesse algo nele que soubesse que merecia aquilo. Mesmo que Rhodes não fizesse ideia do que Wells tinha feito na nave, ele era a razão para seus amigos, seus vizinhos, todos estarem morrendo por falta de oxigênio. Pelo menos, dessa forma, ele nunca teria que encarar o que tinha feito. Ele não teria que olhar para o alto todas as noites, tentando imaginar a nave que logo estaria cheia de corpos silenciosos e imóveis.

— Ah, meu Deus, *Bellamy*! — O som da voz de Octavia trouxe Wells de volta. Ela estava correndo na direção deles, o rosto manchado de terra e lágrimas. Dois guardas entraram na sua frente, bloqueando o caminho e impedindo sua passagem. Ela lutou contra eles, mas em vão. Bellamy falou o nome da irmã e partiu na direção dela, mas um guarda bateu com uma arma em suas costelas e ele tombou. — Parem com isso. — Octavia soluçava. — Deixem eles em paz, *por favor*.

— Está tudo bem, O — falou Bellamy com a voz rouca, lutando para recuperar o fôlego. — Eu estou bem.

— *Não*. Não vou deixar que façam isso com você.

Outras pessoas tinham começado a se juntar em volta deles. Lila se aproximou de Octavia e, por um instante, Wells achou que ela ia levar Octavia embora, mas ao invés disso ela passou o braço em volta da menina e encarou os guardas desafiadoramente. Antonio, Dmitri, então Tamsin e outros se juntaram a ela. Até mesmo *Graham* se aproximou para ficar com o grupo. Em pouco tempo, havia quase cinquenta pessoas paradas em um grande semicírculo em volta da cabana da prisão.

— Afastem-se, todos vocês — ordenou Rhodes. Quando ninguém se moveu, ele gesticulou para os guardas, que avançaram ameaçadoramente na direção da multidão. — Eu falei para vocês se *moverem*.

Mas ninguém recuou. Nem mesmo quando os guardas ergueram suas armas na altura dos ombros, metade deles apontando para os prisioneiros, metade para a multidão. Alguns dos mais novos pareciam nervosos, mas a maioria estava olhando fixamente para Wells, Bellamy e Clarke com uma mistura de rebelião e algo mais. Algo como esperança.

Independentemente de como isso terminasse, eles precisavam ver como um verdadeiro líder se portava diante da derrota. Wells ficaria honrado em se sacrificar se isso significasse que ninguém mais se machucaria, e ele certamente não enfrentaria a morte como um covarde. Então ele se virou novamente para Rhodes, ergueu o queixo e encarou o homem detestável.

Bellamy se aproximou ainda mais de Wells e encostou o ombro no dele. Wells podia dizer pelo maxilar de Bellamy que ele estava pensando a mesma coisa. Clarke se aproximou de Bellamy e os três encararam o Vice-Chanceler. Wells afastou de sua mente a imagem dos três caídos ensanguentados no solo, dando seus últimos suspiros em uníssono. Bellamy e Clarke olharam para ele. Os músculos de Bellamy estavam retesados, o corpo carregado de energia. Ele era a personificação de uma determinação e uma força que Wells nunca tinha visto antes. Os olhos de Clarke estavam praticamente acesos com emoção. Eles estavam tomados por uma ferocidade e uma determinação que o espantavam.

— Certo, comecem a se mover — falou um guarda. Alguém veio por trás e amarrou uma venda sobre os olhos de Wells. Guardas seguraram seus braços e começaram a arrastá-lo para longe.

— Aonde vocês estão me levando? — grunhiu ele, afundando os calcanhares no solo. Com a venda cobrindo os olhos, ele se concentrou o máximo para escutar, mas os grunhidos e os sons de pés arrastando não lhe contavam nada sobre o que estava acontecendo com Clarke e Bellamy.

Wells lutou contra seus captores, mas não havia nada que ele pudesse fazer. Ele cerrou os dentes e lutou contra o pânico que inundava seu corpo. Pelo menos, a última coisa que tinha visto foi a imagem dos rostos corajosos de Clarke e Bellamy — aquilo seria o suficiente para tornar as próximas horas suportáveis. Wells sabia que ele tinha visto a Terra pela última vez.

Quando removessem a venda, haveria uma bala em seu cérebro.

CAPÍTULO 26

Bellamy

Não havia como saber se Rhodes tinha esperado até a alvorada para mandar buscá-los. Com a venda, Bellamy não sabia dizer se o sol tinha nascido, embora, pelo aroma do orvalho na grama, seu palpite era que ainda estava escuro do lado de fora. Aparentemente, Bellamy já tinha visto seu último nascer do sol. Quando o céu estivesse cor-de-rosa, ele estaria morto. Todos os três estariam.

Bellamy tinha passado uma noite infernal e agoniante se esforçando para tentar escutar algum sinal de Clarke, que tinha sido trancafiada em outro lugar. Ele não sabia o que seria pior: escutar seus gritos de dor e berros de desespero, ou não escutar nada além do silêncio e imaginar se ela já tinha partido.

O silêncio tinha se tornado insuportável enquanto o cérebro de Bellamy se enchia de sons terríveis por conta própria: Clarke chorando enquanto percebia que suas últimas horas estavam acabando, sabendo que ela nunca veria seus pais novamente. O som de um disparo rasgando o silêncio, destruindo o coração de Bellamy.

Com um guarda de cada lado, Bellamy foi levado até o que ele supôs ser o centro da clareira e então amarrado de costas contra uma árvore. Uma pequena parte deturpada dele quase queria rir. Depois de todas as vezes em que ele tinha escapado por pouco em sua vida, de todas as regras que ele tinha desrespeitado, era assim que tudo acabaria. Ele devia ter adivinhado que seria algo dramático, como uma execução pública em um planeta perigoso. Nada entediante para ele. Seu único arrependimento era Octavia ter que ver isso. Já era suficientemente difícil saber que teria que seguir em frente sem ele, mas a irmã tinha demonstrado sua coragem nas últimas semanas. Sabia bem lá no fundo que ela podia tomar conta de si mesma. Não, o pior era ela ter que assistir. Bellamy podia ouvir os guardas se movendo pelo acampamento, tirando todo mundo — adultos e crianças — de suas cabanas para testemunhar o que Rhodes provavelmente via como o acontecimento mais importante da Terra em trezentos anos. O momento no qual a ordem seria restabelecida no planeta selvagem e indomado.

Era algo monstruoso. Ninguém deveria ter que ver aquilo, muito menos a sua irmã. Ele apenas esperava que sua cabeça erguida a deixasse orgulhosa. Queria lhe mostrar como viver, mesmo depois de morrer.

Bellamy desejou poder esticar o braço e segurar a mão de Clarke. Por que não a tinham trazido ainda? Será que algo tinha acontecido? Ou será que tinha sido amarrada a uma árvore diferente, seu coração na garganta enquanto lutava contra as cordas? Não podia acreditar que essa garota linda e brilhante estava prestes a ser executada. Era inconcebível pensar que alguém tão cheio de vida, cujos olhos verdes se iluminavam maravilhados toda vez que ela avistava uma planta nova, que passava dias sem dormir para cuidar de seus pacientes, estava prestes a ser desligada como uma máquina.

— Clarke! — gritou ele, incapaz de se conter por mais tempo. — Onde está você? —Tudo o que ele podia ouvir era o sussurro ansioso da multidão. — *Clarke!* — berrou ele novamente, sua voz ecoando na clareira, mas não alto o suficiente para alcançá-la se ela já estivesse...

— Acalme-se, Sr. Blake — ordenou Rhodes, como se Bellamy fosse uma criança agitada demais em vez de um prisioneiro condenado momentos antes de morrer. — Decidi mostrar piedade a seus amigos. Nem o Oficial Jaha nem a Srta. Griffin morrerão hoje.

Uma ponta de esperança perfurou o terror que vinha crescendo em seu peito, permitindo que respirasse de verdade pela primeira vez desde que tinha saído da cabana.

— Quero provas — falou ele, com a voz rouca. — Deixe-me vê-los.

Rhodes deve ter assentido, porque, um instante depois, alguém estava mexendo na venda de Bellamy.

Ele piscou enquanto o mundo voltava ao foco. Uma fileira de guardas estava posicionada a cerca de 3 metros dele. Todo o acampamento estava reunido atrás, com Wells, Octavia e Clarke na frente. *Eles ainda estão vivos*. Alívio se espalhou dentro dele. Isso era tudo o que importava. Não se importava mais com o que aconteceria com ele mesmo, contanto que estivessem a salvo.

Wells e Clarke ainda estavam com as mãos atadas, mas Octavia lutava contra os guardas que a seguravam.

— Bellamy! — berrou ela.

Bellamy olhou em seus olhos e balançou a cabeça. *Não*, comunicou ele silenciosamente através de um sorriso triste. Não havia nada que ela pudesse fazer agora. A irmã olhou para ele, os enormes olhos azuis cheios de pânico e lágrimas.

Eu te amo, disse ele, apenas movendo os lábios sem produzir nenhum som. *Tudo vai ficar bem*.

Entre seus soluços, Octavia conseguiu forçar um sorriso.

— Eu te amo. Eu te amo...

Mas então seu rosto se contorceu e ela o virou. Graham disse algo ao guarda e ele soltou os braços de Octavia, deixando Graham segurá-la em seu lugar. Mas, mesmo de longe, estava claro que ele estava sendo gentil. Inclusive passou o braço em volta dela, a protegendo do horror que estava prestes a se desenrolar diante de seus olhos.

— Guardas, em posição! — gritou Rhodes.

Bellamy se virou para Clarke. Diferentemente de sua irmã, ela se recusava a afastar os olhos e encarava Bellamy tão intensamente que, por um momento fugaz, sentiu o resto do mundo se derreter. Eram apenas ele e Clarke, exatamente como quando se beijaram pela primeira vez ou na noite mágica na floresta, quando Bellamy tinha sentido que a Terra estava muito mais próxima do céu do que a Colônia um dia tinha estado.

Apenas olhe para mim, ele podia senti-la dizendo para ele. *Apenas olhe para mim e tudo ficará bem.*

Suor escorria por seu rosto, mas não afastou os olhos dela. Nem mesmo quando os guardas engatilharam as armas e seu coração começou a bater tão rápido que Bellamy teve certeza de que explodiria antes da primeira bala.

Apenas olhe para mim.

Ele levantou mais o queixo e cerrou os punhos, respirando fundo pelo nariz. Aconteceria a qualquer segundo. Tentou desacelerar o tempo por um instante. Respirou mais fundo e obrigou sua frequência cardíaca a se tornar mais constante. Absorveu os aromas do acampamento e da Terra: cinzas frias, terra molhada, folhas esmagadas e *ar* — o perfume fresco, limpo e delicioso do ar que eles estavam respirando naquele momento. Ele tivera a oportunidade de estar ali e isso era suficiente.

Apenas olhe para mim.

Vários disparos soaram na clareira, abruptos e altos. Bellamy percebeu várias coisas ao mesmo tempo: ele não estava sentindo nenhuma dor, não tinha recebido nenhum impacto e o som viera de trás dele, não da frente. Não tinham sido os homens de Rhodes a atirar — alguém estava atirando neles.

Então ele os viu — um bando de Terráqueos agressivos se espalhando pelo acampamento, girando tacos e erguendo armas de fogo contra os Colonos. Todo o local tinha se transformado em caos. Ninguém mais estava olhando para ele. A não ser pelas tiras de alta tecnologia que envolviam seus pulsos, ele estava livre para fugir. Bellamy olhou em volta freneticamente, esperando uma chance. E a encontrou: o braço direito de Rhodes, Burnett, estava caído morto ali perto. Bellamy não era do tipo que desperdiçava uma oportunidade — além do mais, não havia nada que ele pudesse fazer para ajudar o sujeito. Ele se ajoelhou e virou de costas para o corpo, enfiando a mão cegamente no bolso de Burnett.

— Clarke, Wells... chaves! — berrou ele.

Eles se aproximaram correndo. Bellamy e Clarke ficaram de costas um para o outro e ele abriu as algemas da namorada. Depois que ele e Wells também foram libertados, os três dispararam na direção da cabana de suprimentos, onde sabiam que podiam encontrar armas.

Assim que terminaram de se armar da melhor maneira possível — Bellamy com um arco e flechas, Wells com um machado e Clarke com um lança — seguiram para a batalha, se movendo em um círculo com as costas viradas para dentro. Era uma batalha brutal e suja. Por todo lado, os cem e os Colonos lutavam lado a lado. Quase sem encontrar tempo para respirar, Bellamy apontava e disparava, repetidamente. Ele estava cruelmente satisfeito ao ver suas flechas encontrarem os alvos enquanto alguns Terráqueos gritavam e tombavam no chão. Os braços de Bellamy começaram a queimar por causa do esforço, mas estava tomado por uma energia desesperada, quase primitiva.

— Você está bem? — gritou ele para Wells por cima do burburinho.

— Estou — grunhiu Wells enquanto golpeava a cabeça de um Terráqueo com um estalo nauseante. — E você?

Antes que Bellamy pudesse responder, um Terráqueo com olhos maníacos avançou sobre ele. O homem soltou um uivo estridente enquanto girava um machado no ar, apontando diretamente para a cabeça de Bellamy. Ele se esquivou exatamente quando a lâmina desceu, sentindo uma brisa quando ela tirou um fino de sua bochecha. O Terráqueo rosnou de frustração. Com uma descarga de energia renovada, Bellamy agachou de forma defensiva, balançado nas pontas dos pés, pronto para o segundo round. Seu oponente ergueu o machado novamente e deu alguns passos vacilantes para a frente. Com as narinas infladas e a adrenalina se espalhando pelo corpo, Bellamy se forçou a ficar imóvel e deixar o homem se aproximar. *Espere*, ele disse a si mesmo. *Apenas espere*. Quando o Terráqueo estava suficientemente perto, a ponto de Bellamy sentir o cheiro de suor nele, e o machado começou a descer na direção da cabeça de Bellamy novamente, ele se jogou no solo e rolou para longe do alcance do seu oponente. O Terráqueo gritou de raiva.

Bellamy esperou novamente, deixando o inimigo se cansar. Quando o homem se aproximou, Bellamy agachou, deu uma joelhada em seu peito e, com toda a força, chutou o Terráqueo bem na lateral de sua rótula. A perna do homem quebrou e ele caiu no solo como se tivesse sido baleado.

De repente o que parecia ser um peso de quinhentos quilos acertou os ombros de Bellamy, quase o derrubando no solo. Ele cambaleou e se equilibrou enquanto mãos poderosas se fechavam em volta de seu pescoço. Desesperado, ele tentou respirar, mas não conseguiu. Bellamy esticou a mão atrás dele para alcançar o novo agressor e pegou um punhado de cabelo, puxando com toda a sua força e arrancando parte na raiz. O homem afrouxou as mãos exatamente o suficiente. Com o coração acelerado e o peito doendo pela falta de oxigênio, Bellamy aproveitou sua chance: ele se inclinou para a frente, dobrando o corpo e jogando o Terráqueo por cima da cabeça. O homem bateu com força na terra com um som oco. Bellamy deu um passo para trás, pegou o arco e preparou uma flecha, tudo em um movimento suave. Exatamente quando o homem se levantava cambaleando, com um brilho perverso nos olhos, Bellamy disparou a flecha, que se alojou no peito do Terráqueo.

Bellamy não ficou para ver qual seria o resultado. Ele virou de costas para ver se Clarke e Wells estavam bem. No calor do momento, os três tinham acabado de alguma forma se separando. Enquanto virava para olhar, alguém bateu contra seu ombro e o empurrou para o lado. Ao tentar recuperar o equilíbrio, Bellamy deu um passo para trás e seu pé pousou sobre algo sólido, porém macio. Era uma pessoa. Ele girou e apontou uma flecha pronta para ser disparada.

Era o Vice-Chanceler Rhodes.

Ele estava vivo e consciente, porém gravemente ferido; havia sangue saindo de algum lugar na cabeça, e o rosto e a camisa estavam ensopados de vermelho. Ele se contorcia de dor, engasgando e tossindo. Não conseguia falar, mas levantou a cabeça e olhou nos olhos de Bellamy. Havia uma expressão patética e suplicante no rosto. O homem liderava como um covarde e também perdia como um covarde.

Todo o corpo de Bellamy relaxou. Com a ponta da bota ele empurrou o ombro do Vice-Chanceler até que ele ficasse deitado de barriga para cima no solo. Então posicionou seu pé firmemente no centro do peito de Rhodes, o prendendo no chão. Era bom vê-lo encurralado como o roedor que ele era.

Bellamy tinha uma escolha a fazer. Poderia matá-lo com uma rápida flecha no coração ou deixar o desgraçado apodrecer bem ali no campo de batalha. Seus ferimentos pareciam suficientemente graves para matá-lo. Ninguém diria que Rhodes merecia um fim melhor. Uma sensação de poder e satisfação correu pelo corpo de Bellamy, mas outra coisa também despertou dentro dele. Não era uma emoção com a qual ele estava acostumado, mas ele a reconheceu imediatamente: era piedade. Bellamy estudou o rosto sujo e ensanguentado de Rhodes. As mãos estavam unidas, suplicando. Emoções conflitantes corriam pelo corpo de Bellamy — o desejo de vingança e a noção enraizada de que ele não queria ver mais ninguém morrer. Seu cérebro já estava cheio de lembranças das quais ele nunca seria capaz de se livrar. Rhodes não merecia um lugar entre elas.

Bellamy suspirou e relaxou os braços junto ao lado do corpo, deixando a flecha cair do arco. Ele não era capaz de fazer aquilo. Não podia disparar a flecha, nem virar as costas para um homem ferido, deixando-o ali para morrer. Ele só esperava não se arrepender mais tarde. Bellamy abaixou e ofereceu a mão. Rhodes apenas olhou, sem saber se o garoto estava provocando-o.

— Vamos, antes que eu mude de ideia — rosnou Bellamy.

Rhodes esticou a mão trêmula e Bellamy se abaixou e o ajudou a se levantar, praticamente o carregando de volta ao centro do acampamento.

CAPÍTULO 27
Wells

Wells se perdeu de Bellamy no caos. Ele não tinha ideia de quantos Terráqueos ele tinha evitado. Suas mãos estavam cheias de bolhas e em carne viva por segurar e golpear com o machado, e os músculos doíam com a fadiga. Wells se viu momentaneamente sozinho, sem ninguém o atacando ou agarrando — um descanso no mar de luta. Por todo lado, pessoas guerreavam por suas vidas, enquanto outras estavam caídas no solo, feridas ou mortas. Wells não sabia dizer quem estava em vantagem, os Terráqueos ou seus camaradas, mas temia serem os inimigos. Os Colonos e os cem pareciam estar apanhando, e muito. Ele precisava se posicionar melhor.

Ninguém pareceu notar enquanto ele fugia da confusão, saltando por cima de corpos e destroços, e seguia para a beira da clareira. Ele entrou alguns metros na floresta e deu a volta na direção da lateral do acampamento, onde ele sabia que ficaria menos visível e teria uma linha de visão mais alta. Ele ainda podia ouvir os gritos e gemidos de pessoas feridas enquanto corria pela folhagem espessa.

Wells saiu da floresta perto da cabana da prisão. Ele rapidamente escalou a lateral e se empoleirou sobre a construção, examinando o campo de batalha. E ficou chocado com o que viu. Do meio da batalha, tudo parecia um caos total, mas os Terráqueos tinham claramente sido estratégicos em relação ao ataque. Eles tinham destruído quase todos os elementos vitais do acampamento: vários depósitos de comida, toda a munição sobressalente. Mas os dormitórios, o refeitório e a prisão estavam intactos. Era impossível eles terem adivinhado quais construções destruir para prejudicar mais os Colonos. Eles tinham que saber qual era a função de cada uma delas.

Wells se esforçou para descobrir como. Espionagem, talvez, mas os Colonos faziam varreduras rotineiramente na floresta em volta do acampamento e não tinham encontrado ninguém ainda. Exatamente naquele momento, um pequeno grupo de Terráqueos correu até o centro do acampamento, as armas roubadas erguidas no ar. Wells arfou, chocado e horrorizado, quando viu quem os liderava: *Kendall*.

Ela já não estava usando roupas de Colono e, em um lampejo nauseante, Wells confirmou todas as suas piores suspeitas. Kendall era uma Terráquea.

Tudo fazia sentido. Seu sotaque phoeniciano forçado, a forma como as suas histórias nunca realmente faziam sentido, sua insistência em seguir Wells por aí. Ela vinha *espionando* o acampamento durante todo esse tempo.

Wells queria morrer por não ter seguido seus instintos. Ele sabia, em seu âmago, que algo estava errado, mas não tinha feito nada a respeito. Havia recuado quando Rhodes lhe disse para recuar. E era com isso que ela contava. Kendall sabia que a chegada de mais módulos de transporte, mais pessoas — adultos — enfraqueceria a comunidade ao invés de fortalecê-la. Foi disso que ela tirou vantagem.

Ele *era* completamente inútil como líder. O que ele estava pensando, fingindo ter o necessário para inspirar, para manter os outros em segurança? O que quer que fizesse, aonde quer que fosse, as pessoas sofriam.

Wells ouviu um som de luta na cabana debaixo dele. *Os Terráqueos tinham invadido a prisão e ele era o único Colono nesse lado do acampamento.* Ele levantou seu machado sobre o ombro e se preparou para enfrentá-los. Podia não ser o líder que seu povo merecia, mas ainda podia matar alguns Terráqueos para eles.

Ele esperaria até que saíssem, então atacaria por cima. Agachou e tentou não se mover, com medo de fazer qualquer barulho.

Dois pequenos vultos saíram correndo da cabana nas sombras abaixo dele, um menino e uma menina. Wells reconheceu o menino — era Leo, uma das crianças de quem Octavia estava cuidando. O que ele estava fazendo sozinho? Por que Rhodes não tinha designado alguém para tomar conta das crianças órfãs depois de arrastar Octavia para testemunhar a execução de seu irmão?

Os dois tremiam, lágrimas escorrendo pelas bochechas.

— Ei — sussurrou Wells em um volume audível. As crianças levantaram as cabeças, e o garoto soltou um guincho amedrontado. — Está tudo bem... sou só eu. Cuidado. Estou descendo.

Wells pousou no solo ao lado deles.

— Vocês estão aqui sozinhos? — perguntou Wells.

A menina balançou a cabeça. Wells se virou, e mais seis crianças mais velhas saíram da cabana, incluindo Molly e os outros membros mais jovens dos cem. Seus rostos estavam sujos e ensanguentados, seus ombros arriados de medo e exaustão. Eles ficaram parados em silêncio, ansiosamente o observando. Mais um pequeno grupo deles começou a sair devagar de trás das árvores aos fundos da cabana, onde as crianças estavam escondidas antes, e então outro grupo o seguiu, até quase todos os membros dos cem originais estarem diante dele.

Wells olhou para o rosto de cada um, esses adolescentes que até poucas semanas antes eram apenas jovens normais trancafiados por alguma infração forjada.

Eles tinham sido arrancados de suas famílias, atirados em uma cela e, até onde podiam saber, esquecidos. Agora estavam num planeta muito distante de qualquer pessoa que eles conhecessem e amassem — que já estavam mortas a essa altura. Tinham apenas um ao outro.

Rhodes não compreendia o que significava ser uma comunidade. Ele nunca seria capaz de apreciar o que os cem tinham criado em seu curto tempo na Terra, as fundações que eles tinham estabelecido para um futuro melhor. Não eram perfeitos — Wells sabia disso melhor que qualquer um — mas tinham o necessário para transformar o planeta em um verdadeiro lar. Talvez agora não fosse o momento para ele parar de tentar. Talvez fosse o momento para ele aceitar os erros que tinha cometido e seguir em frente, aprendendo com eles. Ele nunca compensaria o que tinha feito na Colônia, ou a dor que causara a Max e Sasha, mas isso não significava que ele tinha que desistir.

Lentamente, um plano se formou na mente de Wells. Todo o tempo que ele passou conversando sobre táticas com Max em Mount Weather tinha trazido à tona tudo o que aprendera nas aulas de estratégia. O plano deles em Mount Weather era bom — surpreender o inimigo por trás e se aproveitar da posição dos agressores. O problema é que havia circunstâncias atenuantes — Rhodes teve a vantagem, com reféns no acampamento. Bem, dessa vez isso não aconteceria. Wells sabia o que eles tinham que fazer. Só não podia fazer sozinho.

Um fogo renovado correu pelo corpo de Wells. Depois de tudo o que os cem tinham enfrentado, depois de tudo por que tinham trabalhado, não deixaria que Kendall e seus comparsas perversos os derrubassem. De jeito nenhum.

— Escutem! — gritou ele. Dezenas de olhos se fixaram nele, repletos de um anseio desesperado por orientação. — Sei que vocês estão cansados e com medo — começou ele. — Sei que há mais deles do que de nós. Eles têm mais armas. Mas nós temos uns aos outros... e não vamos deixar que vençam.

Bellamy apareceu no fundo da multidão. Ele parecia destruído, mas Wells ficou feliz em ver que ele estava bem. Eles acenaram com a cabeça um para o outro e Wells continuou:

— Eles estão vindo do norte e nos fazendo recuar contra a linha de árvores naquela direção. — Wells gesticulou com o machado. — Eles estão ocupados com os homens de Rhodes nesse momento. Você... — Apontou para um dos garotos mais velhos. — ...fique aqui para vigiar as crianças mais novas. O resto de nós se espalhará pela floresta e dará a volta pelo norte. Podemos atacá-los por trás. Quem está comigo?

Durante um segundo, apenas encararam Wells. Ele não sabia se tinha entendido bem suas expressões. Então uma das mãos se ergueu, depois outra, e mais uma dezena. Eles estufaram o peito, ergueram a cabeça e firmaram os pés no solo. Bellamy estava parado no fundo, sorrindo com determinação.

— Vamos nessa! — gritou alguém na pequena multidão.

Um grito de estímulo soou em resposta, e Wells, pela primeira vez desde a morte de Sasha, não sentiu pânico diante da responsabilidade. Ele sentiu entusiasmo.

— Certo. Na minha contagem. Três... dois... *um!*

A princípio o plano pareceu funcionar: os cem assustaram os Terráqueos com o ataque por trás, os empurrando contra os homens de Rhodes, que mantinham sua defesa na outra extremidade. Mas Wells logo perdeu a noção do que estava acontecendo à volta enquanto se esforçava para permanecer vivo. Dois Terráqueos se aproximaram dele ao mesmo tempo, cada um manejando uma lança. Wells fintou com o machado na mão, fingindo golpear para a direita. Quando os dois reagiram naquela direção, girou e golpeou o machado pela esquerda, partindo a lança de um dos Terráqueos em dois pedaços. O outro deu um passo à frente, e Wells afundou a lâmina do machado em sua lança. Ela se quebrou em farpas no solo e os dois Terráqueos desarmados fugiram correndo.

Wells se permitiu um momento de satisfação. Durante o treinamento para oficial, tinha se esforçado muito nas aulas de condicionamento para combate na Terra, e aquilo estava se mostrando útil agora. Mas, exatamente quando um sorriso de gratidão surgia em seu rosto, sentiu um braço apertar seu pescoço com força.

Wells tentou acertar cotoveladas no oponente, mas não conseguia encontrar a posição para isso. O braço do homem apertava, impossibilitando Wells de respirar. Ele não conseguia nem arfar — não havia como o ar entrar ou sair. Os pulmões começaram a arder enquanto a cabeça rodava.

Não, pensou Wells, querendo gritar, mas incapaz de produzir sons. Não era assim que deveria ser. Não era assim que deveria acabar.

O aperto aumentou ainda mais. Wells viu estrelas, então manchas pretas enquanto tudo ficava turvo.

De repente a pressão foi interrompida e Wells caiu com uma arfada. Durante um longo momento, tudo o que ele pôde fazer foi respirar com dificuldade enquanto os pulmões voltavam a se familiarizar com o ar, o buscando avidamente. Ele ajoelhou e olhou à sua volta. Um enorme Terráqueo estava caído ao seu lado, a mão segurando a haste de uma flecha alojada no braço.

Wells virou na direção de onde a flecha tinha vindo. Bellamy estava parado a alguns metros, com brilho nos olhos. Acenou com a cabeça para Wells, que apenas sorriu de volta.

— Obrigado! — gritou Wells.

— Sem problemas — respondeu Bellamy.

Wells se virou novamente na direção do acampamento. Por um instante, todo o seu corpo ficou paralisado com pânico. De onde estava, não via nenhum outro membro dos cem ainda lutando. Praguejou para si mesmo e juntou as últimas gotas de energia antes de voltar correndo para a clareira, com Bellamy o seguindo de perto.

O que ele viu o fez parar imediatamente. Os cem e os Colonos que ainda conseguiam ficar de pé estavam reunidos em um grupo, seus peitos se inflando enquanto recuperavam o fôlego. Os poucos guardas restantes pareciam ter capturado alguém importante — um grande Terráqueo com uma perna ferida, que estava sendo mantido sob a mira de uma arma. Vários outros Colonos estavam conversando de forma animada com um pequeno grupo de Terráqueos, aparentemente negociando, enquanto o resto dos Terráqueos entregava as armas de forma taciturna e lentamente se afastava.

Wells não podia acreditar. Tinha funcionado! Eles estavam negociando uma rendição! Cheios de uma nova energia, ele e Bellamy correram até onde os membros restantes dos cem estavam reunidos. É claro que estavam exaustos e feridos, mas tinham vencido. Juntos, fizeram uma saudação digna de romper tímpanos que pareceu ecoar no céu e voltar.

— Bom trabalho! — gritou Bellamy mais alto do que o barulho da celebração.

— Você também não se saiu tão mal... para um waldenita — gritou Wells de volta com um sorriso.

O grupo reunido dançava na clareira, se abraçando e cantando, até que um grito se ergueu sobre o barulho.

— Eles voltaram! — berrou alguém.

Wells e Bellamy giraram e viram um grupo de desconhecidos mancando da floresta para o acampamento. Eles ergueram as armas e mantiveram suas posições. Algo nesses recém-chegados, no entanto, era diferente. Wells rapidamente estudou suas roupas, seu comportamento, suas expressões confusas. Eles não eram Terráqueos. Eram... mais Colonos?

O grupo parou na beira da clareira. Uma mulher se aproximou.

— Nós os encontramos — disse ela, respirando de forma ofegante, sua voz fraca.

Ela parecia vagamente familiar para Wells. Ele se esforçou para se lembrar, e então a luz se acendeu em sua cabeça: ela havia trabalhado na administração de seu pai, em um escritório no fim do corredor. Eles deviam estar em outro módulo de transporte — um dos poucos que eles acharam que tinham saído do curso.

— Por favor, vocês têm alguma coisa para comer? — perguntou ela. Wells não tinha notado a princípio como ela e os outros pareciam abatidos.

— Está tudo bem — falou Wells para o grupo. — Eles são da Colônia. Alguém, por favor, traga comida e água para eles.

Alguns jovens saíram correndo.

Wells se aproximou, sentindo centenas de olhares em suas costas.

— De onde vocês estão vindo? — perguntou ele.

— Nosso módulo de transporte pousou a quilômetros daqui, bem depois da margem mais afastada do lago. Passamos algum tempo nos situando e nos recuperando dos ferimentos. Então levamos vários dias para encontrá-los. Seguimos a fumaça das fogueiras.

— Vocês estão em quantos?

— Perdemos alguns. Mas começamos como cento e quinze.

Wells olhou para o grande grupo reunido atrás dela. Mais pessoas ainda emergiam da floresta.

— A sua foi a última nave a ser lançada da Colônia?

A mulher fez que sim com a cabeça.

Wells sentiu uma pergunta se formando em seus lábios, mas não sabia se tinha a coragem para fazê-la. Não sabia se realmente queria ouvir a resposta.

— Meu pai... — começou ele.

A expressão da mulher se tornou mais suave. Ela sabia quem ele era — e sobre quem estava perguntando.

— Sinto muito — disse ela, as palavras delicadas ainda assim o atingindo como um soco no estômago. Ela hesitou, como se não soubesse o quanto deveria compartilhar. — Ele ainda estava em coma quando a nave foi lançada. Não havia mais módulos de transporte disponíveis. O suprimento de oxigênio estava praticamente esgotado e a nave... bem, a nave estava... ela estava desmoronando. Eles tinham mais cinco ou seis horas, no máximo.

Um grito silencioso de pesar e culpa explodiu dentro de Wells, mas ele o segurou. Se aceitasse sentir todo o peso da perda de uma vez, certamente se despedaçaria. Todo o seu corpo começou a tremer. A imagem do pai sufocando lentamente fazia Wells ficar sem ar, como se as mãos do Terráqueo ainda estivessem apertando seu pescoço.

Wells cambaleou e quase perdeu o equilíbrio, então sentiu algo ao seu lado dando-lhe apoio. Era Bellamy.

— Wells — falou seu irmão. — Sinto muito mesmo, cara. Seu rosto estava cheio de compaixão e algo mais... dor?

Wells assentiu. Em sua própria tristeza, tinha se esquecido de que Bellamy também perdera o pai — perdera antes mesmo de conhecê-lo. Na verdade, cada um dos Colonos no planeta tinha perdido alguém — muitas pessoas. Toda a família, vizinhos e amigos que tinham deixado para trás já haviam sucumbido, destinados a dormir eternamente numa nave gigantesca e silenciosa orbitando em volta da Terra. A Colônia tinha se transformado em uma tumba.

— Sinto muito que você nunca o tenha conhecido — disse Wells, se esforçando para manter a voz firme. Embora tivesse tentado se preparar para o pior, nunca tinha realmente aceitado o fato de que nunca veria o pai descer de um módulo de transporte, seu rosto uma mistura de surpresa e encanto enquanto ele via as maravilhas da Terra e o quanto seu filho tinha realizado. Ele nunca se juntaria a Wells em volta da fogueira, escutando o bate-papo animado, e diria a Wells que estava orgulhoso dele.

— Sinto muito também — respondeu Bellamy. Então um olhar curioso surgiu em seu rosto e ele sorriu. — Mas quer saber? Acho que consegui conhecer um pouco dele, sim.

— De que você está falando? — perguntou Wells, vasculhando o cérebro atrás de uma lembrança de quando o pai teria sido capaz de passar algum tempo de verdade com Bellamy.

— Pelo que ouvi dizer, ele era incrivelmente inteligente, trabalhador e profundamente comprometido em ajudar os outros... meio como alguém que eu conheço.

Wells olhou para ele por um momento, então suspirou.

— Se você está falando de mim, entendeu errado. Não sou nada parecido com meu pai.

— Não foi isso o que Clarke me contou. Ela disse que você tem todas as melhores qualidades de seu pai. Sua força, sua honra. Mas que tem a bondade e o humor da sua mãe. — Bellamy fez uma pausa e ficou pensativo. — Eu nunca ouvi você dizer nada engraçado, claro, mas achei que era melhor acreditar em Clarke.

Para sua própria surpresa, Wells soltou uma pequena risada antes de o rosto de Bellamy ficar sério novamente e ele continuar:

— Escute, sei que você sofreu de formas que não posso realmente compreender. Ninguém deveria ter que passar por nada assim. Mas você não está sozinho, certo? Não apenas você tem cem pessoas que acham que é um herói, talvez mais do que isso na verdade, mas enfim, podemos contar depois. O que quero dizer é que não tem apenas amigos, você tem uma família. Tenho orgulho de tê-lo como irmão.

Bellamy tinha razão. A dor de perder Sasha, o pai e inúmeros amigos no campo de batalha nunca desapareceria, mas a Terra ainda era seu lar, o lugar onde ele deveria estar. A tristeza no coração pareceu diminuir um pouco enquanto ele e Bellamy se abraçavam e davam tapas nas costas um do outro.

A Terra era onde sua família morava.

CAPÍTULO 28

Bellamy

Bellamy parou em frente à porta da barraca da enfermaria. Aparentemente, o Vice-Chanceler queria conversar com ele, mas Bellamy não estava exatamente disposto a bater papo. Estava exausto da batalha do dia anterior e suas consequências tenebrosas. Ele e Wells já tinham enterrado vários Terráqueos, então começaram a recolher as armas manchadas de sangue que eles tinham deixado para trás. O acampamento realizaria mais tarde naquele dia uma cerimônia pelos Colonos e jovens que tinham morrido nos ataques. Graças a Deus, Octavia estava bem, mas nem todos os cem tiveram tanta sorte.

Mas, apesar do terrível ataque e das perdas devastadoras de muitos dos companheiros, o estado de espírito da comunidade ainda era melhor do que quando Bellamy, Wells e Clarke tinham sido trazidos, duas noites atrás. As pessoas estavam rindo novamente e os novos Colonos estavam pedindo ajuda e conselhos aos cem, sem se preocupar se irritariam Rhodes.

Parte de Bellamy queria dar meia-volta e procurar Octavia, que tinha organizado um jogo de pique-esconde para as crianças mais novas. Era difícil deixá-la sumir de vista depois de tudo por que eles tinham acabado de passar. Mas, depois de um momento, sua curiosidade falou mais alto e ele entrou.

A barraca estava cheia de Colonos e jovens feridos, mas a eficiência e o profissionalismo habituais de Clarke impedia que os feridos ficassem muito desanimados. Por sorte, parecia que a maior parte dos pacientes se recuperaria rápido.

Bellamy caminhou até os fundos, onde um longo lençol branco tinha sido preso ao teto e pendurado até o chão como uma cortina, dando ao Vice-Chanceler um pouquinho de privacidade. Em sua cabeça, ele repassava tudo que Rhodes poderia dizer a ele, planejando sua resposta. Se o homem sequer pensasse em ameaçá-lo ou ameaçar Octavia, ele não sabia o que poderia fazer. Não importava que o homem estivesse ferido e indefeso em uma cama de hospital.

Bellamy acenou com a cabeça para o guarda posicionado em frente à divisória, então entrou e encarou o homem deitado na cama atrás do pano.

Rhodes parecia apequenado. Não era apenas o corpo exausto ou as ataduras envolvendo a maior parte dos braços e torso. Era algo em seu rosto. Ele não parecia apenas abatido — parecia destruído.

Rhodes se apoiou em um cotovelo com algum esforço. Bellamy brevemente pensou em oferecer a mão para ajudá-lo, mas mudou de ideia. Ele já tinha feito o suficiente por esse desgraçado.

— Olá, Bellamy.

— Como você está se sentindo? — perguntou Bellamy, mais por educação do que por preocupação verdadeira. É o que você geralmente fala quando encontra um sujeito coberto de ataduras.

— Clarke e o Dr. Lahiri dizem que vou me recuperar totalmente.

— Ótimo — falou Bellamy, mudando o peso do corpo de um lado para o outro. Isso era ridículo. O que diabos ele estava fazendo aqui?

— Eu lhe pedi para vir porque queria agradecer.

— Deixe para lá — disse Bellamy, dando de ombros. Ele tinha salvado a vida de Rhodes por si mesmo, não porque achava que esse louco sedento por poder merecia viver. Não estava exatamente querendo uma conversa íntima.

Rhodes fez uma pausa e olhou para o espaço sobre o ombro de Bellamy por um longo momento.

— Eu estava relutante em aceitar a ideia de que os cem originais, você incluído, sabiam mais sobre viver na Terra do que eu. Afinal de contas, eu vinha planejando essa jornada durante toda a minha vida e vocês... — Rhodes olhou para Bellamy com uma expressão dura. — ...não eram nada mais do que um bando de delinquentes juvenis. Tinham sido suficientemente estúpidos para se meterem em confusão na Colônia, então por que eu suporia que eram suficientemente inteligentes para viver aqui?

Bellamy se contraiu e cerrou os punhos, mas manteve a expressão neutra. Ele ouviu as vozes de Clarke e Wells em sua cabeça, implorando para que permanecesse calmo, independentemente do que Rhodes tivesse a dizer.

— Mas vocês eram — continuou Rhodes. — Vocês não apenas sobreviveram na terra, mas prosperaram. E acabei percebendo que sobreviver na Terra já é muito difícil. — Ele olhou para seus muitos ferimentos. — Para realmente *viver*, bem, isso exige algo mais do que inteligência. Exige determinação.

Bellamy olhou fixamente para o Vice-Chanceler, se perguntando se tinha ouvido direito. Rhodes tinha acabado de elogiá-lo, assim como ao resto dos cem? Talvez as lesões em sua cabeça fossem piores do que Clarke pensava.

Ele percebeu que Rhodes estava esperando que ele falasse alguma coisa.

— Fico feliz que você veja dessa forma — disse Bellamy lentamente, rezando para Clarke entrar a fim de checar o paciente. Ou qualquer um, na verdade. Ele não queria ficar sozinho com o Vice-Chanceler mais nenhum segundo.

— Desse modo, declaro que está perdoado pelo crime de sequestro e assassinato involuntário do Chanceler Jaha.

Bellamy tentou afastar o desprezo do rosto enquanto assentia.

— Obrigado — falou Bellamy. Ele meio que já tinha suposto que esse seria o caso, levando em conta o fato de ter salvado a vida de Rhodes.

Como se estivesse lendo seus pensamentos, Rhodes continuou:

— Isso não é tudo. A partir desse momento, estou instalando um novo conselho consultivo. Wells tinha razão. A Doutrina Gaia não faz sentido na Terra. Precisamos de um novo sistema, um sistema melhor. Vou sugerir que indiquemos pessoas esta noite. Será... — Ele franziu a testa enquanto uma nova onda de dor o atingia. — Será que você consideraria a possibilidade de fazer parte disso?

Bellamy piscou algumas vezes, tentando processar o que acabara de ouvir. Se ele não estava enganado e não tinha comido acidentalmente uma frutinha alucinógena na floresta, o Vice-Chanceler Rhodes, o líder mais corrupto que a Colônia já tinha conhecido, havia acabado de perdoá-lo *e* sugerido que ele entrasse para a política.

Bellamy não conseguiu evitar. Ele soltou uma gargalhada.

— Sério?

— Sério.

Bellamy mal podia esperar para ir contar a Octavia e eles poderem rir daquilo. A não ser que ela não achasse que era engraçado. Talvez O realmente *quisesse* que ele fizesse parte do Conselho. Caramba, coisas mais loucas tinham acontecido nas últimas semanas. Por que Bellamy não podia tentar a sorte cuidando das coisas por um tempo? Havia apenas uma pessoa que ele precisava consultar primeiro.

Com um sorriso e um aceno de cabeça, ele se virou e saiu para procurar Clarke.

CAPÍTULO 29

Glass

Cada músculo no corpo de Glass parecia estar pegando fogo. Seus ombros estavam em carne viva por causa da corda. Suas panturrilhas e coxas tremiam de exaustão e ameaçavam falhar a qualquer segundo.

Quando viu o canto de uma construção de madeira aparecer entre as árvores, ela soltou um soluço alto de alívio. Eles tinham realmente chegado ao acampamento. Luke se agitara uma ou duas vezes durante a jornada desde a cabana abandonada. Ela tinha parado algumas vezes para lhe dar água e se assegurar de que ele ainda estava vivo, prendendo a respiração de forma ansiosa a cada vez.

Glass passou cambaleando entre as árvores e entrou na clareira. Tinha acontecido o que ela temeu — os sons de disparos e a fumaça que tinha manchado o céu no começo dessa manhã deviam estar vindo daqui. Todo o acampamento se parecia com uma zona de guerra. Lanças quebradas, cápsulas de balas, roupas rasgadas e poças de sangue cobriam o solo. Algumas das cabanas estavam completamente destruídas. Outras davam a impressão de que alguém tinha tentado atear fogo nelas. Colonos chocados perambulavam, mas ela não reconhecia ninguém. Era como se tivesse retornado a um lugar completamente diferente, e isso fez com que ela sentisse uma pontada fria de medo. O que tinha acontecido com seus amigos? Onde estava Wells?

Então o som de uma voz familiar fez uma onda de alegria se espalhar por ela.

— Glass? — gritou Clarke da porta da barraca do hospital. — É você? Oh, não... esse é Luke?

Clarke correu na direção deles. Wells colocou a cabeça para fora da porta e disparou atrás.

Glass se livrou do trenó, e Clarke ajoelhou e começou a examinar Luke.

— Glass! — gritou Wells ao chegar ao seu lado e a abraçar. — Graças a Deus você voltou. Você está bem?

Ela assentiu, mas então todo o terror, a solidão e a exaustão a atingiram de uma vez só. Agora que eles estavam em segurança, ela finalmente se permitiu sentir tudo o que vinha reprimindo havia dias. Lágrimas se acumularam nos olhos e se derramaram sobre as bochechas. Wells passou os braços em volta dela e a abraçou enquanto ela chorava.

— O que aconteceu com ele? — perguntou Wells, depois de um momento.

Glass fungou e limpou o rosto com as mãos.

— Nós estávamos numa cabana abandonada no meio da floresta. Ela parecia segura. Mas então eles... — Seus olhos se encheram de lágrimas novamente com a lembrança. — ...nos atacaram. Os Terráqueos. Não o povo de Sasha, os outros. — Um olhar de dor profunda passou pelo rosto de Wells nesse momento, mas Glass sabia que não era a hora de perguntar o que tinha acontecido.

— Luke saiu para espantá-los, mas eles o atingiram com uma lança. Fiz o melhor que pude, mas não havia nenhuma forma de suturar o ferimento e, quando tentei trazê-lo para cá, eles nos atacaram novamente.

Wells praguejou para si mesmo.

— Glass, sinto muito por você ter tido que enfrentar tudo isso sozinha.

— Está tudo bem. Nós voltamos vivos, não voltamos? — Glass conseguiu dar um sorriso entre as lágrimas.

— Vamos levar Luke para dentro — falou Clarke firmemente.

Clarke e Wells rapidamente, porém com delicadeza, levantaram Luke, ainda no trenó, e o levaram correndo para o hospital, seguidos de perto por Glass. Eles entraram no ambiente lotado. Glass não podia acreditar que havia tantos feridos.

— O que aconteceu aqui? — perguntou ela, espantada.

— A mesma coisa que aconteceu com vocês — respondeu Wells de forma séria. — Só que numa escala maior.

Glass levantou as sobrancelhas, um milhão de perguntas por fazer em seus lábios. Wells praticamente podia ler sua mente.

— Mas não se preocupe. As coisas estão mudando para melhor. Rhodes está afrouxando seu punho de ferro, finalmente. Vamos votar por um novo conselho consultivo esta noite.

Um homem alto e grisalho que Glass já tinha visto em Phoenix veio claudicando na direção deles. Ele acenou com a cabeça para ela, então confabulou silenciosamente com Clarke. Eles falavam com um tom pesado, examinando a perna de Luke com atenção e escutando seu pulso, seus batimentos cardíacos e sua respiração. Clarke encheu uma seringa com o conteúdo de um frasco de vidro e aplicou no ombro de Luke. Então começou a limpar o ferimento e suturá-lo. Ele se contorceu em seu sono, mas não acordou.

Glass ficou ao lado, sem poder ajudar. Tinha se concentrado tanto em levar Luke de volta para o acampamento que não se permitiu pensar no que poderia escutar quando eles chegassem. Clarke e o homem mais velho vieram na sua direção. Tentou ler suas expressões em busca de algum tipo de pista, mas os dois estavam totalmente impassíveis.

— Glass, esse é o Dr. Lahiri — começou Clarke. — Eu fui treinada por ele na Colônia. É um médico excelente.

— Prazer em conhecê-la, Glass. — O Dr. Lahiri ofereceu a mão e Glass a apertou, entorpecida. Ela estava dividida entre a necessidade de saber a condição de Luke e o desejo desesperado de não ouvir nenhuma notícia ruim. Ela engoliu em seco e se obrigou a permanecer calma, independentemente do que eles falassem.

— Vocês têm muita sorte — falou o Dr. Lahiri com um sorriso. Glass soltou um longo suspiro de alívio. — Ele vai ficar bem. Mas, se você não o tivesse trazido de volta quando trouxe, ele teria perdido a perna. Ou pior. — O Dr. Lahiri colocou a mão de forma reconfortante em seu ombro. — Você o salvou, Glass. Deveria ficar muito orgulhosa do que fez.

— Vai ficar tudo bem — disse Clarke, puxando-a para um abraço. — Nós administramos uma dose alta de antibiótico e vamos monitorá-lo cuidadosamente. Ele é um rapaz forte. E tem sorte de ter você.

— Acho que é o contrário — respondeu Glass entre lágrimas.

— Você quer se sentar com ele? — perguntou Clarke. — Posso pedir para alguém trazer comida para você.

Glass fez que sim com a cabeça e desabou na cama ao lado de Luke. Ela se enroscou ao lado dele, colocando a mão em seu peito, sentindo o coração bater na palma da mão. Escutou sua respiração suave, mais constante agora.

Durante aqueles poucos dias na cabana, Glass tinha achado que a única coisa de que precisava no mundo era de Luke. Ela amava o pequeno esconderijo deles, sua vida secreta, onde ninguém os perturbava e podiam ficar sozinhos o dia inteiro. Mas agora, depois de ter passado tão perto de perdê-lo e de ter se testado de formas que ela nem sabia serem possíveis, ela se sentia diferente. Cercada por essas pessoas que se esforçavam e se importavam tanto, Glass sabia que ela e Luke precisavam de mais do que um do outro. Eles precisavam de sua comunidade. Eles estavam em casa.

CAPÍTULO 30

Clarke

Eles caminhavam em silêncio. O único som era o estalo das folhas debaixo de suas botas e o farfalhar do vento nas árvores. As folhas tinham clareado em amarelos vibrantes, laranja aveludados e vermelhos profundos. Se não tivesse que manter os olhos no caminho à sua frente, Clarke poderia passar o dia olhando para cima. Feixes de luz do sol penetravam por entre as árvores, banhando Clarke, Bellamy e Wells com um brilho dourado. O ar estava muito mais frio do que apenas alguns dias atrás, e tinha um cheiro temperado e intenso.

Clarke tremeu, desejando ter outra jaqueta. Eles estavam estocando as peles de todos os animais que Bellamy e os outros caçadores levavam para o acampamento, mas sua coleção ainda era pequena. Demoraria bastante tempo até eles terem pele o suficiente para todos.

Sem dizer uma palavra, Bellamy passou o braço em volta dela, a puxando para perto enquanto eles caminhavam pela floresta. Max tinha enviado a mensagem de que o funeral de Sasha aconteceria no dia seguinte, e eles estavam a caminho de Mount Weather.

Wells andava um pouco na frente, mas Clarke sabia que era melhor deixá-lo sozinho. Com todo o caos e a excitação dos últimos dias, Wells mal tinha tido tempo para processar suas perdas, e estava claramente grato pela oportunidade de ficar sozinho com seus pensamentos. Mas aquilo não impedia que seu coração doesse por ele enquanto o via inclinar a cabeça para trás e examinar as árvores, como se esperasse que Sasha fosse descer de uma delas a qualquer momento. Ou talvez ele estivesse absorvendo a visão das folhas de cores vibrantes, tentando aceitar o fato de que nunca poderia comentar sobre sua beleza com Sasha, nunca poderia vê-las flutuando até cair em seus longos cabelos negros. Aquela era a pior parte de perder alguém — encontrar um lugar para guardar todos os pensamentos e sentimentos que você compartilharia com a pessoa. Quando Clarke acreditava que seus pais estavam mortos, houve momentos em que teve certeza de que o coração explodiria por tentar conter aquilo tudo.

Quando se aproximaram de Mount Weather, no entanto, Clarke acelerou um pouco para alcançar Wells. Ela segurou a mão dele. Não havia nenhuma palavra que Clarke pudesse oferecer para diminuir sua dor. Ela só queria lembrá-lo de que não precisava passar por aquilo sozinho. Eles estavam nessa juntos.

Eles chegaram ao vilarejo dos Terráqueos logo antes de a noite cair. Max abriu a porta na primeira batida, como se soubesse que eram eles. Sua cabana estava desoladoramente arrumada. Todas as peças de máquinas e os aparelhos inacabados que costumavam ocupar sua mesa tinham sido removidos e substituídos por incontáveis pratos de comida.

— Por favor, sirvam-se — disse Max, apontando para a mesa.

Nenhum deles estava muito a fim de comer, mas eles se sentaram com Max e lhe contaram o que tinha acontecido desde que foram embora de Mount Weather. Ele ficara sabendo do ataque, mas não tinha ouvido falar sobre o Vice-Chanceler convocar uma votação para o novo conselho.

— Então, *você* está no conselho? — perguntou ele a Bellamy, sorrindo pela primeira vez naquela noite.

Bellamy assentiu, o rosto ruborizando levemente com vergonha e orgulho.

— Sim, confie em mim, fiquei tão surpreso quanto você está quando fui eleito, mas, ei, só estou dando às pessoas o que elas querem.

— Wells também foi eleito — falou Clarke. — Na verdade, ele foi eleito primeiro, bem antes de Bellamy. — Ela sorriu de um para o outro. Bellamy retribuiu o sorriso. Wells, não.

— Fico muito feliz por saber disso — disse Max, colocando a mão no ombro de Wells. — Vocês têm sorte de terem um jovem líder tão bom. Sei que vai deixar seu pai orgulhoso, Wells. Vai deixar todos nós orgulhosos.

— Obrigado — respondeu Wells, olhando nos olhos de Max pela primeira vez.

Enquanto ajudavam Max a lavar os poucos pratos que tinham usado, ele lhes contou sobre os planos para o dia seguinte.

— É nosso costume enterrar nossos mortos no nascer do sol — falou ele. — Acreditamos que a alvorada é o momento da renovação. Fins e começos são inseparáveis, como o momento antes da alvorada e o depois.

— Isso é lindo — disse Clarke gentilmente.

— Depois do Cataclismo — continuou Max —, nossos ancestrais repentinamente foram obrigados a lidar com a noção de que a luz nem sempre vem depois da escuridão. Que, um dia, o sol pode realmente não nascer novamente. Foi então que a tradição começou. É gratidão, na verdade, pelo fato de ele ter nascido mais um dia.

— Aposto que Sasha gostava dessa ideia — falou Wells, com um sorriso que não chegou aos olhos. Algo em seu rosto

294

tinha mudado, Clarke pensou, enquanto o estudava na luz bruxuleante das velas. Havia algo mais duro ali, mas também mais sábio. — Max, você se importa se eu passar a noite na casa da árvore? — perguntou Wells.

— Nem um pouco. Apesar de que vai estar bem frio lá fora.

— Eu ficarei bem. Vejo vocês pela manhã.

— Vou com você até lá — disse Clarke, se levantando. — Quero checar a sala de rádio mais uma vez, se não for problema.

Max assentiu.

— Claro. Problema nenhum.

Bellamy ficou para fazer companhia a Max, e Clarke e Wells saíram pela noite.

— Tem certeza de que vai ficar bem aqui fora sozinho a noite toda? — perguntou Clarke enquanto eles se aproximavam da casa da árvore.

Wells olhou para ela com uma expressão que ela não conseguia realmente compreender, uma mistura de tristeza e satisfação.

— Eu não estarei sozinho — disse ele baixinho. — Não exatamente.

Clarke não precisou perguntar o que ele queria dizer. Ela apertou seu braço, lhe deu um beijo rápido na bochecha e o deixou com suas lembranças.

Ela caminhou rapidamente até a entrada de Mount Weather e desapareceu dentro do abrigo, voltando ao local que tinha se tornado tão familiar para ela. Ela mexeu nos botões do rádio, os dedos trabalhando a partir de sua memória motora. Ela tentou as combinações padrão que gostava de experimentar, começando com aquela que tinha funcionado no dia em que ela ouviu a voz da mãe. O desejo de ouvi-la novamente era físico, uma obsessão.

Uma hora se passou sem nenhum resultado. Clarke nem sabia mais se o chiado e os estalos do rádio estavam em sua cabeça ou vinham dos auto-falantes. As costas doíam de ficar debruçada sobre o console e a cabeça começara a latejar. Bellamy provavelmente viria procurá-la a qualquer momento.

Ela se levantou, alongou os braços sobre a cabeça, então se inclinou de um lado para o outro e sacudiu os pulsos. Ela sabia que devia desligar o sistema, mas ainda não estava pronta. *Mais uma vez*, ela disse a si mesma. *Só mais uma.* Clarke se sentou e recomeçou a ajustar os botões.

Ela estava tão concentrada em ouvir as mudanças de tom na estática que quase não percebeu o barulho de passos no corredor até eles estarem do lado de fora da porta. Os passos eram rápidos e pesados. *Deve ser mais tarde do que eu pensava.*

Clarke girou em sua cadeira e olhou para a porta.

— Bellamy? — falou ela. — É você? Max?

Houve um silêncio no corredor quando quem quer que estivesse do lado de fora parou. Clarke se levantou da cadeira, os pelos da nuca se arrepiando. Com certeza Bellamy sabia que não deveria pregar uma peça nela em um momento como esse, depois de tudo por que tinham passado. Será que os Terráqueos violentos poderiam ter voltado?

Dois vultos entraram na sala, um logo atrás do outro. Antes que ela entendesse o que estava acontecendo, tinha sido envolvida por dois pares de braços e chorava lágrimas de felicidade.

Não era Bellamy.

Eram seus pais.

Na manhã seguinte, Clarke, Wells e Bellamy estavam parados lado a lado em um despenhadeiro com vista para um rio, tremendo na escuridão fria. Fileiras e mais fileiras de pedras se erguiam do solo, os nomes talhados nelas ainda indecifráveis na luz fraca da manhã. Max estava parado junto à lápide de um túmulo vazio, olhando em silêncio para dentro dele. O corpo de Sasha repousava ao lado, envolvido firmemente com uma mortalha da cor da terra que logo a cobriria.

Clarke tinha passado a noite toda conversando com os pais, se é que conversar era realmente a palavra correta para descrever o fluxo de palavras, choros e risadas que se derramaram por horas depois do reencontro. Seus pais estavam muito mais magros do que a última vez que ela os tinha visto e havia muitos pelos brancos na nova barba do pai, mas, tirando isso, estavam exatamente iguais.

Quando finalmente conseguiu parar de chorar, a mãe de Clarke emendou uma série de perguntas, querendo saber sobre tudo o que tinha acontecido durante o julgamento da filha, seu Confinamento e sua viagem à Terra. O pai, entanto, não falara quase nada. Tudo o que conseguia fazer era sorrir e olhar fixamente para Clarke, segurando sua mão como se estivesse com medo de ela desaparecer no ar a qualquer momento.

Ela lhes contou sobre como fora arrastada da cela, sobre a colisão violenta, sobre Thalia e Wells e Bellamy e Sasha. Enquanto Clarke falava, se sentia ficando mais leve. Era como se estivesse carregando dois conjuntos de memórias consigo por mais de um ano — a memória do que tinha realmente acontecido e a de como ela tinha imaginado que seus pais reagiriam. E agora, toda vez que o pai sorria ou a mãe arfava, mais daquele peso era liberado. Clarke estava desesperada para ouvir sobre o tempo que os pais passaram na Terra, mas, quando a mãe acabou de interrogá-la, já estava quase amanhecendo.

Eles decidiram que era melhor que os pais ficassem em Mount Weather ao invés de fazer uma aparição surpresa no funeral de Sasha. Embora eles tivessem se entendido bem com os Terráqueos, a lembrança da traição dos primeiros Colonos ainda estava muito fresca.

Parada entre Bellamy e Wells, Clarke sentiu uma mistura estranha de felicidade e tristeza. Era assim que as coisas pareciam funcionar na Terra. Havia muita coisa acontecendo, muita coisa para processar para alguém poder sentir uma emoção de cada vez.

Ela se virou para o lado a fim de olhar para Wells, imaginando se ele se sentia da mesma forma ou se seu pesar o consumia por inteiro.

O sol surgiu na linha do horizonte, enviando batedores alaranjados e rosados na sua frente no céu, enquanto Max sepultava sua única filha. Com uma voz rouca que fez o peito de Clarke doer, ele compartilhou algumas lembranças favoritas de Sasha; algumas causaram risadas nos Terráqueos reunidos, enquanto outras deixaram centenas de olhos brilhando com lágrimas.

Enquanto limpava uma lágrima do próprio olho, Max gesticulou para Wells e perguntou se ele gostaria de dizer algo. Ele assentiu, soltou a mão de Clarke e deu um passo à frente para falar.

— A conexão que sentimos com outras pessoas não está vinculada à geografia ou ao espaço — começou Wells. Embora Clarke pudesse vê-lo tremendo, a voz era forte e clara. — Sasha e eu crescemos em dois mundos diferentes, cada um de nós se perguntando e sonhando sobre o que estava lá fora. Eu observava de cima, sem nunca saber realmente se os humanos tinham sobrevivido aqui na Terra. Eu não sabia se um dia pisaríamos nesse planeta novamente ou se isso aconteceria durante a minha vida. E ela olhava para cima... — Ele apontou para as estrelas desbotadas, ainda timidamente visíveis no céu azul-escuro. — ...e se perguntava se havia alguém lá em cima. Será que alguém tinha sobrevivido à viagem ao espaço? Será que as pessoas tinham conseguido permanecer vivas lá no alto durante todas essas centenas de anos? Para nós dois, descobrir respostas para nossas questões parecia tão improvável. Mas um milhão de pequenas forças nos moveram na direção um do outro, e encontramos nossas respostas. Nós nos encontramos, mesmo que apenas por um momento. — Wells inspirou fundo e soltou o ar lentamente. — Sasha foi a minha resposta.

Clarke tremeu, mas dessa vez não foi por causa do frio. Wells tinha explicado perfeitamente. Tudo durante seu tempo na Terra tinha sido tão improvável, tão espantoso. Mas mesmo assim esses meses eram mais reais para ela do que todos os anos que ela tinha passado na Colônia. Clarke mal podia se lembrar de como eram as manhãs sem o ar fresco, a grama coberta de orvalho e o canto dos pássaros. Ela não podia mais imaginar trabalhar longas horas debaixo das lâmpadas fluorescentes do centro médico em vez de ajudar seus pacientes a se curarem na luz do sol, como seus corpos foram projetados para fazer.

Ela tentou visualizar como teria sido seu futuro se nada disse tivesse acontecido — se ela não tivesse contado a Wells sobre os experimentos dos seus pais, se ele não os tivesse delatado para seu pai, se ela não tivesse sido Confinada, se Wells não tivesse afrouxado a câmara de vácuo, se os cem não tivessem vindo à Terra —, mas a cena se dissolveu na escuridão. Não havia nada ali a não ser o passado. Essa era a sua vida agora.

Clarke observou enquanto alguns dos amigos de Sasha levantavam o corpo e delicadamente a colocavam no solo.

Ela sussurrou um adeus silencioso para a garota que ajudou a tornar a Terra seu lar, que trouxe Wells de volta à vida quando ele estava preso na escuridão. Ele ficaria bem, Clarke disse a si mesma enquanto o via se juntar aos Terráqueos para arremessar punhados de terra no túmulo. Se ela tinha aprendido alguma coisa na Terra foi que Wells era mais forte do que ele sabia. Todos eles eram.

Bellamy segurou a mão de Clarke, então se inclinou para perto e sussurrou:

— Será que deveríamos ir checar como estão seus pais?

Ela se virou para ele e inclinou a cabeça para o lado.

— Você não acha que é um pouco cedo para conhecer meus pais? — provocou ela. — Afinal de contas, estamos namorando há menos de um mês.

— Um mês na Terra é como dez anos em tempo do espaço, você não acha?

Clarke assentiu.

— Você tem razão. E acho que isso significa que não posso ficar chateada se você decidir terminar tudo depois de alguns meses, porque seriam na verdade algumas décadas.

Bellamy passou o braço pela cintura de Clarke e a puxou para mais perto.

— Quero passar éons ao seu lado, Clarke Griffin.

Ela ficou nas pontas dos pés e beijou sua bochecha.

— É bom saber, porque não há como voltar atrás agora. Estamos aqui para sempre.

Ao dizer essas palavras, uma sensação estranha de paz a envolveu, momentaneamente suavizando a dor do dia. Era verdade. Depois de passar três séculos tentando desesperadamente voltar à Terra, eles tinham conseguido. Finalmente estavam em casa.

AGRADECIMENTOS

Sou imensuravelmente grata à equipe tremendamente talentosa na Alloy. Josh, seus instintos criativos são ainda mais precisos do que seu swing de golfe, e é um prazer ver seu cérebro em ação. Sara, sua inteligência e sua bondade criam um ambiente em que histórias podem florescer e que me faz me sentir muito em casa. Les, obrigada por acreditar nesse projeto e por usar seu estilo especial de mágica para ajudá-lo a levantar voo.

Enormes abraços espaciais para Heather David, cuja criatividade e tenacidade resultaram em um dos melhores dias da minha vida. E obrigada, Romy Golan e Liz Dresner, por transformar meu amontoado de palavras em um lindo livro.

Continuo espantada com Joelle Hobeika, que me deslumbra com seu talento, suas proezas narrativas e sua habilidade de tornar tudo mais divertido. O mesmo pode ser dito de Annie Stone, a editora mais inteligente e inspiradora de confiança que uma escritora poderia desejar.

Um milhão de obrigados à incrível equipe da Little, Brown por seu trabalho árduo, sua criatividade e sua sagacidade editorial. E um obrigado especial à minha adorável editora, Pam Gruber, cuja visão aguçada para essa série nos manteve no rumo, e à minha fabulosa assessora de imprensa, Hallie Patterson.

Também me sinto incrivelmente sortuda por estar trabalhando com a Hodder & Stoughton, que me impressionou com sua dedicação e entusiasmo pela série *The 100*. Em particular, obrigada, Kate Howard, Emily Kitchin e Becca Mundy por criar um lar para mim (e para cem delinquentes juvenis espaciais) do outro lado do oceano.

Como sempre, obrigada a meus maravilhosos, hilários e solidários amigos. Devo a cada um de vocês um drinque no Puck Fair/Red Bar/Jack the Horse/Henry Public/Café Luxxe/Father's Office/Freud e todos os outros lugares em que apareci semiadormecida durante várias fases do confinamento para escrever. Uma medalha especial de serviços notáveis vai para Gavin Brown, que fez o possível e o impossível para manter essa história "flutuando".

Também estou em dívidas com Jennifer Shotz, cujo talento e imaginação modelaram essa história de inúmeras formas.

Obrigada à minha família, especialmente aos meus maravilhosos, inspiradores e infinitamente solidários pais, Sam e Marcia, que me transformaram em escritora. Vocês estão perdoados.

E por último, mas não menos importante, um agradecimento muito especial aos meus leitores cujo entusiasmo me faz me sentir a garota mais sortuda da Terra. #Bellarke para sempre.

Este livro foi impresso no
Sistema Digital Instant Duplex da Divisão Gráfica da
DISTRIBUIDORA RECORD DE SERVIÇOS DE IMPRENSA S.A.
Rua Argentina, 171 - Rio de Janeiro/RJ - Tel.: (21) 2585-2000